Traute Berssen

In Rot und Moll

Traute Berssen

In Rot und Moll

Erzählungen

Ulrike **HELMER** Verlag

Le coeur a ses raisons,
que la raison ne connait pas.

Das Herz hat seine Gründe,
die der Verstand nicht kennt.

Blaise Pascal

Gewidmet der Frau mit den beiden Delphinen
in Dankbarkeit und Verbundenheit.

Bibliografische Information Der Deutschen Bibliothek

Die Deutsche Bibliothek verzeichnet diese Publikation in der Deutschen Nationalbibliografie; detaillierte bibliografische Daten sind im Internet über http://dnb.ddb.de abrufbar.

Umschlaggestaltung: Atelier KatarinaS, NL
Druck: Wilfried Niederland Verlagsservice, Königstein/Taunus
Printed in Germany
ISBN 3-89741-180-6

Gesamtverzeichnis sendet gern: Ulrike Helmer Verlag,
Altkönigstraße 6a, D-61462 Königstein/Taunus
E-Mail: ulrike.helmer.verlag@t-online.de

Besuchen Sie uns im Internet:
www.ulrike-helmer-verlag.de

Inhalt

Feuerwerk in Schwarz

Der Tango ist ein Tanz, bei dem ich in Gefahr gerate, ohnmächtig zu werden, wenn ich auch nur zusehe.

Ich selbst tanze ungefähr so rasant wie ein Stück Holz, das noch im Stamm steckt. Der Tanzunterricht, zu dem ich gezwungen wurde, weil man mir sonst mein Pony weggenommen hätte, war derart grauenhaft, dass ich nichts begriff, auch weil ich es nicht begreifen wollte. Die Tatsache, dass ich von kleinen, pickeligen Dumpfbacken männlichen Geschlechts »ausgesucht« und »zum Tanz erwählt« wurde, war mir derart widerlich, dass ich mir vor Glück fast eine ganze Flasche Whisky-Kirsch-Likör gönnte, als der ganze Spuk dann endlich vorbei war. Als sei ich von allen Teufeln gejagt, rannte ich nach Hause, riss mir das rot-weiße Abschlussball-Kleid mit dem Fußsohlenmuster vom Leib und öffnete mit Schwung die Flasche. Danach war mir zwar eine Woche speiübel, aber das Elend lag nun endlich hinter mir.

Ich empfand und empfinde das Tanzen als eine derart blödsinnige und erniedrigende Angelegenheit, dass ich diesbezüglich bis heute keinen Fuß vor den anderen gesetzt habe. – Aber der Tango!

Der Tango hat für mich einfach etwas Verkommenes. Und ich weiß nicht, was schöner ist. Dieses Verkommene oder dass in diesem Tanz Liebe, Hass, Glück, Tod und Sehnsucht so dicht beieinander liegen. Er ist nostalgisch, tief, sentimental und voller Gefühl. So wie ich. Und doch ist es dieser Schuss Verkommenheit, der den Tango ganz und gar vollendet. So wie mich.

Aber das wusste natürlich keiner. Auch nicht mein Nachbar, der mir vor ein paar Tagen gesagt hatte, dass er in drei Monaten ausziehen würde. Ich bedauerte das, denn wir hatten hin und wieder schöne Gespräche geführt, und ich war zu der Überzeugung gelangt, dass er mir vertraute. Hätte er allerdings gewusst, wo ich so viele meiner Nächte verbrachte, hätte er es wohl nicht mehr getan.

Denn mich zog es in die Dunkelheit. Mich trieb es in diese unsichtbare Schönheit des Lebens. In das Verruchte, in das Verkommene. In das Erschreckende und in das Schreckliche. In diese Welt der übrig gebliebenen Seelen, der übrig gebliebenen Gläser, der übrig gebliebenen Träume und Illusionen, der zerrissenen Herzen. In die Welt derer, die sich dennoch getrauen, sich zu leben. Die sich getrauen zu sein. Und genau aus diesem Grunde in die Nacht verschwinden müssen. In Lesbenbars, die nur auf Klingelzeichen hin öffnen, in Massagesalons, deren Telefonnummern nur unter der Hand weitergereicht werden. In die Welt der Transsexuellen, in die Welt der Travestie, wo Träume vorbehaltlos an all die verschenkt werden, die sich zu träumen wagen. Pierrots mit Mündern so rot wie Erdbeerfelder im Sonnenlicht geleiteten mich dort die Treppen hinab in schummrige Keller. In dieses Land der Träume, in dieses Dunkel, in dieses neblige Licht, in diese Luft voller Erwartung und Erregung. Diese Pierrots, sie berührten mich, weil sie meine Melancholie spürten. Einer sagte einmal zu mir, als er die Kerze auf meinem Tisch löschte, weil die Vorstellung begann: »Leb deine Traurigkeit. Genieß sie. Lass dich von ihr verführen. Erst dann kann sie dich verlassen.«

Mich trieb es in Häuser, in denen es nach Amber roch und nach schwarzem Leder, in denen Ketten klirrten und die Wände mit weinrotem Latex bezogen waren. Immer wieder kam ich zurück an diese Orte der Dunkelheit. Für mich sind sie die Orte des Friedens. Denn was suchte ich hier? Was wollte ich hier? Doch nichts anderes als Frieden. Nur hier konnte ich mich fallen lassen. Nur hier konnte ich mir meine Sehnsüchte erfüllen, sie mir erfüllen lassen. Nur hier konnte ich im gegenseitigen Einverständnis meine Wut tanzen lassen, um sie nicht an anderen auszutoben. Es sind Orte und Menschen, vor denen ich mich tief verneige und höchsten Respekt habe. Es ist ein Milieu, in dem ich mehr Wahrheit, Wahrhaftigkeit und Barmherzigkeit erfahren habe als irgendwo anders. Aber hier lernte ich auch eine Farbe kennen, die dunkler war als Schwarz.

Wenn die Bars und Massagesalons schlossen, ging ich in Bahnhöfe und in U-Bahn-Schächte und gab denen, die da saßen, was ich hatte, und sie reichten mir ihre Flaschen, und ich trank mit ihnen. Wir lachten und wir weinten zusammen. Ich schlief unter ihren Decken und die Wärme, die diese Menschen mir gaben, die konnten mir alle Decken dieser Welt nicht geben.

Wenn ich aber dann am anderen Morgen in meiner Straße vor dem Kiosk stand oder ins Fitnessstudio ging, dachte ich: Wenn ihr wüsstet, wer ich wirklich bin! Ich habe Teil an einer Seite Lebens, die ihr scheut wie der Vampir das Tageslicht. Aber es ist eine Wirklichkeit, die auch in euch ist. Egal ob ihr sie verleugnet, euch für sie schämt. Sie nicht wahrhaben wollt und mich genau deshalb verachten würdet. Denn man verachtet ja immer nur, was man in sich selbst nicht ertragen kann. Verachtet es bei den anderen.

Wieder einmal also kam ich morgens gegen fünf Uhr nach Hause, als die ersten Umzugskartons vor der Tür meines Nachbarn standen. Wer hier nun einziehen würde, keiner wusste es. Mir im Weg und neben den Kartons stand eine gold- und jadefarbene schimmernde Figur. Eine Frau von etwa eineinhalb Meter Höhe. Nackt. Ihr Becken kippte in einem physisch unmöglichen Winkel von 90 Grad nach hinten. Der Kopf mit den langen Haaren suchte sich von oben herab dem Becken hinterrücks anzunähern, die Arme waren in einer Geraden nach vorne gestreckt. In den Händen hielt die Figur eine runde, weiße Porzellanlampe, aus der ein Kabel mit dem dazugehörigen Stecker auf den Boden fiel. Ich wollte die Dame mit der Lampe ein bisschen zur Seite rücken. Aber es war nicht möglich. Sie ließ sich nicht einen einzigen Millimeter verrücken. Vermutlich also Bronze. Verstohlen, wie ein kleiner Dieb in lauer Nacht, blickte ich mich um. Keiner da. Und schnell tätschelte ich ihr den Po. Er war eiskalt.

Am Abend des gleichen Tages klingelte es dann an meiner Tür. Und da stand sie, die neue Nachbarin.

Ihr Anblick schärfer als Habanero-Chili. Ganz in Schwarz, eine sehr, sehr enge Jeans, ein glänzendes Hemd, barfuß, rote Fußnägel. Siegellackrot! Am rechten Fußgelenk eine dünne Goldkette. Das Haar kurz, schwarz, gegelt. Ein ausdrucksstarkes Gesicht. Die Augen vielleicht eine Spur zu klein, ungeschminkt. Bei diesem Anblick fiel es mir sehr schwer, ruhig, gelangweilt und gelassen zu bleiben. Knapp stellte sie sich vor: Gloria Swan. Und erkundigte sich dann, wie es hier mit der Treppenhausreinigung gehandhabt würde. Ich sagte ihr, dass es da mit ihrem Vorgänger nicht die geringsten Schwierigkeiten gegeben habe, da es uns beiden völlig wurscht gewesen sei. Bei dem Wort musste sie lachen. Von diesem Lachen hätte ich gern ein Stück gehabt. Ein ganz und gar ansteckendes Lachen. Ich selbst lache so ungefähr dreimal im Jahr und jetzt hatten wir bereits Oktober, da hatte ich mein Lachen längst erschöpft. Aber mit ihr lachte ich, was mich selbst überraschte, einfach so das vierte Mal. »Wir sehen uns«, mit diesen Worten verschwand sie wieder.

Es war noch am selben Abend, als ich es dann zum ersten Mal hörte. Musik. Tangomusik.

Im Laufe des Abends legte ich immer mal wieder mein Ohr von innen an die Wohnungstür. Aber nach vielleicht einer Stunde hörte die Musik auf. Genau das wollte ich nicht. Wollte ich nicht tun. Aufhören. Ich musste mir etwas einfallen lassen. Am nächsten Tag erkundigte ich mich im CD-Laden meiner Stadt nach Tangomusik. Die Sache war schnell erledigt und kurze Zeit später hörte ich dann wieder Tangomusik. Und zwar in meiner Wohnung. Meine Tangos waren mit deutschen Texten unterlegt. »Der schwarze Zigeuner«, »Regentropfen, die an meine Fenster klopften«, »Tanze mit mir in den Morgen«, usw. Es war einfach herrlich, diese schmusigen und schmalzigen Texte, von denen ich ohnehin nie genug bekommen kann. Also ließ ich meine neuen CDs immer wieder durchlaufen. Bis ... ja, bis es wieder an der Tür klingelte. Und zwar Sturm.

Die neue Nachbarin.

Zornig und ohne auch nur ein gewisses Maß an Höflichkeit schleuderte sie sofort los, kaum dass ich die Tür geöffnet hatte. »Was Sie da hören, ist eine Verballhornung ohnegleichen. Eine Verhohnepipelung. Mir ist schlecht, schlecht, schlecht! Das ist eine Beleidigung für die Ohren! Wie können Sie so etwas überhaupt nur hören? Es ist einfach nur grauenhaft! Grauenhaft. Ich fasse es nicht.«

Mit meinem gleichermaßen charmanten wie unverschämten Grinsen raunte ich in ihre Richtung: »Ich finde es aber schön. Sehr sogar.« Gloria segelte an mir vorbei und setzte sich in meinen schönsten Sessel. Nein, sie setzte sich nicht, sie flegelte sich hinein. Die Beine gespreizt wie ein Kerl. Das ergab ein hübsches V. Wie Victory. Aber für wen? So saß sie dann vor mir, ein Feuerwerk in Schwarz mit siegellackroten Fußnägeln, von denen ich meinen Blick nicht wenden konnte. Sie sah mir direkt in die Augen und sagte: »So, nun hören Sie mir mal zu und unterbrechen Sie mich ja nicht!« Es folgte ein Monolog voller Leidenschaft und Zorn. Die Funken stoben.

»Der Tango kommt aus den »arrabales« am Rio de la Plata, den Vororten von Buenos Aires. Die entstanden vor hundertfünfzig Jahren als brodelnde Elends- und Einwanderungsviertel. Sein wirklicher Geburtsort aber ist die Verzweiflung, die Einsamkeit, Armut und Krankheit. Er wurde von Gaunern, Gangstern und Ganoven, von Dirnen und

Zuhältern getanzt. Von ehemaligen Soldaten, die keine Arbeit hatten, vom Obsthändler auf dem Bürgersteig, von der tuberkulosen Verkäuferin. Von den Namenlosen. Aber ganz bestimmt nicht von schwarzen Zigeunern und nicht mit diesen dudeligen Texten! Denn der Tango kommt aus der Dunkelheit, so wie die Menschen, die ihn tanzten. Aus der Dunkelheit, in der es keine Hoffnung mehr gibt. Ihm ist kein Elend fremd. Er zieht uns hinaus aus dieser schrecklichen Welt. Er nimmt uns tröstend in seine Arme und zieht unsere Traurigkeit in seine hinein.«

Langsam beruhigte sie sich wieder und sprach leiser.

»Der Tango ist die unsichtbare Schönheit der Enttäuschung und der Verzweiflung. Sein Glanz ist der von schwarz angelaufenen Mauern. Daher kommt er uns in Lackschuhen entgegen.« Gloria lächelte. »Aber er hat auch Witz, Ausgelassenheit, Ironie und Humor. Er kommt mit seidenen Schals, aber verdammt oft mit Tränen in den Augen. Aber da sind mit Sicherheit keine Regentropfen, die an die Scheiben klopfen. Also, ich könnte schreien. Immer noch.«

Das tat sie Gott sei Dank nicht, sondern begann, von den Erdbeeren auf meinem Tisch zu naschen. Ihr Vortrag hatte mir sehr imponiert. Aber mehr noch diese ganze Frau da in Schwarz, die es anscheinend genauso in die Dunkelheit zog wie mich.

Sie schien ihren Worten nachzuhängen und fügte hinzu: »Wenn ich ihn tanze, dann atme ich das Leben und fühle einen weichen, anschmiegsamen Körper an meinem.« »Wo haben Sie ihn getanzt?« »Zum ersten Mal im ›Mysterious‹.« Rumms! Da war es. Wie ein Paukenschlag in der Kirche. Denn das »Mysterious« ist ein Szenelokal für Lesben. Ich unternahm auch alles, um mir nicht anmerken zu lassen, dass mein Herz sich einen kleinen ungehörigen Hüpfer erlaubte. Sie erzählte weiter. »Im ›Mysterious‹ hab ich zum ersten Mal gesehen, welches Höchstmaß an Empfindsamkeit, an Einfühlungsvermögen und Hingabefähigkeit der Tango erfordert. Auch bei Frauen. Man muss sich eben nur über die Rollenverteilung einigen. Das ›Mysterious‹ hab ich dann bald verlassen. Die ›Szene‹ war nichts für mich. Es ist gut und schön, dass es sie gibt, aber es ist auch verdammt traurig, dass es sie eben immer noch geben muss. Ich habe mir damals einen ziemlichen Ärger eingehandelt, als ich bei denen dann so ausgeschert bin. Die Frauen können es irgendwie nicht akzeptieren. Aber ich passte da einfach nicht hin.«

In der Schale auf dem Tisch lagen nur noch drei Erdbeeren. Sie nahm eine, schleckte daran herum und sagte: »Mein Gott, jetzt langweile ich Sie. Sie wissen sicher nicht, was ich meine. Das mit der Szene.«

»Ich weiß, was die Szene ist. Ich war selbst über ein Jahr da. Dann wusste ich auch, dass sie nichts für mich ist. Hatte den gleichen Ärger. Ich glaube, die Frauen dort können es nicht akzeptieren, weil sie Angst haben, dass sich die Szene irgendwann einmal ganz auflöst, wenn immer mehr sich von ihr distanzieren. Aus welchen Gründen auch immer. Deshalb versuchen sie, jede zu halten. Sie verlangen Toleranz von den anderen, aber selbst haben sie die größten Schwierigkeiten damit.«

Jetzt lächelte sie mich auf eine geradezu grauenvoll entzückende Art an. Ihre Hand griff nach der vorletzten Erdbeere. Meine auch. Unsere Finger fassten die Frucht. Keine wollte loslassen. Langsam rissen wir sie in der Mitte auseinander, steckten uns je eine Hälfte in den Mund. Da lächelte die Frau noch schlimmer.

Irgendwo hatte ich gelesen, dass der Tango ein trauriger Gedanke ist, den man tanzen kann. Könnte der Tango vielleicht auch ein ganz anderer Gedanke sein? Dieses Intermezzo war jedenfalls weitaus süßer als die Frucht, die wir da kauten. Jede eine Hälfte. Eine einzige Erdbeere war noch übrig. Würde sie süß sein?

Es knisterte und rauschte in mir, dass ich mich fragte, war es die Erotik des Tango oder seine Magie? Die Magie der Erotik? Gloria schreckte mich aus meinen Gedanken und neuen Gefühlen mit einer Frage auf, deren Nachdrücklichkeit verriet, dass sie offenbar schon länger versuchte, zu mir durchzudringen: »Haben wir denn heute etwas kapiert?«

»Sollten *wir* denn etwas kapieren?« Ich tat verwundert. Sie verzog keine Miene und deshalb legte ich in gespieltem Trotz noch ein bisschen nach. »Der schwarze Zigeuner und die Regentropfen sind auch irgendwie traurig und dunkel.«

»Mein Gott noch mal. Ich fass es nicht. Sie, Verzeihung, du bist ja unerträglich!«

Ich lächelte. Kleine bis mittelmäßige Streitigkeiten am Anfang können sehr oft in eine wunderbare Geschichte führen. Natürlich nicht immer.

»Komm mal bei mir vorbei. Ich erklär dir das noch mal. Und zwar Schritt für Schritt. Du siehst doch gar nicht so dämlich aus.« War ich ja auch nicht. Gloria ging. Ich räumte meine schwarzen Zigeuner weg. Ein bisschen verschämt allerdings schon, wo sie ihren Zweck so prächtig erfüllt hatten.

Zwei Tage später betrat ich ihre Wohnung, und diese Wohnung hatte nichts mehr mit der ihres Vorgängers gemeinsam. Sie war komplett renoviert worden. Schwarz-weiß gefliester Fußboden im Schachbrettmuster, Holzstühle mit dunkelrotem Lederbezug, überall weiße Decken und Kisten. Auf dem Schachbrettmuster mächtige Kristallvasen mit ebenso mächtigen Lilien, deren Blüten teilweise noch geschlossen waren. Vor dem Fenster, gegenüber der Eingangstür stand die Bronzefrau. Die runde, weiße Lampe in ihren Händen war allerdings weg. Stattdessen hielt sie nun eine Glasschüssel. Gefüllt. Mit Erdbeeren! Daneben ein kühn geschwungener Liegestuhl aus klar lackiertem, cognacfarbenem Rattan mit einem Nackenkissen aus gleichfarbigem Leder. Auf dem Boden verteilt drei mit feinem Sand gefüllte Silberschalen, in denen rote und silberne Windlichter brannten. An den Wänden Fotos in allen Größen von Tango tanzenden Frauen. Ihre Lackschuhe glänzten und die Panamahüte waren stets einen Tick heller als die Smokings. Nur Gloria trug immer einen ganz und gar schneeweißen Borsalino. Die Frauen, mit denen sie tanzte, waren nicht zu erkennen. Bei meinem Eintreten hatte sie gleich die indirekte Beleuchtung gedimmt. In der Luft lag ein Hauch von Vanille und von etwas anderem, das ich aber nicht deuten konnte.

Ich setzte mich an den leeren schwarzen Tisch, der genauso glänzte wie die Lackschuhe der Damen auf den Fotos. Gloria ging in die Küche, um Wein zu holen. Tango hatte ich bislang immer mit fast schwarzem Rioja assoziiert. Aber sie stellte eine Flasche Weißwein auf den Tisch. Einen Chablis, Grand Cru, Jahrgang 1995. Ein herrlicher Jahrgang. So wie sie.

»Übrigens, Weißwein immer nur kühlen. Niemals eiskalt. Alle Welt schreit eiskalt. Das ist Quatsch. Eiskalt schmeckt jeder Weißwein nur nach Eisen.«

Schon ging es also wieder los mit der Belehrung. Ich hab das ganz und gar nicht gerne. Aber was tut man nicht alles? Was lässt man nicht alles über sich ergehen? Bald schon wusste ich, dass Gloria Tangotanzlehrerin war. Und zwar außerordentlich erfolgreich. Sie zeigte mir die Urkunden an den Wänden.

Dann erklärte sie mir den Tanz der Engel mit dem Teufel. Eine der vielen Variationen des Tangos. Sie saß nun wieder genauso breitbeinig vor mir wie in meiner Wohnung, die Arme auf den Oberschenkeln abgestützt. »Wir können das Dunkle in uns entdecken, es ausleben und damit weiten. Oder aber es überwinden mit Liebe und damit wieder in Helligkeit verwandeln. Soll ich dir ein paar Schritte erklären?«

Wie hätte ich da wohl nein sagen können?

Sie führte mich in die Mitte ihres Wohnzimmers und zog mich sofort heftig an ihren Körper. Wie das Herz eines Schmetterlings vor einer Glasscheibe, so heftig schlug nun auch meins. Meine Seele tanzte bereits Tango, und zwar auf einer Rasierklinge. Es wagen oder nicht? Mein Körper hinkte der Seele allerdings mächtig hinterher. Im Raum nun ihre Musik, »La Cumparsita«, nur unterbrochen vom Quietschen ihrer nackten Fußsohlen auf dem Boden. Unsere Schritte, unsere Bewegungen, dieses abrupte Stoppen, um dann wieder vorwärts zu gleiten. Ihr Körper, ihre Arme waren mal wie die Scheren eines Skorpions und dann wieder so leicht wie eine weiße Feder. Es berauschte mich zusehends. Gloria roch nach Vanille und wilden Rosen. Ja, jetzt hatte ich es. Auch davon wurde mir schwindelig, aber vor allem wurde ich langsam wütend. Allein die Tatsache, dass ich den Frauenpart übernehmen musste! Mich führen lassen musste. Sie hatte das einfach so bestimmt. Ich blieb steif und unbeweglich. Sie bemerkte das natürlich.

»Irgendwann kannst du natürlich auch führen. Es wird lange dauern. Aber wenn du willst, bring ich es dir bei. Für heute reicht es, oder?«

Wir lösten uns, und ich fühlte mich mit einem Mal wie die halbe Erdbeere, die wir vor ein paar Tagen bei mir genascht hatten. Nicht mehr vollständig. Nicht mehr ganz. Mir war heiß, ich glühte wie ein Magmastrom. Ich schwitzte und kühlte deshalb meine Stirn ganz einfach an der Bronzefrau. Gloria stand hinter mir und raunte: »Wozu Frauen doch alles gut sein können. Auch eiskalte. Oder? Nur kurz zu deinen bekloppten Zigeunern und Regentropfen. Wie findest du das denn?
›Aus meiner traurigen Einsamkeit
Sehe ich die toten Rosen meiner Jugend fallen.
Wenn die Gläser Trost bringen,
bin ich hier, um meinen Kummer für immer zu ertränken,
um danach auf das Scheitern der Liebe anstoßen zu können.‹«*

Bei diesen Worten waren ihre Augen größer geworden. Diese Magie, die lichterloh in mir brannte! Gloria sah mich fragend an. Als ich einfach nur schwieg, griff sie, nicht ohne mich auch nur eine einzige Sekunde aus den Augen zu lassen, langsam und gezielt in die Schale mit den Erdbeeren. Und langsam gezielt tat ich das Gleiche. Wieder ließ keine von uns beiden los. Mir schien, als ob ihre Augen noch ein wenig größer geworden waren, diese beiden Türen direkt ins Paradies. Mit den Augen beginnt immer alles. Sie schelmte: »Eine halbe oder eine ganze?« »Zwei Hälften ergeben ein Ganzes«, antwortete ich und zuckte zusammen. Das war ja nun doch kühn. Zu kühn? Wieder zogen wir die Frucht auseinander und steckten sie jetzt beide gleichermaßen unverschämt langsam in den Mund. Dabei näherten sich unsere Gesichter, unsere Lippen, sie berührten sich, öffneten sich, und sie schob mir mit der Zunge ihre halbe Frucht in den Mund. Hart umfasste sie wieder meine Taille, so wie eben beim Tanz, und zog mich erneut an sich. Meine Lippen umfassten ihre Unterlippe.

Der Boden bebte.

Diese Frau hatte mich längst verrückt gemacht.

Tango ist ein unterirdisches Feuer aus Begierde, das ich gleich verschlingen werde. Das wollte ich ihr eigentlich sagen, aber es war nicht möglich, weil ich einfach keine Luft mehr bekam. Ihre Lippen saugten, ihre Lippen fraßen. Ihre Zunge berührte meine. Aber nicht mehr. Nur einmal. Ein einziges Mal. Mein Herz hing jedenfalls jetzt so schief wie das Becken der Bronzefrau. Ich brannte lichterloh. Jetzt! Und obwohl ich jetzt ganz sicher keine fünf Sekunden davon entfernt war, ihr die Bluse vom Leib zu reißen, nie zu schnell und nie zu viel. Das war schon immer meine Devise, denn sie wollte eindeutig mehr. Mein gewagtes Lächeln, sie interpretierte es richtig und ließ mich trotzdem und deshalb los. Wir setzten uns und sie tat so, als wäre da eben nichts, rein gar nichts passiert. Deshalb blieb mir auch nichts weiter übrig, als mich genauso zu verhalten. Gloria sagte: »Ich glaube, du bist geradezu prädestiniert zu führen. Du kannst das.«

Natürlich konnte ich das, aber zunächst hatte ich noch viel zu lernen. Ich meine natürlich das mit dem Tango. Alles wollte ich lernen. Jeden Schritt, jede Variante. Sie freute sich ob meines Mutes und war sofort einverstanden, mir Stunden zu geben.

Da wurde es mir zu gefährlich in ihrer atemberaubenden Gegenwart. Also ging ich lieber. An der Tür war nichts als ein kurzer Händedruck.

Schlafen konnte ich nicht. Ich spürte immer noch ihren weichen, anschmiegsamen Körper, ihre Lippen, roch ihre Haut, ihren betörenden Duft. Aus ihrer Wohnung erklang die ganze Nacht Tangomusik. Immer nur das Lied, zu dem wir getanzt hatten.

Fast jeden Abend der darauf folgenden Woche war ich bei ihr. Wider Erwarten begriff ich doch sehr schnell. Ich wurde geschmeidiger und vor allem mutiger. Wir tanzten Herz an Herz und mit jedem Schritt schnitt sie mir ein Stück von meinem ab. Mittlerweile ließ sie mich führen. Es war einfach nur wundervoll. So musste sich ein Sieger fühlen. Ihre Hingabefähigkeit war unglaublich. Gerade das hatte ich von ihr nicht erwartet, aber sie war dazu fähig, weil für sie Hingabe keine Hergabe war.

Fasziniert hielt ich sie in meinen Armen. Mehr passierte aber nicht. Kein Kuss. Nichts. Aber zwischen uns herrschte eine Atmosphäre, wie sie nur zwischen Frauen entstehen kann. Eine Mischung aus Feuer und Honig mit einem kräftigen Touch Stierkampfarena. Und in der Mitte von allem, da blitzte der silberne Knopf ihrer schwarzen Jeans. Einmal hatte sie diesen Knopf geöffnet und ein kleines Stück vom Reißverschluss gleich dazu. Ich hatte das zunächst gar nicht bemerkt und erst, als wir uns wieder gegenübersaßen, da erst sah ich es. Glorias Blick, eine einzige Herausforderung. Mir wurde so heiß, dass ich zu verbrennen drohte. Nichts hörte ich mehr von dem, was sie sagte. Sah nur dieses winzige Stückchen Haut und den Ansatz ihres schwarzen Slips. Gloria genoss meinen Zustand sichtlich, sagte aber kein Wort, sondern spielte mit ihrem Zeigefinger lässig zwischen Haut und Slip. Und zwar so, dass sich ihr Reißverschluss immer noch weiter öffnete. Manchmal hielt sie inne und reckte sich wie ein junger, schwarzer Kater, der sein Spiel unterbrochen hatte, um sich etwas Neues auszudenken. Dann aber ging es wieder von vorne los. Die Spannung stieg immer noch weiter, und das liebe ich. Es war ja nicht mehr aufzuhalten. Ich wollte dieses Gefühl, als ob mein Körper ganz und gar unter Strom stünde, noch ein bisschen genießen. Sie spielte mit und ich die Gelangweilte. An diesem Abend dann an der Tür berührte sie mich nicht, sondern zog, während sie mir in die Augen sah, sehr langsam den Reißverschluss nach oben, verschloss den Knopf. Wer war der Stier, wer war der Torero? Wer war die Stärkere? Der entzückendste Kampf der Welt hatte begonnen.

Am nächsten Abend gingen wir in eine weitere Runde. Gloria trug wieder ihr schwarzes Seidenhemd und erschien mir so begehrenswert wie nie zuvor. Die oberen drei Knöpfe standen offen. In Tanzhaltung konnte ich die Ansätze ihrer Brüste sehen, und ich bog sie überreichlich nach hinten, weil ich von diesem Anblick nicht genug bekommen konnte. Einen BH trug sie nicht. Verführerisch nahm ich den vierten Knopf zwischen die Zähne, und obwohl es leicht gewesen wäre, tat ich es nicht, nein, ich riss nicht daran! Ich gab ihre Bluse wieder frei, schlenderte zu der Erdbeerschale und steckte mir die größte Frucht von allen in den Mund. Und noch eine und noch eine. Aus den Augenwinkeln sah ich, wie sie ihre Enttäuschung blitzschnell hinter einem notdürftigen Lächeln versteckte. Für einen kurzen Moment hatte sie gekränkt gewirkt wie ein kleines Kind, dem man sein Eis weggenommen hatte. Kühn, wie ich auch sein kann, machte ich einen großen Schritt auf sie zu. Wir standen so dicht voreinander, dass sich unsere Becken berührten. Eine kleine Bewegung von ihr und eine kleine von mir. Beide waren wir nichts anderes als gierig. »Warum nicht?« Zum ersten Mal machte Gloria auf mich einen hilflosen Eindruck.

»Und du, warum nicht?« Wir reizten uns wirklich bis zum Äußersten, aber unser Spiel, es war noch nicht vorbei. Deshalb gab es keine Antworten und kaum, dass ich an diesem Abend die Wohnungstür hinter mir geschlossen hatte, drehte sie die Musik auf volle Lautstärke. Ich glaube, dass nennt man sublimieren. Oder anders: Mittelprächtiger

Wutanfall aus versagtem Begehren. Hinein in den Tango. Wunderbar.

Später vor meinem Badezimmerspiegel stellte ich fest, dass sich ein fieser rosa Ausschlag meine Brust hinabzog. Ich blieb gelassen, ging aber trotzdem anderntags zu meiner Ärztin. Sie vermutete eine ansteckende Krankheit und schickte mich zur Beobachtung gleich ein paar Tage ins Krankenhaus.

Gloria hatte ich einen Zettel an die Tür geklebt, denn auf mein Läuten hatte sie nicht geöffnet und telefonisch war sie auch nicht zu erreichen.

Aber gleich am ersten Abend kam sie. Wie ein schwarzer Teufel unter all den Weißkitteln stand sie vor meinem Bett im Einzelzimmer Nr. 69. »Ansteckend?« »Wahrscheinlich bloß eine Allergie. Gegen Erdbeeren.«

Sie setzte sich auf mein Bett, drehte ihren Körper in meine Richtung und zog ihre Beine bis fast unter das Kinn. Das Goldkettchen am Fußgelenk blitzte im hellblauen Licht der Neonröhre über meinem Bett. Ganz langsam schob sie sich näher an mich heran, und als ich schon ihren Atem auf meinen Lippen spürte, sagte sie: »Dann können wir ja gar keine Erdbeeren mehr essen.« »Dann müssen wir wohl was anderes zusammenfügen.« »Was denn?«

Frauen sind doch einfach schrecklich. Sie wissen alles und tun alles. Aber sie sagen nichts. Sie sagen es nicht. Eher tragen sie ihre Zungen ins Pfandhaus. Und die Stimmbänder gleich dazu. Deshalb musste ich wieder ran und sagte: »Na, uns natürlich.«

Und wir fügten zusammen.

Sofort und unverzüglich und noch schneller. Hier und jetzt. Und ich behielt Recht. Nämlich, dass es doch immer wieder dieser Schuss Verkommenheit ist, der den Tango vollendet. Denn wäre ich an irgendwelchen Geräten angeschlossen gewesen, sie wären samt und sonders in die Luft geflogen. Die Funken stoben.

* Tango ›Nostalgias‹, in: Steidl, P.: *Tango*, übersetzt von D. Reichardt.

Die Königin vom Fischmarkt

Es kam, wie es kommen musste, denn meine Haut war wieder zart geworden. Und da mir völlig klar war, dass ich diese wunderbare Haut nicht nur meiner außerordentlich gesunden Ernährung zu verdanken hatte, wusste ich, was passieren würde. Von den Früchten aller Bäume dieser Welt, davon ernähre ich mich. Mehr brauche ich nicht.

Ich liebe Pfirsiche.

Aber ich hasse es, sie zu essen. Dieses Gesabber, dieser Saft, der immer macht, was er will. Er läuft aus dem Mund, von den Lippen aufs Kinn, den Hals herunter auf die Brust. Wischt man ihn weg, kleben und schmieren die Hände. Ich hasse es. Nur die dicken, weißen Pfirsiche aus Südfrankreich, das sind die meinen. Und zwar schön geschält ohne diese grässliche Mausehaut, immer geachtelt, mit Minzblättchen angerichtet auf einem dunkelroten Teller. Ja, so liebe ich das. Und dieser Hand sollten weitere Zärtlichkeit folgen. Unbedingt.

Dann liebe ich Weintrauben.

Sie sind sehr viel praktischer. Aber mit ihnen muss ich gefüttert werden. Ob nun grüne oder blaue, ist egal. Nur ohne Kerne müssen sie sein. Ohne Kerne! Sollte ich auch nur einen zwischen meinen Zähnen spüren, spucke ich die Traube sofort an die nächste Wand. Sie auf den Boden zu spucken wäre zu unauffällig. Das hat so etwas Verschämtes, und das ist ganz und gar nicht meine Sache. Die Trauben sollten noch ein bisschen feucht sein und natürlich ebenfalls gereicht von zarter Hand.

Und dann Ananas.

Ach, wie liebe ich Ananas! Und wie sehr hasse ich es, sie zuzubereiten. Es ist nichts anderes als eine Kraft raubende

Mörderarbeit, bei der einem der Schweiß aufs Messer tropft. Manchmal spritzt sogar Blut. Einfach abscheulich. Zu den mundgerechten Stückchen auf einem dunkelroten Teller dann natürlich Champagner. Fein gekühlt und serviert in einem schaumgekrönten Wannenbad, umgeben von Rosen- und Sandelholzdüften. Nun könnte man meinen, ich sei ein Luxusweib. Keine Frage, das bin ich. Allerdings bin ich auch eine, die sich zu träumen wagt, und meine Illusionen halten mich weitaus mehr am Leben als der gesamte traurige Rest. Aber ich schlage um mich, wenn mir kein roter Teppich ausgelegt wird. Das Mittelmäßige, das Prüde und das Wertlose sind meinem Gemüt einfach nicht zuträglich. Deshalb hasse ich es auch, wenn man mir vorsäuselt von Sonnenblumen, der Farbe Blau und Sekt aus Spanien. Von wegen! Ich liebe Baccararosen, Gold und natürlich Champagner. Aber für all das hatte ich in der Vergangenheit bereits derart luxuriös und gleichermaßen ruinös bezahlt, dass ich heute schon froh gewesen wäre, wenn mir eine meine geliebten Früchte wenigstens in Dosen zugeworfen hätte und den Dosenöffner gleich hinterher. Aber es gab keine Früchte und auch keine Dosen. Rosen, Gold und Campagner schon gar nicht.

Nur meine Haut war zart und weich, und das war ein Zeichen. Es war das Zeichen sich aufzumachen.

Ich ging auf den Fischmarkt.

Vor einigen Jahren war dieser Markt seinem Namen sicher gerecht geworden, denn damals wurde dort überwiegend Fisch verkauft. Heute war er letztendlich nichts anderes als ein kleiner, ganz gewöhnlicher Wochenmarkt, an jedem Mittwoch und Samstag. Aber man nannte ihn weiterhin Fischmarkt, auch wenn das einzige, was davon übrig geblieben war, der Geruch von geräuchertem Aal war und ein kleines, unscheinbares Trapperwägelchen mit einer verschmutzten, orange-weiß gestreiften Markise. Vor seinen dicken Gummireifen sammelten sich stets bläulichgelbe Wasserpfützen, und das Sortiment bestand eigentlich nur aus Rotbarsch- und Seelachsfilet. Dazu eine Schüssel überteuerter Krabben, und hin und wieder eine Schüssel mit »Black Tiger« – Garnelen aus China. Immer nur ein paar, denn wer sich diesen Adel in größeren Mengen leisten konnte, der ging ohnehin nicht auf den Wochenmarkt. Daneben noch ein Bündel geräucherter Aale und diese Schillerlocken, von denen auch kein Mensch weiß, was das eigentlich ist. Und natürlich Lachs. Der gehört ja immer dazu. Auf einem Holzbrett. Scheibe um Scheibe von krankem Rosa ins Blaue und dann mit einem kräftigen Graustich. Frisch aus Norwegen, natürlich. Vermutlich war er in den vergangenen Tagen in der nächstgelegenen Zuchtanstalt erschlagen, wenn nicht aus der Wupper gezogen worden.

Warum ich nun gerade auf den Fischmarkt ging, wusste ich nicht. Vielleicht, weil es ein Sonnabend war, vielleicht, weil ich mich von den Menschen einfach mitziehen ließ. Ich gehe wirklich nicht gern auf Märkte. Tausend Stimmen über den Köpfen und doch kein einziges Wort. Der Geruch von überreifem Obst und verwelkenden Blumen erinnert mich an Beerdigungen, und da gehe ich schon gleich gar nicht hin.

Es war September und es war kein schöner Tag. Wobei ein schöner Tag nichts mit Sonne zu tun haben muss. Der Himmel versprach endlich Regen, aber es regnete nicht. Wohl wegen dieser unerfüllten Erwartung war es kein schöner Tag. Die Menschen waren anscheinend enttäuscht und gaben sich deshalb auch keine weitere Mühe, noch irgendetwas zum Gelingen beizutragen. Sie wuselten um mich herum wie die Ameisen um einen Honigtropfen. Ich bin überall ein Hindernis, aber die Leute finden mich im Allgemeinen reizend. Vermutlich, weil ich sie ständig belüge. Ich verschone sie mit der Wahrheit, denn die Wahrheit hat immer einen schlechten Beigeschmack, und ich habe nun mal einen exzellenten Geschmack. Die Leute sollten mich deshalb nicht nur reizend finden, sondern mir dankbar sein. Diese Menschen aber, aus deren Taschen Selleriestangen ragten – Sellerie ist immer dabei, mindestens aber Porree – waren das wohl eher nicht. Kein Wunder, denn hier log ich nicht. Hier machte ich offen nicht mit. Man hat das nicht gerne, wenn eine nicht mitmacht zwischen grauem Wupperlachs und diesen angedätschten Rosensträußen im Sonderangebot. Rosen, die für keine Entschuldigung mehr taugen. Auf den Menschen, der mir solche Rosen schenkt, womöglich aus Zuneigung oder eben als Entschuldigung, würde ich eben damit einschlagen. Sofort. Zehn Stück für 4,99. Einfach nur jämmerlich.

Das einzig Lohnenswerte für mich auf diesem Markt war der dunkle Wagen mit dem Obst. Er war der größte von allen und auffallend gepflegt. Die orangefarbene Markise immer picobello, die hellbraunen, dreieckigen Papiertüten immer akkurat aufeinandergestapelt. Rosafarbene Pink-Lady-Äpfel aus Neuseeland, Granatäpfel mit eindeutigem Paradiesgeruch, hellgelbe Kumquats aus Israel, dunkelgelbe Quitten aus der Türkei und grüne Limetten aus Mexiko. Diese Opulenz aus Farben, Formen und Gerüchen, als hätten die Früchte dieser Welt hier zusammengefunden. Ein farbenprächtiges Fruchtgebirge mit einem unbekannten Namen in einem unbekannten Land. Natürlich mit meiner geliebten Ananas, mit Pfirsichen und Weintrauben.

Kurz vor dem Wagen mit dem Obst wäre ich fast auf zertretenen Pflaumen ausgerutscht. Es ging gerade noch einmal gut. Die Frau, die hinter einer Pyramide von Orangen stand, hatte mein Missgeschick erschrocken mitangesehen, sagte aber nichts, als ich dann meine Favoriten, von den Ananas gleich zwei, bei ihr bestellte und sie mir zügig Tüte um Tüte über die Orangenpyramide reichte. Ich war zu selten hier, um die Frau zu kennen. Hinter ihrer getönten Brille, die ihre Augen regelrecht einklemmte, schien sie mich immer fest im Visier zu haben. Egal, wo ich vor diesem Wagen stand, ich konnte mich ihrem leichten Silberblick nicht entziehen.

Und noch etwas fiel mir auf. Sie bewegte sich ganz genauso wie meine Großmutter. Der gleiche Gang, die gleichen Bewegungen. Sofort sah ich meine Großmutter, wie sie am Abend noch einmal um ihr Haus herum gegangen war und dabei den Garten inspizierte, hier und da ein bisschen Unkraut zupfte, Äpfel auflas und mir dann manchmal einen davon gab, den sie mit ihrem Ärmel blank geputzt hatte. Ich sah sie wieder vor mir, wie sie den umgefallenen Spaten an die Hauswand stellte, immer mit zwei Fingern die Blumenerde in den Töpfen vor den Fenstern prüfte. Meine kleine Großmutter mit dem dicken Hintern, dem kugelrunden Gesicht mit den immer roten Wangen, ihren quietschbunten Schürzen, deren Schleifen ich ihr hin und wieder unbemerkt auseinander zog, woraufhin sie mich, sobald die Schürze auf dem Boden lag, fluchend verfolgte. Mit einem Lächeln, das sie eigentlich gar nicht lächeln wollte. Ich sollte ja schließlich gut erzogen werden. Nichts ist ihr allerdings weniger gelungen als das. Wieder roch ich ihre erdverkrusteten, viel zu großen Schuhe, immer ohne Schnürsenkel, und ich spürte ihre rissigen, verhornten Hände mit den schwarzen Fingernägeln wieder in meinen Händen. Sie konnte so zickig sein, so hochmütig, so eisenhart. Sie war so bescheiden, so voller Anmut, voller Würde. Aber was sie auszeichnete und was sie ausmachte, war etwas noch anderes. Sie konnte etwas ganz Besonderes.

Sie konnte lieben. Deshalb wurde sie meine Königin. Wäre sie in einer Kutsche mit vier schönen Pferden an mir vorbeigefahren, meine Nasenspitze hätte den Boden berührt, so tief hätte ich mich verneigen wollen. Und wäre sie in dieser Kutsche wieder zurückgekommen, in der gleichen Haltung hätte ich am Wegesrand gestanden. Hoheitsvoll hätte sie mich gegrüßt und dann, während die Pferde sie an mir vorüber gezogen hätten, ihren kleinen, taubenblauen Hut mit dem Silberband aus dem Fenster geschwungen. Ich wäre ihr hinterhergelaufen, und ihr graues Haar wäre nach links und rechts gewippt. Aber der Abstand blieb, niemals hätte ich es berühren können. Als sie starb, erstarrten meine Tränen wie ein gefrorener Wasserfall. Als ich sie Jahre später dann doch weinen konnte, ertrank ich beinahe darin.

Ich verstaute also die Tüten in meiner Tasche, als mich die

Frau unschuldig wie ein Hundekuchen fragte, ob vielleicht noch ein paar Bananen genehm seien. Um Gottes willen! Sie konnte natürlich nicht wissen, dass es einer Frau wie mir gleichermaßen unmöglich und unerträglich war, eine Banane auch nur in die Hand zu nehmen, ohne dass mir ein unverzüglich einsetzendes Würgegefühl inklusive Brechreiz die Luft abschnürte. Ich lehnte also sehr dankend ab und konnte es mir nicht verkneifen, ihr neckisch zuzuwispern, dass Pflaumen mir dann doch wesentlich lieber seien. Ihre Antwort war riskant. Auf Pflaumen könne man ausrutschen. Oh ja, sie hatte Recht. Und das nicht nur auf Fischmärkten. Wusste sie vielleicht, wie Recht sie hatte? Diese Frau mit ihrem süßen Akzent. Mirka. Ihr Name hatte auf einem kleinen Schild zwischen all den Früchten gestanden. Dass sie aus St. Petersburg kam und ihre Mutter vom Blitz erschlagen worden war, erfuhr ich erst, als auf dem Boden keine Pflaumen mehr lagen, sondern eine hauchdünne Schneedecke.

An diesem Tag schubsten mich die Reste des Sommers wieder in meine Wohnung. Ich ordnete das Obst in die dafür vorgesehene Kristallschale, stellte sie auf den Tisch und starrte auf diese Kreation, die schön anzusehen war, aber so starr, so ohne Leben.

Das einzig wirklich Lebendige an diesem Tag waren die Erinnerungen an meine Großmutter. So vieles fiel mir nun wieder ein und ich begann, sie ganz stark zu vermissen. Wie hatte sie mich ob meiner Untätigkeit gescholten! Immer kleiner war ich damals geworden, geändert hatte ich dennoch nichts. Bis sie mich eines Tages unter Androhung von Rinderbratenentzug auf eine Party im Ort jagte, auf der ich einen Mann kennen lernte, der es schließlich schaffte, mich ganz und gar unglücklich zu machen. Das habe ich ihr nie verziehen. Sie fand diesen Menschen überaus prächtig und das war der Grund, warum ich überhaupt mit ihm ging. Sie nahm in Kauf, dass wir uns dadurch immer seltener sahen, und ich nahm es um ihretwillen sehnsüchtig hin.

Als ich sie zum letzten Mal sah, war sie so dünn geworden. Ihre Wangenknochen standen hervor, die Schürze schlotterte um ihren Leib. Sie verließ nur noch selten das Haus. Einmal noch gab es Rinderbraten, aber sie aß nur zwei kleine Happen. Es war das letzte Mal, dass wir zusammen waren. Ich wusste das ganz genau. Sie spürte es wohl auch, denn sie sah mich nicht mehr an, schaute nur noch aus dem Fenster, so wie ich damals, als ich noch Kind war. Ihr Kind war. In dieser letzten gemeinsamen Stunde wurde sie zu meinem. Ihre Hand rückte nah an meinen Teller, ergriff meine aber nicht. Sie ließ ihre Hand einfach liegen, der Abstand blieb, wie der zwischen ihrer Kutsche und mir. Bevor ich damals ging, umarmte sie mich doch. Zum ersten und zum letzten Mal.

Meine Großmutter konnte ich nun nicht mehr umarmen. Also umarmte ich mich selbst. Spürte wieder meine zarte Haut auf den Oberarmen, den Schultern. Nahm mein Gesicht in beide Hände und wünschte mir, es wären nicht meine eigenen.

Am nächsten Morgen war Mirka mein erster Gedanke. Darüber wunderte ich mich überhaupt nicht, denn ich spürte dabei Freude und Hoffnung. Wieder streichelte ich meinen Bauch, meine Beine, meine Hüften. So unglaublich zart. Ein untrügliches Zeichen, dass mein Körper wieder den Startschuss gegeben hatte. Aber ich spürte, dass auch meine Seele bereit war. Ich war bereit zu lieben.

Am Mittwoch war ich wieder auf dem Fischmarkt. Die Tür der Neugierde hatte ich am vergangenen Samstag schon geöffnet, und jetzt rückte ich in den Mittelpunkt des Interesses. Eines wirklichen Interesses, denn ich bin überzeugt davon, dass, wenn man sich für einen bestimmten Menschen interessiert, sich dieser Mensch auch für einen zu interessieren beginnt. Ein klein wenig jedenfalls.

Mirka hatte so zarte, schlanke Hände. Würden mich diese Hände je berühren? Ihre Augen verwirrten mich zusehends. Ich wollte mit ihr sprechen, und zwar nicht über Obst, Preise oder das Wetter! Die ganze elende Geschichte von Nähe und Distanz setzte sich in Gang. Wie weit durfte ich, wie weit konnte ich gehen? Ich kann diese Kompliziertheiten bis heute nicht begreifen. Also blieb ich diesmal so zurückhaltend, wie es mir nur irgend möglich war. Das fiel mir schwer. Verdammt schwer.

Ich kaufte das Übliche. Sie sagte nur, dass es nun wohl kälter werden würde. Mirka hatte einen schönen dicken Zopf, der immer vorne auf ihrer Schulter lag. Würde ich ihn je umfassen dürfen? Am darauf folgenden Sonnabend waren es keine Weintrauben mehr, sondern Orangen, die ich kaufte, und sie sagte nur, die Zeit der Trauben sei nun vorbei. Mirka war so klein, so zerbrechlich. Würde ich sie je beschützen dürfen?

Ach, was zogen sich die Tage zwischen Mittwoch und Sonnabend, und die Nächte erst! Aber ich schlief tief und fest und erledigte mein Tagesgeschäft mit Schwung. Das war seit Monaten nicht mehr so gewesen. Zum ersten Mal bearbeitete ich die Ananas unfallfrei. Mirka, Mirka, Mirka. Nichts anderes war mehr in mir. Der Rest der Welt hatte sich aufgelöst.

Auf meinem nächsten Wochenmarktgang schlurfte ich bereitwillig durch das bläulichgelbe Wasser des Fischwagens, ließ mich fröhlich von der silbernen Waage betrügen und wieselte nun genauso flink umher wie alle anderen um mich herum. Sie belohnten mich mit einem Lächeln, und ich bedankte mich fast dafür. Mein Lachen war echt, denn ich hatte mich in den Fischmarkt verliebt. Aus diesem Grunde und dieser heiteren Stimmung heraus war ich ein bisschen mutiger als gewöhnlich. Ich fragte Mirka, ob sie mir das Wort »Toscar« übersetzen könne. »Toscar« ist das einzige russische Wort, das ich kenne. Nicht allein das Wort ist schön, sondern auch seine Bedeutung, die ich durchaus kannte. Schließlich rankte sich darum der Mittelpunkt meines Lebens.

Sie erschrak sichtlich, warf ihren dicken Zopf über die Schulter und sagte so leise, dass ich es kaum verstehen konnte: »Verlangen.« Dann machte sie eine Pause, sah mir direkt in die Augen und fügte hinzu, »Toscar« heiße aber auch Sehnsucht. Mirkas Akzent bezauberte, verzauberte mich. Ich sagte es ihr. Doch nichts passierte. Sie lächelte bloß ein bisschen länger als sonst und irgendwie sonderbar. Es war ein ganz und gar betörendes Lächeln und in diesem Moment wusste ich überhaupt erst, was ein Lächeln ist. Was ein Lächeln kann. Trotzdem. Ihre Sturheit verursachte mir inzwischen Herzflimmern, und ich begann zu schäumen wie mein Bad mit Rosen- und Sandelholzgeruch. Verdammt noch mal, warum versagte bei ihr alles? Mein Charme, mein Interesse, meine Reize, meine Komplimente. Was sollte ich denn noch tun? Ich entschied mich für das Übliche und musste mit den Wochen regelrechte Schneisen durch die Obstberge in meiner Wohnung schlagen.

Die Liebe macht einen zum Narren. Ich schrieb ihr meine Telefonnummer auf einen Hunderteuroschein und verweigerte das Wechselgeld. Nichts. Sie ging überhaupt nicht darauf ein. Sie blieb mir einfach ein Rätsel, denn all meine Bemühungen prallten an ihr ab wie ein Tennisball. In ihrem Schweigen, auch ihrer Abwehr, spürte ich dennoch eine merkwürdige Kraft. Etwas Magisches, etwas Magnetisches, das mich stark berührte. Es war, als stände sie in einem Licht. Es besänftige mich in meiner Gedankenlosigkeit, meiner Dummheit und meinem ganzen blasierten Tun. Ich bin berühmt für meine Verbalattacken, die jede Grenze sprengen, für meine Vorwärtsbeleidigungen, für die man mich hin und wieder hasst, weil sie mir auch noch Spaß machen. Die Kraft, die jetzt auf mich wirkte, war verdammt schmerzhaft und dennoch verstärkte sie meine Gefühle für Mirka. Es war mir unmöglich, mich ihr und dem Geheimnis zu entziehen, das sich hinter dem Ungesagten bildete. Ich fühlte mich, als ob mir damit eine Last genommen würde, fühlte mich leichter, gleichzeitig auch immer trauriger.

Von Mittwoch bis Sonnabend und dann wieder von Sonnabend bis Mittwoch saß ich in meiner Wohnung und hörte den ganzen Tag nichts anderes als meinen Atem und das Pochen meines Herzens. Und ihre Frage, ob ich wiederkommen würde. Selbstverständlich. Ich lebte doch nur noch an zwei Tagen in der Woche.

Es war längst November geworden, und vor ein paar Tagen war der erste Schnee gefallen. Auch heute schneite es wieder, als ich zum Markt ging. Einen letzten Versuch noch wollte ich wagen, und er durfte töricht sein, schließlich hatte ich nichts mehr zu verlieren. Im Gegenteil. Ich versuchte es mit einer Einladung der ganz besonderen Art. Ein unglaublich blödes Angebot. »Ich lade Sie ein in den Rest meines Lebens.« Bei meinen Worten zuckte ich ebenso zusammen wie Mirka. Sie sagte nur: »Sie sind eine ungewöhnliche Frau. Ihre schöne Stimme. Ich wollte, ich könnte sie öfter hören. Aber jetzt darf es nicht mehr sein.« Mit diesen Worten gab sie mir einen Granatapfel, den sie schon seit einiger Zeit in den Händen gedreht und dann mit ihrem Ärmel blank gerieben hatte und sagte: »Das Paradies ist nicht jedermanns Sache. Man muss es auch ertragen können.« Dann sagte sie noch ein paar Worte in ihrer Muttersprache, die ich nicht verstand.

Ich hielt ihre Antwort für ein eindeutiges Zeichen, auch wenn ich sie nicht recht verstand. Dann erzählte sie mir vom Tod ihrer Mutter und dass sie aus Russland kam. Und sagte noch etwas, das mir fast das Herz aus der Brust springen ließ: »Ich warte immer auf Sie. Ihre Augen sind mir so nah.«

Mir fehlten die Worte. Aber als sie ihren Stand verließ, um eine neue Kiste mit Obst in den Gang zu räumen, trat ich auf sie zu. Jetzt konnte ich nicht mehr anders. Mirka blieb stehen. Ich nahm ihre Hand und zog sie einfach an mich. Gleich würde ich ihre Lippen spüren. Aber stattdessen spürte ich zwei Finger auf meinem Mund, die mich sanft zurückwiesen. Ich erschrak, ging ein paar Schritte zurück und sah ihr schweigend zu, wie sie das Obst aus der Kiste weiter in die Auslage legte.

An diesem Tag verließ ich den Fischmarkt nicht wie üblich, sondern wartete die Mittagszeit ab. Es herrschte ein reges Treiben und ich war sicher, dass sie mich nicht sehen konnte. Ich beobachtete Mirka die ganze Zeit. Atmete jeden ihrer Atemzüge, spürte jeden Schlag ihres Herzens. Unsere Herzen, sie schlugen im gleichen Rhythmus. Meine Gefühle, meine Gedanken, meine Fantasien schlugen einen Purzelbaum nach dem anderen. Gegen Mittag begann sie, ihren Stand abzuräumen, sie stellte den Heizofen aus und zog sich einen Mantel über ihre wattierte schwarze Weste. Ihr Lieferwagen stand bald verschlossen auf dem Platz. Sie ging zum Führerhaus, und nun tat sie etwas sehr Merkwürdiges. Mirka nahm den linken Reverskragen ihres dicken, hellbraunen Mantels in die Hand und küsste ihn. Es war kein flüchtiger Kuss. Als ich das sah, wurde mir zum ersten Mal bewusst, wie einsam sie sein musste. In der Geschäftigkeit am Stand war es mir nicht aufgefallen. Dort hatte mich ihre Ausstrahlung mehr und mehr gefesselt, ihre Aura, die mir meinen roten Teppich unter den Füßen wegzog und mir den Champagner mit schallendem Gelächter in den Nacken goss. Sie schüchterte mich ein, weil sie mir etwas nahm. Etwas aus mir herauszog. Trotzdem wollte und konnte ich nicht mehr fort von ihr. Ließ alles geschehen.

Mirka stieg in ihren Wagen, der langsam anfuhr. Ich sprang aus meinem Versteck und lief ihr ein paar Schritte hinterher. Der dunkle Wagen verschwand langsam im Schneegestöber. Die Flocken stoben mir ins Gesicht. So stand ich da und sah ihr nach, bis selbst die Reifenspuren völlig vom Schnee bedeckt waren. Warum war ich nicht viel früher aus meinem Versteck gekommen? Das Versäumnis zerrte schmerzhaft an mir. Langsam ging ich nach Hause. Der Schnee brannte in meinem Gesicht. Bis es ganz weiß wurde.

Bis zum nächsten Markttag schwankte ich zwischen Hoffnung und Verzweiflung. Was hatte sie gemeint mit dem Paradies? Das, was vielleicht erreichbar war, auch hier, auf dieser Welt? Eine befriedigende Antwort konnte ich nicht finden.

Drei Tage später auf dem Fischmarkt dann etwas Unglaubliches. Unfassbares. An ihrem Platz nur eine große Lücke. An jedem Stand fragte ich nach Mirka. Immer nur Schulterzucken. Keiner wusste etwas. Bedrückt lief ich die leere Stelle immer wieder ab. Selbst als ich es endlich über mich brachte, den Markt zu verlassen, drehte ich mich noch einmal um. Sie war und blieb verschwunden.

Bis zum nächsten Verkaufstag konnte ich nicht mehr schlafen. Unruhig ging ich in der Wohnung auf und ab, konnte nichts mehr essen, mich auf nichts mehr konzentrieren. Was war passiert? Wo war Mirka? Wieder in ihrer Heimat? Auf einem anderen Wochenmarkt?

Der Tag war extrem kalt. So eiskalt, wie ein Wintertag in Russland sein musste. Stundenlang war ich bereits durch die Stadt gelaufen, als am Markt die Wagen vorfuhren. Die Stände wurden aufgebaut. Aber ihr Platz blieb wieder leer. Wieder fragte ich, wieder erhielt ich keine Antwort. Allenfalls ein Pöbeln: »Ist mir doch völlig egal. Die sollen doch bleiben, wo sie herkommen.« Meine Hoffnung schwand und machte der Verzweiflung Platz, denn ab heute wurde der Fischmarkt für den Rest des Jahres geschlossen. Sein Platz war für den Weihnachtsmarkt vorgesehen. So wie in jedem Jahr. So wie immer. Aber für mich war nichts mehr wie bisher.

Obwohl ich Mirka nun über eine Woche nicht gesehen hatte, wollte ich die Hoffnung noch nicht aufgeben, und diese Hoffnung verstärkte sich, als ich sie wiedersah. Wieder trug sie ihren dicken, hellbraunen Mantel, und ich fütterte sie mit all meinen Früchten. Dann küsste ich ihr den Pfirsichsaft von den Lippen. Ihr Gesicht war schneebedeckt und kam mir immer näher. In den nächsten Tagen und Nächten bettelte ich um neue Träume, aber sie blieben aus.

Es wurde Weihnachten, und in diesem Jahr sah ich nicht die geringste Veranlassung, das Fest auch nur zu beachten. Am 24. Dezember zündete ich lediglich die dunkelrote Kerze an, die immer auf meinem Tisch steht, und in ihre Flamme hielt ich ein paar Tannennadeln. Ihr Duft überdeckte den Geruch von überreifem Obst, der immer noch in jeder Ecke meiner Wohnung hing. Ich stellte das Telefon ab, verschloss die Tür, nahm eine kleine Hand voll Schlaftabletten. Beim Einschlafen hörte ich noch lange das Läuten der Kirchturmglocken.

Wie ich diese Tage überstanden habe, ich weiß ich nicht mehr genau. Stundenlang irrte ich durch die weißen Straßen meiner Stadt und sah in hell erleuchtete Fenster. Der Weihnachtsmarkt hatte längst wieder seine Pforten geschlossen, und der Platz war nun ganz verwaist. Ich stellte mich an die Stelle, wo Mirkas Stand gewesen war, und hörte sie wieder und wieder sagen: »Ich warte immer auf Sie.« Aus dem Dunkel kam mir eine kleine, dünne Katze entgegen. Ich warf ihr ein paar Brocken hin, die ich immer in meiner Tasche habe, und wollte sie in meine Wohnung locken. Sie fraß, aber dann verschwand sie wieder in der Dunkelheit.

Das Leben begann erst wieder zu atmen, als nach den Festtagen die erste druckfrische Zeitung in meinem Kasten lag.

Jede einzelne Zeile sog ich ein wie einen Tag ohne Einsamkeit und auch jede Zeile der Seiten, die ich ansonsten immer überschlug. Jede Zeile ein neuer Atemzug, der mein Herz weiterschlagen ließ, obwohl ich mir keinesfalls sicher war, ob das meinem Wunsch entsprach. Ich wollte schon weiterblättern, als meine Hände die Seite nicht mehr umdrehen konnten. Dort stand:

Nach langem, mit unendlicher Geduld ertragenem Leiden verstarb heute Mirka Lobroschowitsch. St. Petersburg. Bliesdorf.

Ich schleuderte die Zeitung auf den Boden und krümmte mich. Wie ein Dolch durchfuhr mich augenblicklich die Erkenntnis, dass ich nichts von Mirka begriffen hatte. Ihre auffallende Betonung bei der Übersetzung des Wortes »Toscar.« Die lange Pause zwischen ihren Worten. Dieser Satz – was hatte sie gesagt? ›No etogo mie moziet golzze byz?‹ So hatte es geklungen. So ähnlich jedenfalls. Was nur? Dass meine Augen ihr so nahe seien. Das es nun immer kälter werden würde und die Zeit der Trauben vorbei sei. Und dann der Satz mit dem Paradies. Der Granatapfel. Es war nichts anderes als das Geschenk und das Zeichen einer Frau, die längst wusste, dass sie bald gehen musste. Erst jetzt verstand ich es. Jetzt, wo alles zu spät war.

Aber hätte ich das wirklich alles spüren, fühlen und begreifen können?

Es war bereits dunkel geworden, als ich die Zeitung wieder aufhob und die Anzeige noch einmal las. Mirka war genau an dem Tag gestorben, als der Fischmarkt geschlossen wurde. Für mich war es der Tag, an dem die Früchte dieser Welt von den Bäumen fielen und verdorrten.

Ich würde Mirka nie wiedersehen. Trotzdem versuchte ich Abschied zu nehmen. Es war ein kläglicher, ein zum Scheitern verurteilter Versuch, der nichts anderes hinterließ als die brennende Erkenntnis, dass sie fortan immer bei mir sein würde.

Denn sie hatte es gekonnt. Lieben. Sie konnte lieben. Deshalb durfte ich es nicht.

Ich sah aus dem Fenster und während der Schnee vom nachtschwarzen Himmel fiel, schob sich ganz langsam eine Hand in meine.

Zeit der Orangen

Sie konnte morgens schon von der Liebe reden und bis Mitternacht Orangen essen. Und ich weiß nicht mehr, was von beidem mich mehr aufgeregt hat.

Ich war gerade dabei, mir im Supermarkt eine französische Honigmelone auszuwählen und meine bezaubernde Nase schwebte direkt über der Pflückstelle, als eine Unbekannte mit den Worten »Hier, fang auf. Für heute Abend zum Dessert« eine Orange schnell, unwiderstehlich, aber auch boshaft quer über den Obststand in meinen Einkaufswagen segeln ließ.

»Bei mir gibt es zu Honigmelonen nur Porto und sonst nix.« Mit diesen Worten trat die Orange ihre Rückreise an, und auf der gegenüberliegenden Seite gluckste eine sehr runde Frau vor Vergnügen. Eines war mir sofort klar. Solche Tage gehen nie zu Ende, ohne dass etwas weitergeht.

An der Kasse schob sie mir ihren Einkaufswagen in die Haken und legte einfach zwei Orangen in meinen Wagen. Aber wie sie diese Früchte dort hineindrapierte! Sie tat das auf eine geradezu obszöne Art und Weise. Zuerst wiegte sie die Orangen in ihren Händen und legte sie dann direkt nebeneinander auf meinen Kopfsalat. Dazu bekamen die Dinger auch noch je einen zärtlichen Klaps. Wie ein kleines Mädchen, das gerade beim Schokoladeklauen ertappt worden ist, erklärte sie mir, dass sie Orangen am liebsten mit Zwiebeln esse. Zugegeben eine höchst ungewöhnliche Kombination. Aber genau das liebe ich. »Und ich nehme dazu Mayo und Ketchup«, sagte ich grinsend. Das Gespräch musste ja in Gang kommen. Sie hielt sich vor Lachen ihren runden Bauch, und nun musste ich auch lachen. Ein unglaublich schönes Gefühl war das. Es war schon sehr lange her, dass ich überhaupt gelacht hatte. Ich wunderte mich darüber, dass ich es überhaupt noch konnte.

Ich bekam Lust auf mehr davon. Nach der Zeit, die hinter mir lag und die längst noch nicht zu Ende war, hatte ich mir das auch verdient. Ich sehnte mich danach, den Kasper, der trotz aller Grübeleien in mir lebte, mal wieder herauszulassen. Erforderlichenfalls ein Tennismatch mit Orangen zu veranstalten, Auspuffrohre damit zu verstopfen oder meiner Ex damit die gesamte Wohnung vollzuladen bis unter die Decke. Es sollte sich ja schließlich lohnen. In der letzten Zeit hatte allein der Grübler und Denker in mir einsam die Wacht gehalten und mich langsam, aber sicher sowohl vom Schlaf als auch vom Leben abgehalten.

Und mein Herz?

Hier an der Supermarktkasse also erwachte der Kasper, der andere zum Lachen und bisweilen sicher auch zur puren Verzweiflung bringen konnte. Er zog die Mundwinkel hoch bis unter die Augenwinkel und machte sich auf die Suche nach dem Krokodil. Der Theatervorhang wurde aufgezogen, und schon war klar, dass der Kasper am Ende Sieger bliebe. Und die Kinder würden, wie immer, begeistert klatschen. Zunächst klatschte aber nun die Frau hinter mir. »Orangen mit rot-weiß! Bravo, klasse Antwort!«

»Merci. Davon kannst du noch mehr haben«, antwortete ich und begann, sie nun ein wenig näher zu betrachten. Ich duzte sie einfach, obwohl sie, genau wie ich, bereits heftig die zweite Hälfte des Lebens angeknabbert haben musste. Obwohl bei ihr, im Gegensatz zu mir, alles noch stramm und straff und rosig war. Diese zweite Hälfte, in der man stündlich mit den Wechseljahren rechnet und die Hoffnung auf die wirklich große Liebe, und wenn schon nicht die, dann wenigstens ein paar kleinere, immer noch nicht aufgegeben hat. Wenigstens einmal noch den Verstand verlieren, das Herz im Gepäck. Besser aber wäre es natürlich umgekehrt. Ach, zu was wäre man nicht alles bereit in diesem Alter, in dem sich heterosexuelle Frauen schon längst vom Kampfplatz zurückgezogen haben, sich auf die Silberhochzeit vorbereiten und ihre Ehen längst nur noch schlechte Angewohnheiten sind. Die anderen Frauen, die sich nicht von güldenen Eheringen haben erwürgen lassen bzw. diesem Erstickungstod rechtzeitig entronnen sind, beginnen in dem Alter ihren Platz im Altersheim zu buchen oder nehmen sich nun die detaillierten Ausführungen zur Pflegeversicherung als Bettlektüre vor. Das muss natürlich nicht immer so sein, meistens aber gilt: Die einen machen sich praktisch sargfertig und die anderen können immer noch nicht kochen.

Da ist es mir trotz allem Ungemach doch so, wie es jetzt ist, lieber, denn ich bin noch am Leben. Vielleicht, weil ich nie aufgehört habe zu hoffen. Auf meinem Nachtschrank liegt weder der Prospekt der Pflegeversicherung noch steht dort das Foto einer Liebsten. Sondern eingerahmt im Din-A4-Format die chinesische Weisheit: »Wer niemals närrisch war, der war auch niemals klug.«

Die runde Frau mit dem neckischen Kurzhaarschnitt in fast der gleichen Farbe wie die Orangen trug das Haar so sturmerfahren in die Stirn gekämmt, dass eine fatale Ähnlichkeit mit einem Shetlandpony nicht von der Hand zu weisen war. Ihre hellbraune Hose und das gelbe Hemd verstärkten diesen Eindruck. Sie folgte mir zu meinem Wagen. Da sie selbst anscheinend keinen hatte und sie mir keineswegs unsympathisch war, bot ich ihr an, sie nach Hause zu fahren. Begeistert wuchtete sie sich auf den Beifahrersitz, die Plastiktüten bis unter die Nasenspitze auf dem Schoß gestapelt.

Wenn ich eine fremde Wohnung betrete, dann weiß ich sehr schnell einiges über den Menschen, der hier lebt. Mein erster Blick ist noch grob sondierend, auf den zweiten allerdings wird das Ganze dann schon randscharf und das Feine, das birgt durchaus Überraschungen, die mich nicht selten vom Hocker hauen. Ihre Wohnung war klein, funktionell und schlicht eingerichtet. Da die Jalousien halb geschlossen waren, lag das Wohnzimmer in einem dämmrigen Licht, so dass ich auch nicht gleich alles erkennen konnte. Es standen überwiegend alte Möbel hier und sehr wenig Neues. In allen vier Ecken war unseliger Philodendron zu besichtigen. Ein vergilbter japanischer Sonnenschirm aus Papier nahm fast die Hälfte einer Wand ein. An der Decke vor dem Fenster hing ein goldener, einem orientalischen Tor nachempfundener Käfig, dessen Tür geöffnet war. Darin sprang ein gelber Vogel aufgeregt von Ast zu Ast. Im ganzen Raum standen, wo nur irgend Platz war, Schalen mit Orangen. Schalen aus Glas und Porzellan in allen Größen, Formen und Farben. Dazu Kerzen für hundert Jahre und Spielzeug für wohl fünfzig Kindheiten. Vor allem Teddybären. Holzeisenbahnen und kistenweise Legosteine. Alles kunterbunt und wild durcheinander. Offenbar hatte sie selbst keine Kindheit gehabt. Jedenfalls keine, für die es sich gelohnt hätte, klein zu sein. Über dem einfachen blauen Sofa da hing das Meer. Bild für Bild immer nur das Meer. Welle um Welle, Blau um Blau, Strand um Strand.

»Darin liegt der Schlüssel für alles«, hörte ich Sophie, die meine Blicke bemerkt hatte und mit der ausgestreckten Hand auf die Bilder deutete. In ihrer Stimme lag ein kleiner Pfeifton, denn neben ihrem linken Schneidezahn prangte eine kleine Lücke. Die hatte ich gesehen, als sie mir im Auto ihren Namen sagte. Auf meinen verständnislosen Blick hin sagte sie: »Wenn ich den Schlüssel hätte, vielleicht könnte ich es dann begreifen. Vielleicht könnte ich dann ja auch das mit der Liebe begreifen.« Sie stand vor dem größten Poster und fuhr fort. »Das Meer ist fließend und beweglich, aber es bleibt immer an seinem Platz. Im Gegensatz zur Liebe. Ich finde, die Liebe macht überhaupt keinen Sinn und übersteigt völlig den Verstand. Sie ist einfach nicht logisch. Es kommt mir vor, als würde ihr Zweck darin liegen, einen aus der Wüste in einen blühenden, schönen Garten zu ziehen und dann darin verdursten lassen. Sie ist sehr gefährlich. Verdammt gefährlich. Sie ist zum Töten bereit.« Mit den letzten Worten drehte sie sich abrupt um, streckte mir ihren Hintern entgegen und räumte einen Sessel frei. Sie setzte sich hinein und sagte: »Sehr gefährlich. Es ist schon sagenhaft, wenn man plötzlich keine Kontrolle mehr über die Dinge hat und über sich selbst schon gar nicht.« Hoppla. Ich wusste gerade mal ihren Namen, und sie redete so vertraut mit mir über die Liebe. Was sollte ich dazu sagen? Am besten die Wahrheit. Aber sie kam mir zuvor.

»Ich glaube manchmal, dass es die Liebe vielleicht gar nicht gibt, und falls doch, dann ist die unerfüllte Liebe immer die Schönste. Da endet wenigstens die Hoffnung nicht. Eine erfüllte Liebe dagegen, was immer das auch sein mag, die ist irgendwann ja doch vorbei.«

Nichts wusste ich besser. Aber alles, was ich gelernt hatte, hatte ich genau daraus gelernt.

»Die unerfüllte Liebe, die bleibt wie das Meer da«, fügte sie noch an.

Nachdenklich blickten wir in die dunklen, hellen und unergründlichen Wellen neben der Tür. Sophie spielte mit einer Orange und lachte plötzlich laut auf: »Das ist ja nun ein geradezu philosophischer Auftakt. Gefällt mir. Mein Herz liegt jedenfalls schon lange auf Eis. Damit es frisch bleibt. Wenn das Haltbarkeitsdatum demnächst abgelaufen ist, dann futtere ich es auf. Wie eine Orange.« Sie führte die Orange an ihre Lippen und tat, als ob sie hineinbeißen wollte.

»Wusstest du eigentlich, dass es davon über hundert Sorten gibt? Die, die ich kenne, schmecken aber alle gleich.«

Sophie lenkte ab und sagte: »Du hast mich ganz schön durcheinander gebracht. Ich hab die Zwiebeln vergessen.«

Ich kannte sie erst kurze Zeit, aber Sophie strahlte eine Wärme aus, der ich mich nicht entziehen konnte und auch nicht wollte. Ich mochte die Art, wie sie mir das eben alles erzählt hatte. Sie war schnell und sie war mutig. Deshalb betraten wir ein paar Minuten später die Straße – und rannten fast in einen Obststand, der auf dem Bürgersteig aufgebaut war. Im Vorübergehen schnappte sie sich eine Orange und sagte: »Hier, fang auf. Ganz besonders für dich. Für heute Abend zum Dessert«. Sie warf sie mir in die ausgestreckte Hand.

Damit begann sie.

Die Zeit der Orangen.

Unsere Zeit der Orangen.

Wenn eine neue Zeit beginnt, dann sollte sie eigentlich die Eleganz besitzen, sich auch anzukündigen. Beispielsweise mit einem Trommelwirbel oder mit einem lang gezogenen Harfenton. Dann könnte man sich darauf einstellen. Stattdessen schleicht sie sich einfach ein, unbemerkt, ungesehen, ungehört. Sie ist nicht elegant und auch nicht höflich, sie meldet sich nicht an, und sie meldet sich auch nicht wieder ab. Das Abmelden, das erledigt dann schon der Schmerz allein.

Sophie und ich hatten Zeit füreinander. Sophie, weil sie sich ihre Büroarbeiten einteilen und zu Hause erledigen konnte und ich, weil ich sowieso zu nichts anderem tauge, als Zeit zu haben. Mehr und mehr genoss ich das Zusammensein mit ihr, denn ich konnte wieder lachen. Mein Kasper jagte fröhlich sein Krokodil und tanzte übermütig, als wir beide einen reichlich störrischen Verkäufer eines Möbelgeschäfts, so von unserer Sicht der Dinge überzeugen konnten, dass er uns persönlich zur Kasse begleitete und uns dort Vortritt verschaffte. Dann begleitete er uns noch durch die Eingangstür und schnabelte etwas von »vielen, vielen Dank«. Auf dem Parkplatz hielten wir uns die Bäuche vor Lachen.

Mit Sophie fuhr ich zum ersten Mal in einer Geisterbahn, schrie wie am Spieß, und sie legte ganz fest ihren Arm um mich. Ich aß mit ihr meine erste und einzige Pferdewurst, die ich aber so schnell ich nur irgend konnte in den nächsten Abfalleimer spuckte. Danach desinfizierte ich mich mit zwei kleinen Schnäpsen. Sophie allerdings bestellte sich eine zweite Wurst, und ich ging sofort ein paar Schritte weiter, steckte mir die Finger in die Ohren gegen das Gewieher und Getrappel.

Mit ihr fuhr ich in den Harz. Sofort stiegen überwiegend

traurige Erinnerungen in mir auf. Deshalb war ich auch seit Jahren nicht hier gewesen, und alleine wäre mir das auch nie in den Sinn gekommen. Auch Sophie konnte mit allem hier nichts anfangen und warum wir eigentlich hierher gefahren waren, das wussten wir selbst nicht mehr. Wir verspeisten in einem Restaurant einen kleinen Hirsch, diese ganz und gar überflüssigen Birnen mit Preiselbeeren und waren beide geradezu sekündlich versucht, dem gänzlich vertrottelten Kellner ein Bein zu stellen. Wir gingen Hexen suchen, fanden aber keine einzige, sondern lediglich einen schwarzen Kater, der wohl einer von ihnen von der Schulter gesprungen sein musste, und landeten, weil wir ihn verfolgten, schließlich in einem Bergwerksstollen. Hier roch es nach Briketts, und es war derart kalt, dass ich mich an Sophie wärmte, indem ich meinen Arm um ihre Hüfte zu legen versuchte. Mein Arm war eindeutig zu kurz. Aber Sophie war so warm wie ein Ofen am Morgen und es war ganz einfach schön.

Dass wir allerdings auf der Rückfahrt in eine Geschwindigkeitskontrolle gerieten, gab dem Tag einen Knick, den Sophie damit ausbügelte, dass sie jedes Mal, wenn der Polizist anhob, uns zu erklären, was wir doch für böse schnelle Mädchen seien, das Autoradio auf Volldampf drehte. Es punktete jedenfalls heftig in Flensburg und wir nahmen uns vor, unsere nächste Reise nur noch in die andere Richtung zu unternehmen. Genauso schnell wie wir gekommen waren, fuhren wir weiter und Sophie redete, so wie jeden Tag, den wir bislang zusammen verbracht hatten, von der Liebe. Es wäre auch sehr verwunderlich gewesen, wenn sie es nicht getan hätte. Manchmal ging es schon am Morgen los, kaum dass ich ihre Wohnung betreten hatte. Sie konnte es einfach nicht lassen und damit einigermaßen unerträglich werden. Das Ganze endete immer mit derselben Feststellung: »Ich begreif es nicht. Ich begreif es nicht.«

So wie sie jeden Tag von der Liebe redete, gab es jeden, aber auch wirklich jeden Tag Orangen, Orangen, Orangen. Oder wenigstens irgendetwas mit Orangen. Diese Früchte, die immer nach Weihnachten riechen und merkwürdigerweise nie nach Sommer. Ich konnte sie schon lange nicht mehr sehen, geschweige denn essen. Ich liebe nun mal Honigmelonen. Aber nur die aus Frankreich. Am Abend unserer kleinen Reise gab es Orangensalat. Mal wieder. Und diesmal mit Zwiebeln. Ja, da muss man tapfer sein. Ich biss zuerst die Zähne zusammen und mich dann durch den Salat.

Später schälte ich meine erste Orange für Sophie. Dabei lag ich neben ihr im Bett. Auch zum ersten Mal. Ganz selbstverständlich war das alles passiert. Ich hatte gefroren und sie auch. In ihrem Schlafzimmer stand die letzte Schale mit Orangen. Ich lag also neben ihr und war ob ihrer Fülle, die aber sehr gut platziert war, schon ein bisschen eingeschüchtert. Einmal neben einer solch runden Frau zu liegen, hatte ich mir nie vorstellen können.

Ich schälte ihr also eine Orange. Achtete sehr darauf, die pelzige Haut unter der Schale ganz zu entfernen. Dann zerteilte ich die Frucht fein säuberlich. Ein kleines Stück schob ich ihr in den Mund. Der Saft lief ihr aus dem rechten Mundwinkel. Bevor sie ihn mit dem Handrücken abwischen konnte, küsste ich ihn weg. Einfach so. Der Saft war so süß. Aber ich kannte einen weitaus süßeren. Sophies Lippen saugten genüsslich am Fleisch der Frucht und ihr Blick sagte nichts anderes, als dass es ihr genauso ging. In Sekundenschnelle flogen unsere Slips und Shirts auf den Boden. Wie flink sie doch war! Und wie stark! Noch konnte ich sie nicht erkennen. Aber fühlen. Sie legte ihren Arm um meine Hüfte und hievte mich auf ihren Bauch. Und da lag ich nun. Warm und weich wie nie zuvor. Alles an ihr war straff. Und rosig. Mit einer Hand hangelte sie sich die Schale mit den bereits geschälten Orangen vom Nachtschrank. Ein Stückchen legte sie in meine Halsmulde, eines auf den Bauchnabel. Sophie lächelte auf eine ganz ungewöhnliche kasperlistige Art und Weise, während sie sagte: »Jetzt erklär ich dir mal die einzige wahre Art, überhaupt Orangen zu essen.«

Ungefähr eine Stunde später wusste ich nur zu genau,

dass ich Orangen künftig nur noch auf diese Weise essen würde. Ich würde ganz Spanien kaufen und Florida dazu, damit mir diese göttlichen Früchte nie mehr ausgingen.

Es war schon weit nach Mitternacht, als sie mir ein Echo auf meine Gedanken gab: »Ich muss immer Orangen im Haus haben. Wenn keine da sind, bin ich allein. Auch wenn du da bist. Jetzt bist du da. Aber wie lange noch? Das hat nichts mit dir zu tun. Nur mit Katherine.«

»Wer ist Katherine?«

»Willst du wirklich wissen, wer Katherine ist?«

»Natürlich.«

»Ich hab das aufgeschrieben. Den größten Teil davon jedenfalls.« Mit diesen Worten öffnete sie die Schublade des Nachtschränkchens und gab mir einen roten Schnellhefter. Die Seiten waren mit der Hand beschrieben. Eine Kinderschrift auf kariertem Papier. Es waren nur ein paar Seiten, überschrieben mit: »Haus Morgenrot«. Sophie drehte sich auf die Seite, während ich zu lesen begann.

»Ich war vierzehn.

Da ist es passiert. Der Kerl wurde zwar gefasst, aber nie verurteilt. Stattdessen wurde ich es. Mein Vater warf mich einfach über den Stacheldrahtzaun eines riesigen Hauses. So eine Art Gutsherrenhaus. Es war ein Heim für schwer erziehbare Mädchen. Er sagte noch, wenn ich mich bessern würde, könne ich wieder nach Hause. Es war Herbst und wo meine Mutter war, weiß ich nicht mehr. Sie war jedenfalls nicht da. Wie ein räudiger Hund stand ich vor der Tür und schwor mir, dass ich das meinen Eltern niemals verzeihen würde. Ich bekam ein rot kariertes Hemd und einen blauen Rock mit Gummizug. Alles war wie im Gefängnis. Meine Kindheit war vorbei. Kindheit!!! Lächerlich. Ich hatte nie eine gehabt. Ich wollte nur noch weinen. Konnte aber nicht mal das mehr.

Am Abend, als ich gerade aus dem Speisesaal zurückgekommen war, saß ich auf meinem Bett. Es war bereits dunkel. Da kam jemand durch die Tür und setzte sich neben mich, legte seine Hand auf meine Schulter. Ich erschrak fürchterlich und sah in zwei braune Augen. Hallo, sagte sie, ich heiße Katherine. Ich sagte ihr meinen Namen, wollte aber nur allein sein. Was hatte ich denn getan? Ich wollte doch auch nur geliebt werden. So wie meine Geschwister. Liebe, was war das? Ein Wort. Ein blödes Wort. Nichts mehr. Was hatte ich denn getan? Weil mich niemand liebte, hatte sich jemand ganz einfach meinen Körper genommen. Einfach so. Und als ich merkte, was da passierte, war es längst zu spät.

Jeden Tag mussten wir arbeiten. Nur am Sonntag nach der Kirche, da durften wir uns unsere privaten Sachen anziehen. Dann in zwei Reihen auf dem Hof aufstellen und ein bisschen spazieren gehen. Wer versuchte zu fliehen, auf den wurden die Hunde gehetzt. Dann gab es Einzelhaft. Aber irgendwie gewöhnte ich mich an alles. Zu Hause hätte es ohnehin nur Prügel gegeben. Zuhause? Was war das eigentlich? Wärme, Trost, Geborgenheit waren Worte, von denen ich nur gehört hatte. Freunde hatte ich auch nie gehabt. Auch nicht in diesem Heim. Bis auf Katherine. Abends, wenn ich im Bett lag, kam sie, setzte sich auf meine Bettkante und erzählte von sich. Manchmal strich sie mir ganz sanft über mein Haar und über mein Gesicht. Das war neu, denn die einzige Berührung, die ich bis dahin kannte, war die Faust im Gesicht.

Das erste Weihnachten in diesem Gefängnis kam. Wir mussten uns um den Baum aufstellen und singen. Danach verdrückte ich mich und versteckte mich in einem Schrank. Katherine fand mich dort. Meine Augen waren feucht und Katherine sagte, dass ich ruhig weinen solle. Dass mir das gut tun würde. Ich konnte aber nicht.

Katherine war der erste Mensch, der nett zu mir war und zärtlich. Sie war nur zwei Jahre älter als ich, aber sie wusste so viel. Sie war erwachsen. Manchmal nahm sie mich in ihre Arme. Dann fühlte ich mich geborgen und beschützt. Es war das schönste Gefühl, das ich kennen gelernt hatte. Ich habe ihr auch gesagt, dass ich diesen scheißdicken Bauch nicht mehr will.

Dann kam der März.

Katherine kam zu mir und wollte mit mir reden. Sie setzte sich wieder auf die Bettkante und ich spürte, es war nichts Gutes, was da nun kommen würde. Es stimmte, denn sie musste gehen. Ich hatte nur noch Angst. Da hatte ich zum ersten Mal einen Menschen, den ich lieb hatte, und er musste gehen. Tränen liefen über mein Gesicht. Ich rannte in den Keller und hielt mir die Ohren zu. Irgendwann bin ich dann doch wieder nach oben gekommen, und Katherine saß immer noch da. Nun nahm ich sie in die Arme und mein Gesicht war ganz nass von Tränen. Ob es meine waren oder ihre, das weiß ich nicht mehr. Wir wollten uns schreiben und füreinander da sein.

Dann hat sie mir eine Orange geschenkt.

Es war das erste Mal, dass mir jemand überhaupt etwas geschenkt hat. Jemand, dem ich etwas wert war. Es war eine große Orange. Als Katherine ein paar Wochen später von ihren Pflegeeltern abgeholt wurde, hatte ich sie immer noch. Sie war schon verschrumpelt, braun und hart, als ich sie endlich aß. Die Schalen hob ich auf. Immer wieder versteckte ich sie an anderen Plätzen, aber eines Tages hat sie die Aufsicht dann doch gefunden und vor meinen Augen in den Müll geworfen. Ab da wollte ich nicht mehr, denn nun hatte ich nichts mehr. Ich wollte nur noch sterben. Ich nahm das Rattengift, das ich schon lange vorher aus dem Gartenhaus geklaut hatte. Eigentlich wollte ich es schon nehmen, als Katherine ging. An dem Tag hatte ich mich draußen versteckt, weil ich sie nicht mehr sehen wollte. Ich saß in einem Gebüsch. Zwei Stückchen der Schalen, jede so groß wie ein Pfennig, hatte ich retten können. Sie waren noch in meiner Tasche, ich konnte sie fühlen.

Man fand mich. Ich erholte mich nur langsam und als es wieder einigermaßen ging, entband ich. Es war mitten im Sommer. Es hat mich nicht im Geringsten interessiert. Ich erinnere mich kaum. Katherine und ich haben uns noch lange geschrieben. Dann hörte es einfach auf, und ich habe nie wieder von ihr gehört. Ich musste noch zwei Jahre im Heim bleiben.«

Ich legte den Schnellhefter auf die Bettdecke. Sophie war schon vor einiger Zeit aufgestanden und stand am Schlafzimmerfenster. »Verstehst du das nun?«

Ich fand keine Worte. Stattdessen stand ich auf, ging zu Sophie und umarmte sie. Nun wurden unsere Wangen nass von Tränen. Ob es ihre waren oder meine, ich wusste es nicht.

»Und das Kind?«

»Ein Junge. Er ist adoptiert worden. Ich habe ihn nie gesehen.«

Es gab nichts mehr zu sagen. Wir versuchten zu schlafen.

Es war vielleicht sechs Uhr am nächsten Morgen, als ich wach wurde. Der kleine gelbe Vogel in der Küche schnatterte bereits. Sophie saß aufrecht neben mir und weinte. Es war mir nicht möglich, sie zu trösten. Ich nahm sie wieder in meine Arme. Sie wehrte ab. Ich ging in die Küche, um das Frühstück zu machen. Alles war da. Nur keine Orangen. Also ging ich los, und auf dem Weg zum Obsthändler spürte ich ganz deutlich, wie sehr mich Sophies Geschichte berührt hatte. Wie nahe sie mir gekommen war. Ich spürte ihren Schmerz.

Und sie? Was fühlte Sophie? Gestern Nacht hatte ich sie noch lange angesehen. Wie ein Engel mit kurzen roten Haaren, so hatte sie dagelegen. Traurig, aber irgendwie auch erleichtert, denn ihr Gesicht war ganz entspannt.

Genau das war ich selten gewesen. Entspannt. Ich hatte mich immer gefühlt wie ein Hund ohne Halsband. Ich gehörte zu niemandem. Mir fiel es verdammt schwer zuzulassen, dass es mir gut ging. Meine Freiheit war mir das Wichtigste. Diese Freiheit, die so viel schmerzhafter sein kann als der schlimmste Kerker. Ich liebte den Flirt mehr als die Beziehung, die Spannung mehr als die Harmonie und Distanz mehr als Berührung. Was die Liebe angeht, da hatte ich ja ohnehin die größten Zweifel, und nicht selten hatte ich vor einem Abgrund gesessen.

Aber dieser Hund ohne Halsband kannte seit Wochen eigentlich nur noch eine Richtung. Sophie.

An diesem Morgen kaufte ich eine ganze Kiste Orangen. Die Guten. Die, an denen noch ein paar Blätter sind. Die in Seidenpapier.

Sophie saß in der Küche und strahlte genauso wie die Morgensonne, die schon aufgegangen war, als ich ihr die Kiste einfach auf den Schoß stellte. Ich zupfte ein paar Blätter und kitzelte damit ihre Nase. Sie nieste und lachte und nieste und lachte wieder. Dann wickelte sie mir aus dem Seidenpapier eine Art Kranz. Legte mir dieses Band um den Hals. Es war weich, zart und kaum zu spüren.

In den folgenden Tagen war fast alles so wie vorher. Wir sprachen nicht mehr über ihre Geschichte. Natürlich gab es weiter Orangen. Aber eines Abends, da stand an meinem Platz ein Teller mit einer halben Honigmelone. Eigentlich kann man Melonen nur im Garten essen, aber mit Sophie würden sie überall schmecken. Auch in den nächsten Tagen gab es Melonen. Erst nur für mich. Aber nach und nach fand nun auch Sophie mehr und mehr Gefallen an ihnen.

In den Schalen und Schüsseln in ihrer Wohnung, die bislang randvoll mit Orangen gefüllt waren, lagen mit der Zeit auch meine Lieblingsfrüchte. Es roch immer weniger nach Weihnachten, dafür immer mehr nach Sonne und nach Süden. Ich ahnte sehr, was das bedeuten sollte. Oder konnte. Mein Herz begann zu singen. Sophie bemühte sich unglaublich, ihren Schmerz vor mir zu verbergen. Und das war gut so. Mir war nun klar: Ich liebte Sophie.

In einer der nächsten Nächte wachte ich gegen zwei Uhr auf. Das Zimmer war hell erleuchtet. Sophie hatte sich auf ihren linken Ellbogen gestützt, den anderen Arm hinter dem Kopf und sah mich an. Ohne richtig wach zu sein, fragte ich sie: »Sag mal, liebst du mich vielleicht?«

Sie beugte sich über mich und flüsterte: »Würde ich dich

sonst ansehen, wenn du schläfst?« Zärtlich streichelte sie mich und fragte: »Fährst du mit mir ans Meer? Ich hab ihn ja jetzt. Den Schlüssel.«

Ihr Blick sagte mir, dass es bis zum Frühstück heute noch sehr lange dauern würde.

Der Tag, an dem ich nicht nach Irland fuhr

... war ein Dienstag.

Nichts, aber auch gar nichts hatte ich mit Irland im Sinn. Nichts zog mich auf diese Insel. James Joyce, die Butter und die rauen Winde waren mir zu wenig. Guinness trinke ich nicht, und Irish Stew habe ich noch nie gegessen. Das Schlimmste aber ist für mich, dass die Iren ein kinderfreundliches Volk sind, und ich kann Kinder einfach nicht ausstehen. Ich kriege Pickel, wenn sie nur in meine Nähe kommen. Das war schon immer so und wird sich auch nicht mehr ändern, so viel ist sicher. Die Iren sagen, wer sich auf ihrer Insel langweilt, der langweilt sich überall. Also kann ich gleich zu Hause bleiben, denn ich würde mich dort mit Sicherheit langweilen. Vor allem müsste ich mir die Kinder vom Leibe halten. Dazu die Kosten und die Anstrengungen einer Reise. Nein danke.

Irland kam zu mir.

Schon vor Wochen hatte es an meiner Tür geklopft. Ihr Hemd roch nach Irland, nur so konnte Irland riechen. Die Frau, die dieses Hemd trug, kannte ich allerdings genauso wenig wie die Insel da oben am Rande Europas. Aber ich wusste, dass sie wiederkommen würde. Es war eine innere, unerklärliche Gewissheit, also nur noch eine Frage der Zeit.

Und sie kam. An einem Dienstag. Und trug diesmal kein Hemd, sondern einen dunkelgrauen Pullover. So dunkelgrau wie der Himmel über Irland. Der ganze Rest im Dunkelbraun des United Parcel Service. In einer Hand ein Paket für mich und in der anderen ein Gerät, um sich per Unterschrift den Empfang bestätigen zu lassen. Ich unterschrieb. Dabei sah ich sie an. Sah in ein abgeklärtes, schönes Gesicht, sah erlittenes Leid. Ich sah eine kostbare Klarheit, wie sie nur der Schmerz hinterlässt. Ein tiefes Licht. Es nahm mich gefangen, das Gesicht der irischen Frau. Sie stand vor mir, als wäre sie eben erst den rauen Winden des Atlantic Drive entkommen, sie sah aus wie ein Küken in dunkelbraun mit einem dunkelgrauen Latz. Dann war sie wieder fort. Aber ich erwartete noch ein weiteres Paket.

Eine Woche später schnaufte sie wegen der vielen Treppenstufen und erzählte, dass sie die Tour erst vor drei Wochen bekommen hatte und dass sie sich gerade um diese Tour sehr bemüht hatte. Warum, sagte sie nicht. Sie war also zu mir gekommen, genauso, wie ich es gespürt hatte, aber nun wollte ich auch wissen, warum sie in mein Leben getreten war.

Also begann ich, mir selbst Pakete zu schicken, verstellte meine Handschrift, schrieb auch mal mit der Schreibmaschine, klebte Firmenlogos auf und füllte die Pakete mit Zeitungspapier und leichten Taschenbüchern. Es sollte leicht für sie sein. Denn ich war überzeugt davon, die irische Frau musste schwer tragen, obwohl sie wahrscheinlich keine sechzig Kilo wog. Nun musste sie fast jede Woche an meiner Tür klingeln. Manchmal sogar zweimal in der Woche. Ich wunderte mich allerdings darüber, dass sie sich nicht darüber wunderte.

Und wieder war es ein Dienstag. Als sie mir sagte, dass ihre Tour für heute hier beendet sei. Der Lieferwagen sei kaputt und werde gleich abgeschleppt. Ob sie sich ein Taxi bestellen dürfe. Ich bat sie herein. Sie ging vor mir in die Wohnung und sah auch von hinten aus wie ein Küken, so zart und verletzlich. An diesem Tag gab es für sie also nichts mehr zu tun, und sie hatte Zeit, beeilte sich nicht. Vor einem Bild mit meinem Elternhaus blieb sie stehen. Ein strohgedecktes Niedersachsenhaus, umgeben von grünen Weiden, grünen Bäumen und begrenzt von einem gar nicht so kleinen Fluss.

»Schön ist das. Das hat was von Irland. Das Haus natürlich nicht. Aber dieses Grün. Und das Wasser. Die Iren leben mit dem Wasser. Das ist ihr Element. Wo ist das?« Sie zeigte noch einmal auf das Bild. Dann setzte sie sich. Schade, dass ich nicht die Zutaten für einen Irish Coffee im Haus hatte. Also tranken wir Orangensaft. Wir nannten unsere Namen. Sie hieß Eva. Und Eva liebte Irland. Sie begann zu erzählen, konnte gar nicht aufhören, und ich hörte ihr gerne zu.

Sie erzählte mir von Achill Island, wo Heinrich Böll sein »Irisches Tagebuch« geschrieben hatte. Dort wo bei starkem Westwind die schaumigen Wellen des Atlantiks an die zerklüftete Küste donnern. Die Gischt meterhoch schäumt. Sie erzählte vom Fischerhafen in Skerries, vom Sheen-River, und dass die Lachse dort bis zu 50 Kilogramm schwer würden. Von den Pubs, in denen es immer lustig sei, genauso wie auf irischen Festen. Ganz besonders bei einem Fest mit dem Namen »Puck Fair« in Killorglin. Drei Tage feierten sie dort. Und Pooka, ein Ziegenbock, wird zum Inselkönig gekrönt. Die Iren hängen ihm dann einen violetten Mantel um, setzen ihm eine goldene Krone auf die Hörner, und unter dem Gejohle der Leute wird dann dieser Ziegenbock auf ein hohes Gerüst gehievt, wo er es sich unter einem Baldachin bequem machen kann. Drei Tage lang.

»Zweimal hab ich das selbst gesehen«, sagte sie. Dann erzählte sie weiter von den Megalithgräbern und vom Südwesten der Insel, wo die Iren noch an gute Geister glauben und ihnen Namen geben, von Feen und von Elfen. Vom Blau des Himmels, den grünen Weiden, den weißen Schafen, der salzigen Luft, und davon, dass alles nach schwarzem nassem Moor rieche. Ich sagte: »Meine Großeltern hatten noch Moorland. Bis zu den Knöcheln bin ich da immer eingesackt, und der ganze Boden, bei jedem Schritt hat er gefedert. Unheimlich.«

Jetzt strahlte Eva mich an und sagte: »Maible kam aus Irland. Wir sind immer wieder hingefahren.« Mit einem Mal verlor ihr kleines Mädchengesicht mit den hellen dünnen Haaren sein Strahlen, als sei das Licht ausgegangen. Sie sah auf den Tisch und wollte bald gehen. Ich bestellte ihr ein Taxi, und zehn Minuten später war sie schon fort. Aber sie hatte das Gerät vergessen, mit dem man den Paketempfang bestätigt. Ich nahm es, legte es in eine Schublade und verschloss sie. Sie wollte also wiederkommen.

Und sie kam. Zwei Tage später.

Ohne Paket und ganz früh am Morgen. Es war erst halb sechs. Ihre Arbeit begann in einer Stunde. Ich gab ihr das Gerät und sie fragte mich, ob ich vielleicht noch mehr von Irland wissen wollte und ob in meinem Moorland noch Torf gestochen worden sei. Wir verabredeten uns für den Abend, und im Laufe des Tages besorgte ich die Zutaten für Irish Coffee. Beim Einkaufen sah ich einen dunkelbraunen Lieferwagen mit der goldenen Aufschrift und der halben Erdkugel. Sollte es in der Stadt noch einen zweiten UPS-Wagen geben? Der Wagen stand an einem Abschnitt der Straße, wo gar keine Häuser lagen, nur ein paar hundert Meter unbebautes Grasland. Ein kleiner Schotterweg führte durch das Gras.

Am Abend tranken wir dann Irish Coffee, den sie gut gelungen fand. Beim ersten Nippen blieb die Sahne an ihrer Nasenspitze kleben. Sie merkte es nicht, und als ich es ihr sagte, wischte sie sie schnell und verschämt weg. Ich wusste gar nicht, wie ich darauf gekommen war, sie vor ein paar Tagen mit einem Küken zu vergleichen. Aber es war vollkommen treffend. Nur, sie war das Küken, das sich noch im Ei befand. Ich fragte, ob der Wagen heute morgen an der Straße ihrer gewesen sei. Ja, sagte sie. Dann hörte ich, wie es von innen ganz leise an die Schale pickte. Da wollte jemand raus. Das Küken wollte raus.

Ans Licht.

In die Welt.

Obwohl Eva ihr Glas erst zur Hälfte ausgetrunken hatte,

lag es sicherlich auch an der Wirkung des Alkohols, dass sie wieder zu erzählen begann und mir dabei direkt ins Gesicht sah.

»Heute Morgen war ich wieder genau da, wo es passiert ist. Vor drei Jahren. Deshalb hab ich mich ja auch um diese Tour gerissen. Nun kann ich jeden Tag dort sein. Die Blumen waren vertrocknet. Ich hab neue hingestellt. Das Holzherz war schmutzig vom Straßendreck und das Kreuz auch.« Hörbar holte sie Luft, seufzte tief. »Da an der Straße, da ist Maible gestorben. Meine Freundin. Nein, das stimmt nicht. Sie war nicht meine Freundin. Maible war meine Frau, und ich war ihre Frau. Verstehst du, was ich meine?« Sie sah mich fragend an, und als sie merkte, dass ich das natürlich verstand, fuhr sie fort. »Da an der Straße ist sie gestorben. Genau an der Stelle. Ein Unfall. Sie hatte keine Schuld. Maible war mein Leben. Da ist es gestorben. Maible ist gestorben und mein Leben auch. Ich hab sie geliebt wie noch keine andere vor ihr. Nachher schon gar nicht. Ich kann nicht mehr lieben, und ich will es auch nicht mehr.«

Sie nahm einen tiefen Schluck, wischte sich die Sahne von den Lippen und erzählte weiter.

»Es war im Februar. Es hatte gefroren. Die Straßen waren vereist und spiegelglatt. Aber Maible wollte unbedingt noch etwas besorgen. Ich weiß nicht mehr, was es eigentlich war. Ich hab noch versucht sie zurückzuhalten. Aber sie fuhr los, und ich wurde sofort nervös. Nach ein paar Minuten hab ich dann die Schreie von Bean Si gehört, der irischen Elfe, die ankündigt, dass jemand sterben wird.

Maible kam nicht wieder. Auf ihrem Handy kein einziger Ton. Stundenlang bin ich in der Wohnung herumgetigert. Dann ein Anruf. Die Polizei. Ein Unfall. Sie hatte einen Unfall. Genaues haben sie mir nicht gesagt, nur dass ich auf gar keinen Fall kommen sollte. Sie würden zu mir kommen.

Ich fuhr sofort. Die Straße war abgesperrt, und sie wollten mich nicht durchlassen. Ich bin dann einfach weitergelaufen. Alles blinkte in rot und blau. Die Polizei, zwei Krankenwagen. Eine Trage wurde gerade in den Krankenwagen geschoben. Es war ein Mann. Ich bin dann einfach weiter. Dann hab ich sie gesehen. Sie saß noch am Steuer. Eingeklemmt. Ihr Kopf ganz nach hinten. Ganz nach hinten. Ihr Arm hing aus dem Fenster. Es war nur ganz wenig Blut dran. Aber der Kopf ganz nach hinten. Ich bin dann noch näher ran, wollte immer noch näher, aber sie haben mich nicht gelassen. Irgend jemand hat mich zurückgezogen. Man hat mir eine Spritze gegeben. Danach weiß ich nichts mehr. Im Krankenhaus bin ich aufgewacht.«

Eva trank den Rest aus ihrem Glas in einem Zug. Jetzt hatte sie wieder bräunliche Sahne an der Nase. Ich sagte es ihr nicht.

Ein solches Trauma war für mich einfach unvorstellbar, und ich dachte daran, dass man nicht immer nur das eigene Leid sehen sollte, so schmerzhaft es auch ist, sondern dankbar, dankbarer dafür werden sollte für das, was einem erspart geblieben ist.

Eva saß mit völlig unbewegtem Gesicht vor mir, und Maibles Abwesenheit rankte sich wie das Licht des brennenden Dornbuschs an ihrem Körper empor. Sie war blass und wirkte, als habe sie Angst, dass dieses Licht vielleicht alles andere verblassen ließe. Unsichtbar machen würde. Dabei war es doch das einzige, was ihr Leben wieder sichtbar werden lassen konnte. Ihr wieder Farbe, Kraft, Hoffnung und die Liebe geben konnte, die in ihr war. Denn es ist ja alles da. In uns allen. Nur gibt es Zeiten, in denen die Dunkelheit sich in uns auszubreiten beginnt. Und wir müssen sie begleiten bis an ihren letzten Tag in uns. Erst dann entlässt sie uns aus ihren Ketten. Erst dann lässt sie uns wieder ins Licht treten, und der Übergang liegt immer im Nebel. Es ist nicht zu erkennen, was war, und es ist nicht zu erkennen, was sein wird. Das macht natürlich Angst.

Genau dort saß jetzt Eva, aber für mich lichtete sich der Nebel, denn ich spürte mehr und mehr, warum sie hier war.

Warum sie bei mir war. Eva fuhr fort: »Niemand kann mir das nehmen. Ich weiß, was Liebe ist. Ich weiß es. Und ich weiß, was der Tod ist. Sie kommen Hand in Hand, und sie gehen Hand in Hand. Sie sind eins, die Liebe und der Tod. Sie haben die gleichen Seelen. Sie küssen dir die tiefsten Wunden.«

Eva starrte über meine Schulter hinweg ins Nichts, und eigentlich wollte ich ihre Hand nehmen, aber es wäre nicht gut gewesen. Jetzt noch nicht. Mein Mitleid hätte ihr Leid jetzt nur noch verstärkt. Deshalb redeten wir auch nicht mehr über die Sache, wir ließen ihre Qual unberührt. Sie erzählte mir weiter von Irland und dass sie irgendwann doch noch einmal wieder den Atlantic Drive umrunden wolle. Irgendwann. Auch auf das »Moorland« meiner Großeltern kamen wir wieder zu sprechen und beschlossen, demnächst einmal hinzufahren.

Ich schickte mir nicht mehr länger selbst Pakete. Es wurde zu teuer. Und es war auch nicht mehr erforderlich, denn Eva hatte längst entdeckt, dass die Absenderin ich selbst war. Ihre Frage, warum ich das gemacht hatte, beantwortete ich ihr mit einem bedeutsamen Blick. Der Hauch, aber nur der Hauch eines Lächelns war ihre Antwort.

In den nächsten Tagen nun ging ich an die Gedenkstätte an der Straße. Ich kannte die Stelle, hatte ihr aber zuvor keine weitere Beachtung geschenkt. Der kleine Platz der Liebe und des Todes war ganz in Rot gehalten. Zwei rote Kerzen in einem geschlossenen Glas, rote Blumen. Das schlichte kleine Kreuz allerdings schimmerte in hellem Braun. Davor ein Herz aus Holz, ebenfalls rot. Mit dem einfachen Wort »Liebe« darauf. Nicht etwa »Ich liebe dich« oder »In Liebe«. Nein, nur dieses eine Wort. Ich empfand es als ein klein wenig merkwürdig. Aber warum eigentlich? Das Wichtigste im Leben braucht nicht viele Worte. Eins reicht völlig.

In den nächsten Wochen musste ich meinen Vorrat an Zutaten für Irish Coffee immer wieder erneuern. Und eines Tages fuhren wir dann zusammen ins »Moor«.

Eva war hellauf begeistert. Sie hatte keine Ahnung davon gehabt, dass es hier so etwas überhaupt noch gab. Bei der Fahrt kamen die Erinnerungen an meine Kindheit zurück. Kartoffeln hatte ich hier geerntet, meine ersten heimlichen Fahrversuche unternommen und war prompt in einer so genannten »Krippe« gelandet. So eine Art kleiner Kanal, vielleicht fünfzig Zentimeter breit und meist überwachsen. Meine erste Treckerfahrt mit zwei Anhängern, auf dem Heu geladen war, landete auch im Graben, weil ich die Kurve nicht kriegte. Im Sommer kam meine Großmutter auf ihrem alten schwarzen Fahrrad und brachte das Mittagessen. Wir saßen dann auf einer bunten Decke und löffelten alles aus silbernen Blechbüchsen. Im Wald versteckt hatte ich damals mitangehört, wie mein Großvater das Pferd verkaufte. Das linke Auge der Stute war ganz blau und blind. Ich versuchte es verzweifelt, aber ich konnte den Verkauf nicht verhindern. Noch einmal klaute ich ein ganzes Paket Schwarzbrot und fütterte sie damit. Es war das letzte Mal. Und es tat schrecklich weh.

Seit Jahren war ich nicht mehr hier gewesen, aber der Wald war noch immer da. Ein kleines Birkenwäldchen. Ich liebe Birken, ich liebe es, wie sie sich im Wind biegen, die weiße Rinde aufgesprungen, als sei sie aus Papier, die kleinen hellgrünen Blätter. Diese Bäume waren so voller Kraft, voller Leben. So ganz und gar gefüllt mit Anfang und mit lautloser, sanfter Geburt.

Auch Eva mochte sie sofort und streichelte ihre Rinde. Wir spielten und tobten im Wald. Alles roch nach nassem, schwarzem Moor. Ich fand eine kleine Schnapsflasche. Und das kannte ich auch noch von früher. Ich zapfte eine Birke mit einem kleinen Messer an und befestigte die Flasche an der Narbe. Dann hieß es warten, bis die ersten Tropfen rollten. Birkensaft, geradezu ein Elixier für Evas dünnes Haar. Eva verstand nicht, was ich tat. »Abwarten. Das muss man ja immer«, sagte ich. Aber kein Wort mehr. »Manchmal hat man aber nicht einmal mehr dazu die Zeit.« Wir setzten uns mit der Flasche unter die Birke, beide den Rücken am Stamm. Sie eine Butterblume und ich einen Grashalm im Mund. Ich versuchte, ein Lied darauf zu spielen, so wie früher. Inständig wünschte ich mir, dass unsere Birke langsam im Moor verschwände, damit ich Evas Rücken spüren konnte. Es war der Tag, an dem ich ganz sicher war, dass ich nicht nach Irland zu fahren brauchte. Denn Irland bereitete sich in mir aus wie ein großer Tropfen grüner Farbe, der ins Wasser fällt. Dort zuerst kleine und dann immer größere Wolken bildete. In Grün und Weiß und Blau.

Das Lied auf meinem Grashalm klang unsäglich. Eva legte von hinten ihre Hand auf meine Schulter. Sofort hörte ich auf und legte ihr den kleinen Halm in die Hand, und sie nahm ihn und hielt ihn immer noch, als wir längst wieder auf dem Heimweg waren.

Zwei Tage später schenkte sie mir ein Glas. Sand war drin, eine kleine Muschel und sehr grüne Moosstücke. Als Dank für den Tag unter der Birke. Und wieder hörte ich das Picken hinter der Eischale. Es war schon kräftiger geworden. Heute sah ich die ersten zwei Risse. Und gar nicht so klein. Natürlich hatte ich noch die kleine Flasche mit dem Birkensaft, und kurz bevor sie an diesem Tag wieder ging, bat ich Eva, stehen zu bleiben.

Ganz still stand sie vor mir. »Halt mal ganz still.«

»Wozu?«

Ich kippte ihr die halb gefüllte Flasche ins Haar und zerrieb den Saft darin mit aller Zärtlichkeit, die ich in mir hatte. Mein Gott, was hatte sie für dünnes Haar. Und einzelne weiße Fäden überall. Ganz und gar weiß.

»Und das soll was nützen?«

»Vielleicht.«

»Morgen um die gleiche Zeit?«

Mit dieser Frage ging sie, und eine Antwort war ganz und

gar überflüssig. Meine Wohnung roch jetzt nach Birken. Eva und ich waren längst vertraut miteinander, und unsere Seelen wussten, warum wir zusammen waren. Unsere Herzen auch.

Plötzlich hatte ich eine Idee, die ich zunächst für unglaublich pietätlos hielt und deshalb verscheuchte. Aber dieser Gedanke, er ließ mich nicht mehr los, denn an diesem Tag war etwas passiert. Etwas Wunderbares. Als Eva mit mir zur Tür ging, da legte sie ihren Arm um meine Hüfte und zog mich einfach an ihre Seite. Es war eine so selbstverständliche Geste. Für uns beide. Für sie, weil sie es einfach tat und für mich, weil ich ihren Arm noch spürte, als sie längst fort war. Und damit bekam meine Idee ihr Fundament, und das bestand nicht aus Moorboden.

Eva kam von da an jeden Tag zu mir. Aber immer nur nach ihrer Tour. Manchmal kam sie um zwei, dann wieder um vier. Manchmal noch viel später. Wenn sie um zwei Uhr nicht da war, stand ich schon am Fenster. Und irgendwann bog der dunkelbraune Lieferwagen mit der halben goldenen Erdkugel um die Ecke. Schnell schloss ich das Fenster und löschte sogar das Licht. Sie kam zu mir, immer von dem roten Platz an der Straße. Das wusste ich genau. Längst hatte ich mich entschlossen, selbst noch einmal dorthin zu gehen.

Es war ein sonniger Tag, als ich dann vor dem kleinen Kreuz stand. Ich hatte etwas mitgebracht. Ein Herz aus Holz. Aus rotem Holz. Mit einem einzigen Wort. Als ich dieses Herz neben ihres in die Erde steckte, wusste ich mal wieder nicht, ob es richtig war oder falsch. Trotzdem steckte ich mein Herz ganz tief in die Erde und in den Himmel. Dann sah ich mir das Ergebnis an. Dort stand nun »Liebe wieder.«

Am nächsten Tag wurde es schon fast 19 Uhr, und Eva war immer noch nicht da. Mein Herz klopfte. Falsch. Mein

Herz, es raste wie nie zuvor. Was, wenn sie nun überhaupt nicht mehr kommen würde? Um diese Zeit musste sie längst an der Gedenkstätte sein und es gesehen haben. Sie würde zum ersten Mal die beiden roten Herzen gesehen haben. Meine Angst, dass Eva deshalb aus Schmerz und übermächtiger Erinnerung nicht zurückkehren würde, spürte ich längst in jeder Pore meiner Haut. Unvorstellbar. Ich schwitzte und war in der einen Minute sicher, das Richtige getan zu haben, und in der nächsten vom Gegenteil überzeugt. Aber die Überzeugung, dass es so richtig war, gewann die Oberhand. Es war richtig. So, wie ich es gemacht hatte. So, wie es war.

Es klingelte. Eva. Ihr Gesicht war versteinert. Mein Herz ein einziger glühender Amboss.

»Das warst du. Stimmt's?«

»Auch.«

»Wer noch?«

»Maible.«

Eva legte ganz einfach ihren Kopf an meine Schulter. Und jetzt hörte ich es nicht mehr pochen da innen aus der Schale. Jetzt knirschte es. Jetzt krachte es. Jetzt öffnete sich das Ei, die Schalen fielen zu Boden, und sie kam mir entgegen. Ich legte meine Hand in ihr dünnes Haar und hielt sie ganz fest. Mein kleines Küken. Es war noch ganz feucht.

Bis zu jener Nacht

Lieben – lieben,
das ist es.
Lieben ist alles.
Ingeborg Bachmann

Es war ein derart feuchtschwüler Tag, dass mir schon vom Anzünden meiner Zigarette der Schweiß von der Stirn lief. Meine Sachen klebten auf der Haut, als ich das alte, rot geklinkerte Haus mit den ockerfarbenen Fensterläden betrat. Das Haus hatte eine dunkelrote Eingangstür und einen Namen. ›Die Auster‹.

Ein Hotel für Frauen. Es sah innen so alt aus wie außen, aber es war gepflegt und ansprechend.

Die Dame am Empfang war ganz sicher keine Dame, wohl eher ein verhinderter Herr, eigentlich nicht mal das. Klein, dick, das toupierte Haar in himmelblau.

An den weißen Wänden der Eingangshalle Bilder von Frida Kahlo. Stilisierte Aktbilder. Landschaftsbilder, französische Landschaften. Frauen in weißen Rüschenkleidern vom Kinn bis auf die Knöchel, die Taillen eingezurrt mit rosa Gürteln, die ihre Körper in schwungvolle Flusslinien schnürten. Die kleinen putzigen Sonnenschirme über ihren Wagenradhüten stießen frech in den Himmel. Trauben, Wein und weiße Brote, alles zu ihren Füßen auf einer pastellfarbenen Wolldecke. Das ganze Bild atmete Liebe, Picknick und Meer, das gleich hinter den Bäumen liegen musste. Die dazugehörige Musettemusik, und keine andere konnte es sein, kam direkt aus den feinen silbernen Bilderrahmen. Daneben hingen Porträts der Dietrich in schwarzweiß, der Zylinder so glänzend wie Rabenfedern nach einem Sommerregen. Das

Gesicht mondlichtweiß, die Augen wie immer müde. Dazu die obligatorischen Frauenbüsten auf Säulen. Das spärliche Mobiliar des Hotels war spanisch schwer. Hier ein Stuhl, dort ein Sessel, davor kleine quadratische Tische, auf denen vereinzelt milchfarbene Glasschalen mit Quitten, Birnen und Zitronen standen. Lachsfarbene Seidenrosen schwebten auf nadeldünnen Metallstäben so dicht vor den Wänden, dass ihre Blüten den unteren Teil mancher Bilder ganz verdeckten und sich der Dietrich eine lachsweiße Krause über die Brust legte.

Es roch nach Möbelpolitur und nach Zitronen.

Es wurden nur drei Zimmer in diesem Haus vermietet. Die hochtoupierte Himmelblaue begleitete mich hinauf zu dem einen. »Viel Spaß«, sagte sie noch, als sie mir die Tür zum *Chambre de femme rouge* aufschloss.

Das *Chambre de femme rouge* war ein großzügiger, tizianrot gestrichener Raum. Die Wand gegenüber dem Bett war in ocker gehalten und zeigte bis zur Decke hinauf das handgemalte Motiv dreier Bastkörbe, einer davon liegend. Aus allen drei Körben quollen Birnen und Quitten und Zitronen. Ich erkannte das Motiv sofort, zuckte zusammen. Aus einem kleinen Lautsprecher am Fenster erklang leise Saxofonmusik. Über dem Kopfende des Doppelbettes, fast an der Decke, bewegten sich Plastiksterne klirrend im Luftzug. Das Bett lag wie eine schwarze Perle inmitten des Zimmers.

Entgegen seinem Namen lag der Raum in einem warmen gelben Licht, so dass in mir schon bei den ersten Schritten das Gefühl aufkam, langsam in ein riesiges Glas mit Honig zu gleiten.

Es war 21 Uhr.

Ich warf meine Reisetasche aufs Bett, zog die Gardinen zu und stand ein paar Minuten später unter der Dusche.

Bald würde Natalie kommen. Was würde heute passieren?

Ich hatte sie vor ein paar Tagen in einer Kneipe kennen gelernt. Vielleicht fünfundzwanzig, gertenschlank, brünettes Haar. Ihr Lächeln hatte mich einfach umgehauen. Nie zuvor hatte eine Frau mich so angelächelt. Ein ganz und gar gelungenes Lächeln, eine ganz und gar gelungene Frau. Fast schon zu viel des Guten. Irgendein Haken war bestimmt an ihr. Aber welcher?

Während ich mich genüsslich einseifte, dachte ich mit einer gewissen Vorfreude an eine Episode, ein Abenteuer, eventuell eine längere Affäre? Wahrscheinlicher würde es eher nur eine Nacht.

Was auch geschehen mochte, ich würde es wie immer mit einem chirurgischen Schnitt beenden, denn ich weiß ganz genau, was mit mir passiert, wenn meine Gefühle einmal vor dem Verstand ins Ziel laufen. Dann gibt es keinen Lorbeerkranz und keinen Applaus und keinen Sekt. Stattdessen Haltlosigkeit, Hingabe, Selbstverlust, Aufgabe. Dann der rasende Schmerz nach dem Ende. Niemals wieder sollte mir das zustoßen, niemals wieder wollte ich so etwas erleben. Allein der Gedanke an diese Liebe von damals, an diese Frau vor ungefähr drei Jahren, ließ meinen Schmerz sofort wieder lebendig werden und das Entsetzen, das längst die Glückseligkeiten und die Wonnen mit ihr aufgefressen hatte, dieses Entsetzen erwachte sofort wieder.

Ich stellte den Regler von rot auf blau und ließ eiskaltes Wasser über mich rauschen.

Mit einem messerscharfen Schnitt würde ich auch diesmal verschwinden, sobald ich auch nur den Hauch dieses Ziehens in mir spürte, das nach Berührung und vor allem nach Wiedersehen schreit. Falls meine Augen wieder eine Sekunde länger als nötig den Anker warfen. In ihrem Blick für mich. Ich würde verschwinden ohne eine Vorankündigung, ohne ein Wort, nötigenfalls änderte ich meine Telefonnummer. Meine Anschrift erfuhr ohnehin keine.

Dieser Schnitt verursachte mir einen grausamen Schmerz. Den Schmerz des Versäumten, des nicht Gelebten. Ich tötete damit ganz bewusst die Hoffnung auf Erfüllung.

Aber ich hatte die Erfahrung gemacht, dass dieser erste Schmerz, wie ich ihn nannte, nie so lang andauerte, nie so tief war wie der zweite. Der Schmerz der Liebe. Der Schmerz, der mir die Seele in Fetzen gerissen hatte.

Was blieb, war immer die Sehnsucht. Und an manchen Tagen, an denen es nichts mehr zum Atmen gab, an diesen weißen Tagen und Nächten, in denen ich mich mit meiner neuen Telefonnummer nur noch im Bett verkroch, blieb nur noch die Sehnsucht nach der Sehnsucht.

Wieder zu lieben.

Wieder zu leben.

Anzukommen.

Endlich anzukommen.

Als ich das Haus vor einer halben Stunde betreten hatte, spürte ich sofort diesen Nadelstich. Gleichzeitig von hinten und von vorn in mein Herz.

Da war der Name des Zimmers, da waren die Landschaftsbilder, ganz sicher aus dem Süden Frankreichs. Dort hatte ich vierzehn Jahre gelebt.

Die ersten Jahre waren noch schön, und ich war so etwas wie glücklich an diesen Tagen in ihrem stechenden Gelb, die zur Nacht hin purpurfarbene Ränder trugen. Es waren heitere, unbeschwerte Jahre in einem sonnendurchfluteten Land. Aber inmitten dieses Paradieses, und das war es für mich damals, schlich sich die Dunkelheit wie eine Pest an mich heran.

Und ich hatte nicht gemerkt, wie es dann langsam dunkel um mich wurde. Wie hätte ich denn auch ahnen können, dass ich in den folgenden Jahren mit nichts anderem beschäftigt sein würde, als zu sterben? Mich an mein Leben heranzusterben. Denn die Zellentür, sie öffnete sich erst nach all diesen Jahren. Aber nicht zum Tod. Die Tür, sie öffnete sich zum Leben hin. Zu meinem Leben.

Ich saß dort im Süden in einem feinen Haus vor einem großen Kamin aus Felssteinen, zwischen Rosen, Lavendel und Oleander, zählte meine Atemzüge, weil es sonst nichts zu tun gab. Mit meinem großen, weißen Hund schlich ich durch die Straßen, durch die Orte und an den Menschen vorbei.

Eine Arbeit war nicht erforderlich und auch nicht gewünscht. Die Konten waren schnell gefüllt. Ich erledigte die Dinge des Hauses, des Gartens, der Finanzen, telefonierte und log vom Glück. Manchmal fuhr ich ans Meer. Bevor ich die ersten silberblauen Wellen hörte, warf ich den Bleimantel, der sich längst auf meine Haut gelegt hatte, aus dem Autofenster.

In der Morgendämmerung lag ich am Strand. Ich zählte die rot-blauen Fischkutter, kaufte manchmal einen Fisch und warf ihn, wenn er auch nur noch ein kleines bisschen zappelte, wieder ins Meer zurück. Auch in der Nacht saß ich dort. Ich saß dort im Atem des Meeres, und nahm mir immer ein Stückchen davon mit. Immer ein bisschen Blau für die Augen. Aber hier war ich nicht allein. Hier nicht. Hier fühlte ich mich geborgen, wenn auch nur für ein paar Stunden. Wie eine Katze drehte ich mich im Kreis. Und in einer geschützten Mulde rollte ich mich in den warmen, weichen Sand, summte laut mit dem Gesang der Wellen, umfasste meine nassen Füße und zog mir das Meer bis an die Knie. Wenn der aufkommende Wind meine Haut berührte, war es, als würden zwei große, warme, weiche Lippen mich küssen. Auf der Haut, die übrig blieb, war ein feines Streicheln. Nie wollte ich fort von hier, aber nach ein paar Tagen fuhr ich dann doch zurück über die Hügel, wo mein Bleimantel schon an der Straße auf mich wartete.

Die Sprache des Landes, ich habe sie in all den Jahren nie richtig gelernt. Dafür erlernte ich die Sprache und den Gesang der Vögel. Es dauerte nicht lange, und sie kamen in die Küche, setzten sich auf die Teller, auf meine Schulter, und bauten ihr Nest in meinem Haar. Ich ließ sie gewähren, blieb leise und still, wie ein Staubkorn, das vom Himmel fällt. Später lernte ich die Sprache der Grillen, der Salamander und auch die der Tiger im nahe gelegenen Tierpark, die tiefe Furchen und Bahnen in den Beton ihrer Käfige traten. Tag um Tag versanken sie tiefer, aber es gelang ihnen nie zu verschwinden.

Ich erlernte die Sprache der Ameisen, bewunderte ihr flinkes, fleißiges Leben und wie sie ihre Toten sorgsam zwischen die Steine zogen.

Erst zum Schluss, da lernte ich die Sprache der Katzen, nachdem sich die erste auf dem Grundstück verirrt hatte. Es war eine große, fette und hässliche weiße Katze. Sie hatte nur noch einen halben Schwanz, und unter dem linken Auge fehlte ein Stück Fell in der Größe einer Mohnblüte. Rosablaues nacktes Fleisch glänzte dort in der Sonne um die Wette mit ihren bernsteinfarbenen Augen. Sie kam jeden Morgen und jeden Abend. Machte es sich auf einem Betonpfeiler der Eingangspforte neben dem Geranientopf bequem und starrte mich unverwandt an. Berühren ließ sie sich niemals. Ihrem scharfen Blick entging nichts von dem, was ich tat. Regelmäßig tötete sie ein oder zwei Salamander, deren Blut dann an dem rosa Rauputz des Pfeilers auf den Boden lief.

Von der Weißen erfuhr ich mit der Zeit vieles über die Menschen, unter denen ich lebte, und über das Leben in der nahe liegenden Stadt.

Heute erinnere ich mich nur noch an Marie. Marie war eine zarte Frau von vierundsiebzig Jahren. Marie in ihrem dunkelroten Kunstlackmantel, an dem ein Ärmel abgerissen war. Marie, deren karierte Stoffdeckchen nie gebügelt waren weshalb sie immer wieder versuchte, mit der Hand den Stoff ein bisschen glatt zu streichen. Wie gerne hätte ich Marie auch nur ein einziges Mal umarmt. Nie habe ich mich getraut. Nicht einmal das traute ich mich.

In der Erntezeit rüttelte ich an den Bäumen und häufte die Birnen, Quitten und Zitronen in Körbe. Dann fotografierte ich sie in ihren Schlachthäusern und stellte sie in die Garage, wo sie verdorrten und vertrockneten. Schwärme von Fruchtfliegen zogen fortan zuerst durch meine Haut und dann durch den Kamin in den Himmel. Ich tat es einfach. Jahr um Jahr.

Auch im Winter rüttelte ich an den Bäumen und im Frühling. Aber ich merkte es nicht mehr. Man hat es mir gesagt.

Mit dem Hund ging ich durch die Stadt und staunte, dass es dort Menschen gab, die sprachen, die miteinander sprachen, die lebten, die lachten. Ich staunte über ihre Geschäftigkeit, verglich sie mit den Ameisen, freute mich am Geruch von Benzin, von Brot und Melonen. Sogar den Fischgestank vom Wochenmarkt zog ich tief in meine Lungen und stellte mich mit beiden Füßen in die großen, übel riechenden Pfützen vor dem Fischwagen, wo sich das Wasser der Eisblöcke, die zur Kühlung der Ware dienten, sammelte. So nahm ich mir ein Stück Leben mit auf den Weg nach Haus. Auch wenn es stank, es war Leben.

Die Jahreszeiten, ich erkannte sie am Geruch, am Schweiß oder an der Schweigsamkeit der Menschen. Dass es wieder Frühling werden sollte, merkte ich daran, dass es zu regnen begann. Tag und Nacht und viele Wochen. Dann blühten die Mimosen. Im Winter roch es nicht nach Schnee und Kerzen, sondern nach verbranntem Kaminholz. Die ganze Siedlung, in der mein Haus stand, lag in einer einzigen nebligweißen Rauchwolke, aus der nur noch die Schornsteine ragten und kleine, gelbe Fensterlichter schienen.

Im Sommer war es der Chlorgeruch der umliegenden Swimming-Pools und der Geruch gegrillter, scharfer Merguez-Würstchen, in denen das Fleisch von Eseln war.

Wie der Herbst gerochen hat, weiß ich nicht mehr. Aber zu hören war das, wenn es Herbst wurde. Die Treibjagd begann. Schüsse und Gebrüll über den Wiesen und Wäldern. Unter der noch warmen Sonne wurde sichtbar gestorben. Der Baum, das Blatt, das Tier. In dieser Zeit besuchte mich die hässliche Weiße nicht.

Ich vermisste sie sehr.

Apropos Besuch. Wo blieb Natalie? Ich wartete bereits über eine Stunde auf sie.

Ich saß am Schreibtisch, hatte die Gardinen wieder aufgezogen und sah in die gelben und weißen Lichter der Stadt. Neben den roten dort drüben musste der Bahnhof sein. Es hatte begonnen zu regnen. Im Spiegel der Fensterscheibe liefen die Tropfen über das blasse, verwaschene Oval meines Gesichts. Die Nacht und Nässe hatten meine Haare geschluckt. Die Augen, die Brauen, der Mund, die Nase, wie bunte Steine in einem Aquarium. Das weiße T-Shirt leuchtete darin wie der Sand. Der Rauch meiner Zigarette kräuselte sich zu weißen Wolken in der Nacht.

Immer öfter sah ich auf die Uhr, rauchte, wurde langsam wütend. Versuchte zu lesen. Irgendeine Zeitschrift, eine von denen mit Horoskopen, Rezepten, Königinnen und Huren. Eine Königin und eine Hure? Eine Affäre, eine Liebe? Eine schöne Geschichte in jedem Fall. Die Hure wurde zur Königin und die Königin ins Verließ geworfen. Besucher wurden nicht vorgelassen.

Da war ich doch wesentlich privilegierter gewesen, damals, da unten im Süden.

Wenn er auch mit den Jahren immer später kam, so fuhr doch fast jeden Abend ein schwarzer Luxuswagen vor das Tor. Aber oft wartete ich auch vergeblich. Wie unsäglich oft krümmte ich mich im Schmerz und erstickte an den Worten, die ich nicht aussprechen konnte. Aus dem Wagen stieg ein Mann. Manchmal fuhr er ein paar Tage fort und ich blieb zurück. Blieb zurück wie ein altes Schloss. Verwunschen, verkommen und verlassen.

Dann kam die hässliche Weiße auch am Mittag vorbei. Ich hielt ihr Vorträge über das Land da oben im Norden, in dem ich geboren war. Sie fragte mich: »Warum bist du noch hier?« »Weil ich ihn liebe.« »Wirklich?«, fragte sie und kniff dabei die Augen zusammen. Natürlich hatte ich mir diese Frage längst selbst gestellt. Immer und immer wieder.

Wir waren Kinder, als wir uns trafen. Er und ich. In unseren gemeinsamen Jahren war ich überzeugt davon, dass es Liebe war. Im Fernsehen, in meinen Büchern, in den Liedern war das allerdings ganz anders. Ich lächelte darüber. Ja, ich lachte sogar über die, wie mir schien, Dummheit und Exstase der Liebenden, der Verrückten dort. Ich verstand nichts von Liebe, ich empfand sie nicht, ich fühlte sie nicht. Die

Liebe war mir völlig unbekannt und deshalb vermisste ich sie auch nicht.

Zwischen ihm und mir war sicher auch eine Art von Liebe, denn wir waren uns auf vielerlei Art nötig und nützlich geworden. Wir halfen einander, unterstützten uns und gingen den Weg, der üblich war, begleitet vom Wohlwollen, aber auch vom Neid anderer. Es war für mich auch selbstverständlich gewesen, alles aufzugeben und mit ihm zu kommen. Es hatte seinen Sinn, dass wir uns damals trafen, denn wir hatten eine Aufgabe aneinander. Für eine Zeit. Aber diese Zeit war längst zu Ende, war zur ununterbrochenen Lüge geworden.

Jeder fühlte für sich allein. Es war alles gesagt. Manchmal noch saßen wir auf der Terrasse, und das einzige Leben dort war der Flügelschlag des Schmetterlings, der sich auf die warmen Steine setzte.

Es war vorbei. Ich wartete auf den letzten Schlag, ohne dass ich es wusste. Eine andere aber wusste es. Die hässliche Weiße.

»Geh! Geh jetzt endlich.« Das waren immer ihre ersten Worte. Sie lächelte mich an mit ihren bernsteinfarbenen Augen und streckte mir ihren Kopf entgegen. Mit dem Zeigefinger berührte ich sanft ihre Mohnblüte. Ein einziges Mal nur. Dann sprang sie vom Pfeiler und verschwand unter dem Zaun mit den Eisenspitzen. Ich sah sie nie wieder. Aber wie lange habe ich noch auf sie gewartet.

Gewartet. So, wie jetzt. In diesem Hotelzimmer.

Es war längst Mitternacht geworden. Natalie würde nicht mehr kommen. Sie hatte mich ganz einfach versetzt. Das war also der Haken! Ich war wütend.

Ich hatte mich ins Bett gelegt, konnte aber nicht schlafen. Die Erinnerungen der letzten Stunden hatten mich aufgewühlt und stachen mir ins Fleisch, als seien es die Eisenspitzen meines französischen Zauns.

Ganz genauso war es damals gewesen, als der letzte Schlag kam. Damals, ein paar Wochen nachdem die hässliche Weiße fort war. Tagelang hatte er mich wieder angeschwiegen. Der Abgrund tat sich auf. Ich lief in die Küche, holte das größte und schärfste Messer aus der Schublade, warf mich auf den Boden und hielt dieses Messer ganz fest in meinen Fäusten direkt auf meine Brust. Hätte ich zugestochen, es wäre nichts mehr herausgekommen. Kein einziger Tropfen mehr.

Waren all die Jahre mit ihm nutzlos und sinnlos gewesen? Nein, jeder einzelne Tag war erforderlich, genauso, wie er war, um mich so zu formen, wie ich heute bin. Das Leben ist ein Film, an dessen Ende man feststellt, dass jede Sequenz dazugehörte. Das Schöne und das Schreckliche gleichermaßen. In der Verzweiflung ist der Pfad der Bestimmung nicht sichtbar.

Ich begann zu werden. Mein Leben begann, erst jetzt begann es wirklich. Den Schmerz spürte ich diesmal ganz allein. Er war unsäglich und pfändete mir viele Jahre. Aber ich löste sie aus, durch die Liebe einer Frau.

Lieben wollte ich.

Ich wollte wieder berührbar werden. Nicht nur auf meiner Haut für eine Nacht. Denn ohne die Liebe ist das Leben ein Nichts.

Wieder dieses Leid ertragen? Wieder diese Qualen, die unvermeidbar sind? Wieder diesen Schmerz?

Wieder in ihre Stacheln beißen? Auch dann, wenn der Schmerz mir eine neue Haut vom Körper reißt?

Ja.

Etwas war mir in dieser Nacht klar geworden. Immer hatte ich versucht, Leid zu vermeiden und deshalb das Glück von mir fern gehalten. Spürte es nicht, sah es nicht. Aber Gück und Leid bedingen sich.

Die Liebe, ich will sie wieder wagen. Das war mir heute klar geworden.

Ich stand auf und öffnete das Fenster. Tief sog ich diese Nacht, diese Hand voll Nacht nur noch, in die Lungen. Sie roch nach frischer, nasser Erde und nach Blumenzwiebeln.

Die Perlmuttsterne über dem Bett sangen wieder ihre kleine Melodie. Ich packte meine Sachen.

Einen kurzen Blick warf ich noch auf die Obstkörbe an der Wand. Trotz allem, jetzt konnte ich nicht anders. Ich musste lächeln, obwohl mein Gesicht immer noch nass war. Wahrscheinlich wurde sogar ein ziemlich unverschämtes Lächeln daraus, denn jetzt wusste ich, dass es noch viele Früchte für mich zu essen gab.

Die hochtoupierte Himmelblaue saß zusammengesunken in einem der schwarzen Stühle und schnarchte.

Trotzdem konnte ich es hören. Es war die Dietrich. Sie hauchte: »Bonne chance, ma chère.«

Ich sah in ihr mondhelles Gesicht und sagte: »Merci, Marlene.«

Dann öffnete ich die dunkelrote Tür, die sich wie eine frisch vernähte Wunde hinter mir wieder schloss, und betrat die regennasse Straße. Ich ging sehr viel schneller, als ich gekommen war. Nach ein paar Minuten begann ich zu laufen.

In Rot und Moll

»Wollt ihr wissen, wie sie gestorben ist? Einfach fantastisch, sag ich euch. Für so einen Tod, da lohnt sich das ganze Leben. Exklusiver geht's nicht mehr.«

»Erzähl! Wie?«

»Also, die Duncan saß in einem offenen, kleinen Bugatti, als der Chauffeur startete. Sie trug natürlich wieder ihren berühmten weißen, meterlangen Schal. Und das Ende dieses Schals wickelte sich um die hintere Radachse. Ihr Kopf wurde nach hinten gezogen, als der Wagen losfuhr. In Sekundenbruchteilen war ihr Genick gebrochen, die Gurgel zerquetscht und die Halsschlagader aufgerissen. Isodora war sofort tot. Einfach grandios.«

Die Erzählende nahm einen tiefen Zug aus ihrem Glas. Die beiden anderen Frauen taten es ihr nach.

»Das Beste an ihr, das war aber ihre Geliebte, Mercedes de Acosta. Mercedes hatte sie ja alle. Auch die Garbo und die Dietrich. Die Garbo streute vor ihrem ersten Date Rosenblüten auf die Türschwelle, die Dietrich schickte einen Strauß weißer Rosen. Dann stand sie in der Tür und sagte: Ich bin einsam, so wie Sie. Darf ich hereinkommen? Diese Frauen hatten Stil. Mein Gott, einfach fantastisch.«

Die Erzählende zündete sich eine Zigarette an, nahm wieder einen Schluck und fuhr fort. »Manche nannten Mercedes ja auch: die kleine Maus im Frack, denn sie war klein, und sie hatte den Body eines Jungen. Oft trug sie einen Frack. Dazu Schnallenschuhe und immer ein schwarzes Cape. So wehte sie dann durch die Straßen. Ihr schwarzes Haar war kurz geschnitten. Es glänzte wie lackiert. Sie hatte einen kreideweißen Teint und dunkle Augen. Mit tiefen Schatten. Und so, wie Mercedes aussah, war sie die perfekte

Verkörperung des damaligen Stils. Sie soll sich sogar manchmal die Ohrläppchen rot geschminkt haben. Und sie hat gesagt, sie kleide sich so bewusst auffallend und extravagant, um Frauen anzuziehen.«

»Die kann doch nicht ganz dicht gewesen sein.«

»Du hast, wie immer, keine Ahnung, meine Liebe. Solche Frauen, die gibt es ja heute gar nicht mehr. Was würde ich darum geben, so eine Frau kennen zu lernen! Sieh dich hier doch mal um. Was hier so rumsitzt.« Drei Augenpaare setzten sich in Bewegung. Eines davon fing meinen Blick auf und blieb an ihm hängen. Die drei Frauen am Fenstertisch hatten ziemlich schnell meine Aufmerksamkeit erregt. Der Auslöser war ein metallisches Klappern gewesen. Eine Art Rasseln oder Schlagen, das von ihrem Tisch zu mir herüberdrang. Blitzschnell wurde mir klar, dass es das breite silberne Armband der Erzählenden war, das beim Gestikulieren an die Tischkante schlug. Aber da war noch etwas ganz anderes.

Ihre Stimme.

Diese Stimme, sie wärmte, sie schmeichelte, sie ergötzte mich. Es war eine unverwechselbare und unglaublich anziehende, sonore Stimme. Sie hätte mir das Telefonbuch vorlesen können, und bei der letzten Seite hätte ich sofort »da capo« geschrien. Man hätte sagen können, diese Stimme sei sexy. Aber das traf es bei weitem nicht. Diese Stimme war zum Zerspringen erotisch. Gespannt wartete ich darauf, dass sie schneller, langsamer, höher oder tiefer würde. Tiefer wäre allerdings kaum mehr möglich gewesen. Die ganze Zeit über, in der sie erzählt hatte, wartete ich wie ein Kind auf Weihnachten, auf irgendeine Veränderung in ihrer Tonlage. Nichts. Trotzdem war diese Stimme keinesfalls monoton oder ermüdend. Manche Worte dehnte sie, so dass ihre Ausdrucksweise eine anziehende Lebendigkeit bekam: phantassssstisch, grandioooos. Damit erzeugte sie eine Spannung, die um so mehr Lust machte, ihr weiter zuzuhören. Lust auf neue Worte, auf neue Sätze, auf eine Fortsetzung des Erzählten. Und da war noch etwas: Ich konnte ihre Stimme sehen. Ein erfahrenes, ein erlebtes Rot der Sinnlichkeit, der Leidenschaft.

Sie erzählte die ganze Geschichte so, als sei sie selbst dabei gewesen und würde nur aus Gründen der Höflichkeit oder Pietät ihren eigenen Namen weglassen. Wie ein vorgewärmter Bademantel nach einem eiskalten Bad, so legte sich ihre Stimme auf meine Haut. Schlängelte sich durch jede Pore ganz allmählich in mein Herz hinein. Ich reagierte darauf wie eine Katze auf Katzenminze, und wenn es nicht so unerhört gewesen wäre, hätte ich sie einfach gebeten, immer nur weiter zu erzählen. Diese berauschende Stimme, es war eine Stimme in Rot und Moll.

Ich saß in einem Bahnhofsrestaurant, als ich sie zum ersten Mal hörte.

Wobei die Bezeichnung Restaurant ebenso unverschämt war wie mein Pilzomelett. Ich ekelte mich durch meine Portion nicht einmal ansatzweise hindurch. Der Anblick reichte völlig. Genau wie dieser ganze Laden, der im Jahre 1958 sicher ganz genauso ausgesehen hatte. Nur die Reklameschilder für »Persil-Waschmittel« und »Juno-Zigaretten« standen möglicherweise heute im Keller. Unter einer wohl fünf Meter hohen Decke ein völlig verstaubter Ventilator, der dem Kultschinken »Casablanca« alle Ehre gemacht hätte. Lediglich die stumme Musikbox und die beiden Spielautomaten waren neu. Auf den Holztischen, die etwa zur Hälfte besetzt waren, ungebügelte Decken mit Brandflecken, auf denen kleine, gelbe Porzellanvasen mit schmierigen nikotinvergilbten Plastikblumen steckten, Blüten, wie sie auf der ganzen Welt nicht wachsen. Abgegriffene, speckige Speisekarten neben blauen Plastikaschenbechern mit der Aufschrift »Pernod«. Wer kannte hier denn schon Pernod? Eine grell geschminkte Frau so um die fünfzig, die ganz offensichtlich bessere Tage gekannt hatte, kommunizierte mit der Küche lauthals über die Köpfe der Gäste hinweg. »Zwei große Bier für die drei. Einmal Schnitzel mit Pommes, drei doppelte Korn.« Ich winkte sie zu mir herüber und bestellte mir einen Pernod – der Versuch reizte mich.

Ihr Gesicht sah aus der Nähe aus, als wäre sie in Picassos Farbpalette gefallen. »Watt wollen Se? Pernod? Haben wa nich. 'nen Küstennebel können Se kriegen. Sieht ja genauso aus.«

»Bloß nicht! Dann einen roten Martini. Aber eiskalt. Und mit Zitrone.«

»Kommt gleich. Abba Zitrone ham wa nich.« Dann wackelte sie wieder in die Küche. Dieser ekelsüße Italodrink erinnert mich immer an die übleren Tage meines Lebens und davon gab es reichlich mehr als nur ein paar Jahre. Die beiden Frauen, die eben aufgefordert wurden sich umzusehen, reckten ihre Köpfe in den Raum, um nach einer zu suchen, die es wert war, gesucht zu werden. Und so eine gab es.

Mich.

Ich nippte eben an meinem Glas, als die Augen der Frau mit der Stimme wieder an den meinen hängen blieben. Diese fast schwarzen Augen, so glänzend wie wilde Brombeeren in der Sonne, musterten mich blitzschnell und durchdringend. Ihre Lippen formten einen Satz: Dich werde ich jagen. Und ich antwortete ebenfalls lautlos mit den Worten: Nur zu ... und zwar so lange, bis du mir in die Arme fällst. Ihr Ziel würde mein Sieg sein.

Obwohl damit nun dringend erforderlich, war es natürlich nicht möglich, weiße Blumen an ihren Tisch zu schicken. Frauen mit Sinn für Ästhetik, Frauen mit Geschmack und Stil lieben weiße Blumen. Rosen, Callas, Lilien, vielleicht Magnolien. Aber Magnolien wären wegen ihrer Form wohl doch ein wenig zu heftig gewesen. Außerdem sind sie eher elfenbeinfarben denn weiß. Es dürfen aber keine anderen als weiße Blumen sein, denn nur sie haben diese Unschuld und sind damit ganz genau das Gegenteil der Frauen, die sie verschenken und derer, die sie bekommen. Und diese Frau da am Fenster, sie musste eine von ihnen sein.

Sonst hätte sie nicht Mercedes de Acosta gekannt. Und

auch nicht die anderen traurigen oder bestenfalls tragischen Liebesgeschichten der lesbischen Frauen Hollywoods in den dreißiger und vierziger Jahren. Die gesamte Filmindustrie war von diesen wunderbaren Frauen bestimmt: die Crawford, die Stanwyk. Die Duncan, die Garland, die Duse, die Garbo und die Dietrich natürlich. Aber nicht wenige von ihnen gingen dabei zu Grunde. Weil ein Coming-out für sie das Ende bedeutet hätte, führten einige so genannte »Lavendelehen«, heirateten schwule Männer. So hatten beide ihre Ruhe. Oder sie gaben aus Angst vor Entdeckung vorzeitig ihre Karriere auf, wie die Garbo. Oft mussten sie ihre ganze Energie aufwenden, um ihre Homosexualität zu verbergen oder sogar strikt abzustreiten.

Ich nippte erneut an meinem Glas, als mir das Armband wieder einfiel. Die Garbo liebte schwere, silberne Armbänder. Mercedes de Acosta wusste das, kaufte sich vor ihrem ersten Treffen ein solches Armband, streifte es dann vor den Augen der Garbo von ihrem Handgelenk und schenkte es ihr. Die Garbo war beeindruckt. Ja, es stimmt. Solche Frauen hatten Geschmack und Stil. Deshalb wären sie ganz sicher nicht in einer solchen Kaschemme wie dieser hier gelandet. Aber die Frau am Fenster und ich, wir hatten, ohne ein Wort miteinander gesprochen zu haben, doch schon so einiges gemeinsam. Auf jeden Fall gehörten wir beide nicht in eine solche Umgebung. Ich wartete weder auf einen Zug noch holte ich jemanden ab. Ich hatte mir lediglich eine Zeitung gekauft und plötzlich Hunger bekommen. Eine fatale Fehlentscheidung, das dachte ich zunächst, als ich mich in dem Bahnhofslokal umsah. Aber jetzt nicht mehr. Nein, es war eine grandiose Entscheidung. Grandiooos! In Gedanken begann ich unwillkürlich genauso zu betonen und zu dehnen wie die Frau in Rot und Moll, die ich jetzt wieder hören konnte.

»Die Dietrich war die glamouröseste, aber die Garbo war die Göttliche. Sie war voller Engel und Teufel. Deshalb. Deshalb die Göttliche. Nun ja, Mercedes hatte nichts von alledem, aber sie war eben der Darling. Sie war die Frau, nach der all die anderen schmachteten. Und sie hat es genossen und genommen, was sie kriegen konnte. Mercedes war ein Flegel. Sie war ein dunkler, begehrenswerter Schmetterling, der niemals Spuren hinterließ. Und das war wichtig.«

»Nun hör bloß auf mit den ganzen Weibern. Die gibt es eben nicht mehr«, hörte ich wieder vom Nachbartisch.

Während ich so tat, als sei ich ausschließlich damit beschäftigt, mir sehr sorgfältig eine lange Davidoff anzuzünden, konnte ich sehen, wie eine von ihnen erst den Kopf in meine Richtung drehte und dann die gleiche Bewegung erneut, nur schneller, vollzog, um die Frau, die sprach, auf mich aufmerksam zu machen.

Das Anzünden einer Zigarette hatte ich geübt. Vor dem Spiegel hatte ich es mir beigebracht. Ein entsprechendes Foto der Dietrich hatte ich mir in Augenhöhe geklebt. Langsam, gelangweilt und die Zigarette niemals mitten zwischen die Lippen. Niemals. Ich bevorzuge die Stelle genau einen Zentimeter vor dem linken Mundwinkel. Außerdem muss sie ein paar Grad nach unten zeigen, damit man sie bei Bedarf, ganz langsam natürlich, in die Waagerechte und noch höher bringen kann. Und natürlich nur mit Streichhölzern! Dieses ratschende Geräusch erzeugt oftmals bereits Aufmerksamkeit, denn wer benutzt schon noch Streichhölzer? Ich! Die Zigaretten, natürlich nur mit weißem Filter und einem feinen Goldring davor, müssen selbstverständlich *exquisit* sein und die Schachtel natürlich in *brillianten* Farben. Ich bevorzuge bordeaux und gold. Wenn die Zigarette dann brennt, nehme man einen sehr tiefen ersten Zug, während man das brennende Streichholz noch ein wenig durch den Qualm hindurch betrachtet und es erst dann kräftig ausbläst. Dabei ein erster Augenaufschlag. Nicht mehr. Es sieht auch immer sehr schön aus, wenn der Rauch ein wenig in den Augen beißt und man zumindest ein Auge ein wenig zusammenkneifen muss. Das hat so etwas ganz und gar Uninteressiertes. Die Zigarette muss unbedingt die ersten vier, fünf Züge zwischen den leicht geöffneten Lippen bleiben. Ich nehme sie zum ersten Mal aus dem Mund, kurz bevor die Asche abzufallen droht. Und auch hier ist eine Besonderheit zu beachten: Nur mit Daumen und Mittelfinger anfassen! Sollte ich weiteres im Sinn haben, richte ich jetzt die Augen auf mein Ziel. Und zwar unerbittlich. Dieser Blick darf länger dauern und der Hauch eines Augenzwinkerns ist natürlich nie von Nachteil.

Auch heute nicht. Unsere Blicke trafen sich wieder. Und genau so sollte es ein. Sie reagierte wunderbar. Ihre Brombeeraugen hielten meinem Blick unentwegt stand. Diese Frau war ganz einfach aufregend. Was Frauen wie sie so interessant für mich macht, ist, dass sie *alles* haben. Ihr Haar glänzte wie Kastanien in der Sonne. Es war kurz, und dennoch hatte es Volumen. Über ihrer Stirn eine kräftige, schneeweiße Strähne. Sie hatte bestimmt Lachfältchen ob all der Komplimente, die sie ganz sicher bekam! Sie trug einen beigefarbenen Strickpullover mit V-Ausschnitt. Mehr konnte ich nicht erkennen. Nur, dass ihr Armband, welches immer wieder mal zu hören war, ganz vorzüglich zu diesem Pullover passte. Aber jetzt bemerkte ich das erste Manko. Sie konnte keinesfalls so *phänomenal* rauchen wie ich! Viel zu hastig sog sie am Filter und streifte die Asche ab, obwohl noch gar nicht genug vorhanden war. Ich hatte meine Zigarette auf den Aschenbecher gelegt. Es ist von Vorteil, wenn der Ascher einen möglichst breiten Rand hat, auf dem man sie ablegen kann. Denn sie nur in die dafür vorgesehene Rille zu stecken, ist einfach weniger imposant. Sanft blies ich den Rauch aus, der in ihre Richtung davonschwebte. Sie rückte vom Tisch ab, und erst jetzt konnte ich erkennen, dass die Schnalle ihres weinroten Gürtels wie ein C gebogen war. Ein goldenes C. Vielleicht ein Hinweis auf ihren Namen? Wie mochte sie heißen? Christine, Charlotte, Caroline? Ich entschied mich für Candy. Das hatte so etwas Zuckriges und passte damit weder zu ihrer Stimme noch zu ihren Augen. Aber umso besser passte es zu ihr.

Ihre Begleiterinnen standen auf und verabschiedeten sich. Dabei schlugen sie allesamt die Handflächen aneinander. Wie Kerle nach einem Fußballspiel. Einfach albern. Nachdem die beiden Frauen gegangen waren, sah die Frau mit der Stimme aus dem Fenster und selbst ihr Hinterkopf hatte für mich etwas Verlockendes. Und genau das konnte ich mehr als gebrauchen. Ich lebte mal wieder in einer Zeit, in der ich nicht allzu viel flirtete. Und das, obwohl das Flirten zu meiner Natur gehört. Ich soll schon meiner Hebamme zugezwinkert haben. Sagt man. Statt weißer Blumen schickte ich ihr deshalb einen Drink an den Tisch. Was sie trank, hatte mir die Kellnerin schließlich verraten, nicht ohne hübsch verständnislos zu gucken. Nun wechselte sie ein paar Worte drüben am Tisch, und die Frau mit dem Armband prostete mir zu, während ich das Glas längst schon wartend erhoben hatte. Die Art, wie sie ihr Glas hielt, gefiel mehr sehr. Sie hob es nur ein paar Zentimeter vom Tisch. Ich ließ den Rauch meiner Zigarette sich weiter in ihre Richtung kräuseln. Auch das wurde bemerkt.

Sie kam dann einfach an meinen Tisch, setzte sich und fragte: »Warum der Drink?« »Ich habe Ihnen zugehört bei Ihrer Geschichte von der Duncan und Co. Deshalb.«

»Schön, dass es noch Frauen gibt, die sich dafür interessieren. Meine Ladys da eben kapieren rein gar nichts. Auch nicht, dass es hier einfach ekelhaft ist.«

Ich lächelte sie an. Schnell waren wir uns einig, diesen Ort zu verlassen, zahlten und brachen auf.

Candy steuerte zielstrebig in die Innenstadt. Ihre schwarzen Pumps, so hoch wie Bordeauxgläser, klackten auf dem Asphalt. Dazu trug sie schwarze Hosen, beides unterstrich ihren erotischen Gang. Candy steuerte das »her`s« an. Bevor sie die Eingangstür öffnete, fragte sie: »Hier sind wir doch beide richtig?« Was hatte sich der liebe Gott oder wer nun auch immer nur dabei gedacht, dieser Frau eine solche Stimme zu geben? Sie kam meiner Antwort zuvor, schob den weißen Vorhang, der sich gleich hinter der Tür befand, zur

Seite und trat ein. Augenblicklich erstarb das Klacken ihrer Pumps auf einem weichen, dunkelroten Teppich. Es hätte hier nur noch das Schild »Bitte Ruhe! Aufnahme!« gefehlt. Hollywood-Ambiente. Welch eine Atmosphäre. Welch eine Erholung. Leise Klarinettenmusik. Ein einziger Genuss. Es hätte mich nicht im Geringsten gewundert, wenn die Dietrich auf dem Tresen gesessen hätte, die Knie mit den Armen umschlungen, mit Zylinder und natürlich der Zigarettenspitze.

Von den zinnoberroten Wänden blickten sie mich nun samt und sonders an. Immer in schwarz-weiß. Meistens im Profil und immer mit Zigarette. Die besagten Damen aus Hollywood. Aber auch die Pariser Left Bank mit Nathalie Barney und Janet Flanner. Dazwischen einige Porträts von Frauen, die ich überhaupt nicht kannte. Dann so eine Art »deutsche Ecke«: Elisabeth Flickenschild, Erika Mann, Therese Giese und zu meiner Überraschung auch zwei oder drei Fotos von Candy. An den Wänden mit Leder bezogene, fast weiße Bänke mit nackenhohen Lehnen, davor dunkle Tische, auf denen rechteckige Glasvasen mit weißen Blumen standen. Daneben schlanke weiße Kerzen. Hinter den Sitzbänken überdimensionale goldumrandete Spiegel. Jeweils links und rechts davon verbreiteten goldene venusmuschelförmige Wandlampen ein diffuses Licht. In der Mitte des Raumes ein Tisch mit Visiten- und Getränkekarten, Büchern, CDs. Die Bar ein glitzerndes Labyrinth aus Gläsern, Flaschen und Spiegeln. Die weißen Gardinen vor den Fenstern waren geschlossen.

Eine entzückende kleine Frau nahm uns die Mäntel ab, Candy wurde wie eine gute Freundin begrüßt. Nebeneinander gingen wir dann in einen dieser Spiegel hinein. Candy war ein bisschen größer als ich. Ein schlanker Körper mit ungewöhnlich breiten Schultern. Ihre Bewegungen: gekonnt, gewohnt, gewollt. Begehrenswert und vor allem lässig. Wir setzten uns an einen Tisch, auf dem ein Kärtchen stand, mit der Aufschrift: »Allways reserved for C.« Sie schien hier also

Stammgast zu sein. Wir waren die einzigen Gäste und ich hatte gerade meine Zigaretten auf den Tisch gelegt, als uns unaufgefordert je ein Kir Royal serviert wurde. Mit wenig Cassis, denn das Getränk war rosafarben und somit genau richtig.

Candy hob mit der linken Hand ihr Glas. »Auf all die wunderbaren Frauen hier.« Sie deutete auf die Wände und danach auf mich. Diese Frau vermittelte mir das Gefühl, als kenne sie mich schon lange. Sie hätte es ganz sicher nicht im Geringsten für ungewöhnlich gehalten, wenn ich ihr nun von den Klippen und Faustschlägen meines Lebens erzählt hätte oder davon, welche Sexpraktiken ich bevorzugte. Sie sah mich reichlich provozierend an. Ließ ihren Blick langsam von meinen Augen zum Kinn, den Hals hinunter in den zaghaften Ausschnitt meines Hemdes wandern. Immer und immer wieder.

Ich war angenehm irritiert.

»Übrigens, wie Sie rauchen, ist einfach grandiooos. Also das macht Ihnen keine so schnell nach. Ich heiße Carol und Sie?« Carol. Nun, für mich würde sie Candy bleiben. Ich nannte ihr meinen Namen und fügte gleich hinzu: »Ihre Stimme, die macht Ihnen aber auch keine nach.« Sie lächelte. Und? Ja, sie hatte die vermuteten Lachfältchen. Eine ganze Menge sogar. Erotik pur. Ich fühlte mich sehr geschmeichelt. Ihr Armband klackte wieder an die Tischkante. Dann rieb sie sich ihr Handgelenk und steckte provokativ zwei Finger unter das Silber. Sie seufzte: »Ach, die Garbo.«
»Allerdings war sie nicht so frech wie Tallulah Bankhead«, entgegnete ich. »Sie kennen ihren wunderbaren Satz? Daddy hat mich immer vor Männern und Alkohol gewarnt, aber er hat nie etwas von Frauen und Kokain gesagt.« Sie erwiderte: »Ich kenne einen weitaus besseren von ihr: Ich komme um fünf, um dich zu vögeln. Sollte ich mich verspäten, fang schon mal ohne mich an.«

Candy gurrte vor Vergnügen. Das sind dann allerdings die Momente, in denen auch ich hastiger an der Zigarette ziehe, den Rauch in alle Himmelsrichtungen puste und mir die Asche auf die Hose fällt. Wieder sah sie mich durchdringend an. »Nervös?«

»Sollte ich?« Natürlich war ich nervös, auf einem elektrischen Stuhl hätte ich mich wohler gefühlt als hier, nur ein paar Zentimeter neben ihr. Diese Frau war nicht nur eine Sünde wert. Sie war die Sünde pur. Eine Antwort bekam ich natürlich nicht, aber sie ließ mich weiterhin nicht aus den Augen. Ihre ohnedies dunklen Augen wirkten durch ihre gebräunte Haut immer noch schwärzer. Sie roch nach Zärtlichkeit und nach Aggression. Eine schöne Mischung. Ihr glänzendes Haar, eine einzige Dschungelfährte nach dem Regen.

Wir saßen etwa eine Viertelstunde zusammen, in der ich ihren Erzählungen lauschte. Ich sog ihre Stimme förmlich ein. Schließlich sagte sie mir, dass sie noch zu tun habe und fragte: »Ich sehe Sie wieder?«

»Vielleicht.«

Candy schnipste in Richtung Bar. Die kleine, entzückende Frau brachte meinen Mantel, half mir hinein. Candy begleitete mich bis zur Tür und schob den weißen Vorhang zur Seite.

Zwei Tage später klingelte es bei mir zu nachtschlafender Zeit. Morgens um halb neun. Ein stark duftender Strauß weißer Rosen wurde abgegeben. Vereinzelt waren rosafarbene darunter. Das gleiche Rosa wie der Cassis. In der Mitte eine goldumrandete Karte mit nur einem einzigen Buchstaben. Es war ein C.

Woher hatte sie meine Anschrift?

In der folgenden Woche passierte jeden Morgen das Gleiche. Einmal waren es Lilien. Vermutlich kam das Blumengeschäft einfach nicht mehr mit. Auf die weißen Rosen folgten mehr und mehr rosa und auf die rosafarbenen rote. Ich hätte einfach ins »her's« gehen können, aber ich genoss viel zu sehr jeden neuen Morgen. Hätte es aber einmal nicht mehr geklingelt, wäre ich nervös geworden. Inzwischen hatte ich keine Vasen mehr, und so musste ich die Blumen in Plastikeimer stellen und ins Waschbecken. Auch das Abwaschbecken in der Küche war randvoll. Von der ein oder anderen, die mich in dieser Zeit besuchte, hörte ich ein überraschtes, aber um so verständnisvolleres »O, là, là. Wieder auf der Pirsch?«

Es war ein Freitagmorgen, an dem es schließlich nicht klingelte. Und ich wurde wirklich nervös. Endlich, um elf Uhr, erklang das vertraute Geräusch doch noch.

Ich öffnete die Tür, aber es war niemand da. Ich ging auf den Flur und sah mich um. Sah nichts und dann etwas ganz Wunderbares. An meiner Tür war ein großes C angebracht, das fast die ganze Tür einnahm. Aus Rosen, die nun samt und sonders blutrot waren.

Aber auch dieses Rot war meiner Ansicht nach durchaus noch verbesserungswürdig. Ich nahm die Rosen also ab und suchte nach einem freien Platz in meiner Wohnung. Dann breitete ich meine Arme aus, bog sie zu einem wunderschönen C.

In den nächsten Tagen blieb es erneut ruhig, und jetzt war ich wirklich kurz davor, ins »her's« zu gehen. Aber es war nicht erforderlich. Ein Dauerton erklang an der Tür. Als ich öffnete, klackte es draußen. Zweimal. An meiner Tür hing ein goldenes, schweres Armband. Jetzt war ich beeindruckt. Candy hatte also auch bemerkt, dass ich Silber nicht mochte. Ich nahm das Armband ab und wog es in meiner Hand. Ach, was war es doch herrlich, so wunderbar gejagt zu werden! Dabei war es mein Zeigefinger, der den Abzugshahn bereits fest umschloss.

Ich kam gar nicht mehr zum Leben vor lauter Genießen und legte mir das Armband an. Gespannt wartete ich auf ihre nächste Aktion. Ich wartete einfach ab, weil ich sicher war, dass noch mehr passieren sollte.

Und es passierte. In meiner Post lag am nächsten Tag ein weinroter Briefumschlag. Eine weiße Karte mit dem goldenen C. und darunter in einer sehr schwungvollen Handschrift die wohl *formidabelsten* Worte, die ich seit ungefähr einhundertfünfundzwanzig Jahren gelesen hatte. »Bereu diese Nacht, aber verbring sie mit mir.« Ich komme um fünf.«

Na, hoffentlich pünktlich. Ansonsten ... ?

Sollte ich dann etwa?

Unmöglich.

Vorsorglich zupfte ich mir von den noch gut erhaltenen Rosenblüten einen hübschen Berg zusammen. Um kurz vor fünf streute ich die Blüten auf meine Türschwelle und ein wenig auf dem Flur hinaus. Ein paar blieben dann noch für die Türschwelle zu meinem Schlafzimmer übrig. Mein Zeigefinger am Gewehrabzug war jetzt bereits über die Hälfte durchgezogen.

Es wurde fünf.

Sekündlich sah ich durch den Türspion.

Dann kam sie. Mein Zeigefinger war einen Millimeter vor dem Anschlag. Ich öffnete die Tür. Knöcheltief in Rosenblüten versunken, sah mich Candy herausfordernd an. Die Beute, die mir aufgelauert hatte, jetzt stand sie vor mir.

So weit ich nur konnte, öffnete ich meine Arme, und sie ließ sich in meine Umarmung fallen, als sie den ersten Schritt auf die Schwelle setzte.

»Du bist ja schlimmer als die Garbo!« Ein ganz und gar bezaubernder Vorwurf. Wie hätte ich da wohl widersprechen sollen?

Bei Woolworth sagt man nicht Pardon

Da sagt man auch nicht Entschuldigung.

Da rempelt man einfach weiter und schüttet die Gänge hinter sich zu, dass kein Mauseschwanz mehr dazwischen passt. Außer: an diesem Schwanz hängt eine so entzückende Maus wie Gilda. Dann dreh ich mich um, und reich ihr die Hand aus dem ganzen Salat heraus. Grinse entschuldigend.

Gilda hatte ich sofort in mein Herz geschlossen. Denn der Pudel neben ihr, herzig getrimmt auf Marke Buchsbaumschnitt, dem das blanke Entsetzen immer noch in den Augen stand, – ihm waren ein paar Haarspray- und Deodosen auf die Schnauze gesegelt – also dieser Pudel trug ein Ledermäntelchen, das wahrscheinlich mehr gekostet hatte als der gesamte Inhalt meines Kleiderschrankes. Das ließ Schönes hoffen. Eine warme Mahlzeit, ein warmes Bett, eine warme Haut. Letzteres hatte ich besonders nötig, denn schon seit Monaten konnte ich meiner Libido beim Schnarchen zuhören.

Gilda selbst lag unter dem Durchschnitt meiner Wünsche. Aber sie lächelte so süß. Und ihre Klamotten waren die satte Ausbeute diverser Edelboutiquen. Die schweren Ringe und die Halskette aus Gold, vor allem aber diese silbernschwarze Taucheruhr hatten ganz offensichtlich den Gegenwert eines Kleinwagens. Geschmückt wie ein Weihnachtsbaum glitzerte sie mir entgegen. Ihre Frisur mit dem kleinen Mauseschwanz, ein Konzentrat aus Struwwelpeter und Gloria von Thurn und Taxis in ihrer Punkphase, war ganz und gar verwegen und zog allein schon alle Blicke auf sich. Alles in allem war sie eine ganz und gar hypnotisierende Erscheinung.

Gilda hatte, soweit ich das unter ihrem Djangomantel aus hellbraunem Leder erkennen konnte, eine durchaus angenehme Figur. Das Gesicht ganz nett, aber irgendwie ein bisschen entenschnutig und gleichermaßen vollmondrund. Ich vermutete, dass hin und wieder ein Tässchen Champagner eben diese Rundungen vollendet hatten. Ich schätzte sie auf ungefähr vierzig, und hinter ihrer Gucci-Sonnenbrille, die ihr von der Nase gerutscht war, hatte sie neben Krähenfüßen aber doch ein Paar schöne Augen. Verführen, verwöhnen, verlassen, das waren so meine Gedanken. Denn ihr Sexappeal, der lag einzig in ihrem Kontoauszug. Jedenfalls nicht in dem dunkelblauen Hut, der mich schon sehr an Miss Marple erinnerte. Aber was machte eine solche Frau bei Woolworth? Völlig daneben und deplaziert.

»Dir sind wohl die Bananen von der Tanne gefallen?« Das waren die ersten Worte, die ich hörte. Eine überraschend heitere Formulierung. Ich lachte so laut, dass der Pudel zuckend vor mir zurückwich. Dann musste sie auch lachen.

Lachen ist einfach etwas Wunderbares. Immer so ein bisschen wie auf Wolken schweben.

Deshalb tat ich den ersten Schritt zur Versöhnung. Aber keinesfalls zaghaft. Das liegt mir überhaupt nicht: »Da ich ganz offensichtlich die Frau deiner Träume bin, trinkst du zuerst einen Kaffee mit mir?«

Ihr Mund öffnete sich. Praktisch immer noch auf Knien vor mir liegend, sah sie mich mit einem ungläubigen Gesichtsausdruck an. »Nun bleib mal heiter, Madame. Träume sind Schäume. Kaffee ist o.k. Aber bei mir. Ich wohne gleich um die Ecke.« Ich reichte ihr meine Hand, und Gilda gelangte wieder in die Senkrechte.

Stöhnend ging eine Verkäuferin daran, den Gang aufzuräumen. Ich bezahlte mein Duschgel aus dem Angebot. Gilda legte einen Pralinenkasten und ein Sortiment aus kleinen roten Abziehbildern in Herzform auf den Tresen. Der blöde Pudel bellte und stellte sich so stur wie ein Esel unter portugiesischer

Mittagsglut. Erst zwei dicke Pralinen konnten ihn endlich dazu bewegen, schnurstracks an den Deodosen und uns vorbei auf die Straße zu sausen. Hier legten sich seine silbernen Löckchen wieder in Buxbaum-Facon.

Gildas Wohnung lag tatsächlich nur fünf Minuten vom Kaufhaus entfernt. Obwohl wir in der gleichen Stadt wohnten, hatte ich sie noch nie gesehen. Sie wäre mir ganz sicher sofort aufgefallen. Mit diesem Hut und dieser Gucci-Flutschi-haste-nich-gesehen-Sonnenbrille. Denn eine Sonnenbrille, das ist eigentlich mein Privileg. Auch bei Regen und Schnee. Ohne meine Sonnenbrille bin ich wie amputiert. Mehr noch. Ich bin lebensunfähig.

Ihre Wohnung lag im vierten Stock. Der Fahrstuhl quietschte und ihr geradezu sadistisches Parfum verursachte mir Schwindelgefühle. Sie stellte sich so dicht an meine Seite, dass wir uns die Atemluft teilen mussten.

Kaum hatte sie die Wohnungstür aufgeschlossen, schoss ihr Köter in die Räume. Von hinten zwischen meinen Beinen hindurch und zwar so rattengleich, dass nun ich fast auf dem Hintern gelandet wäre. Zu gerne hätte ich ihm in selbigen getreten, so dass er quer durch die Wohnung und durch das gegenüberliegende Fenster gleich wieder auf die Straße geflogen wäre. Aber was machte er? Wie ein Rauschgoldengel in Leder-Montur blinzelte er in meine Richtung. Aus einem Puppenwagen! Ja. Richtig. Sein Platz war in einem Puppenwagen. Da saß er dann zwischen lauter blauen Blümchenkissen.

»Wie heißt dein Hund eigentlich?«

»Einstein.«

O Gott, nein. Es hätte bloß noch gefehlt, dass er mir aus seinem Puppenwagen die Zunge herausgestreckt hätte.

Mit einem gezielten Wurf wirbelte Gilda ihren Hut auf einen Kleiderständer. Den Djangomantel gleich hinterher. Der aber landete auf dem Boden und blieb auch dort liegen.

»Brandy, Wodka, Martini?«

»Alles zusammen, Martini zuletzt. Mit zwei Oliven, bitte.«

»Stückchen Gurke wäre noch mutiger«, sagte sie, während sie mit den Gläsern hantierte. »Übrigens, woher wusstest du, dass ich auf Frauen stehe?«

Wenn mich eine Frau interessiert, dann stelle ich mir diese Frage gar nicht erst. Ich werde es dann schon merken. »Wusste ich nicht. Trotzdem, bitte ohne Gurke. Falls doch, dann bitte nur am Stück.« Gilda sah kurz auf und grinste.

Ihr Zuhause eine Wohnung zu nennen, war leicht untertrieben. Es handelte sich um eine Art Loft, gekreuzt mit einer Mischung aus Bordell und Klapse. Mehr als hundert Quadratmeter, die Wände in einem unerträglich hellen Grün und mit reklameschildgroßen Bildern. Die Bilder waren motivlos und ausschließlich in rot und schwarz gehalten. Dazwischen große HiFi-Lautsprecher. Die Wand zwischen den beiden deckenhohen Fenstern zur Straßenseite hin hatte die Bewohnerin anscheinend selbst bepinselt. Es war ein einziges Gewirbel. Auch in rot und schwarz. Hinter vier oder fünf Studioscheinwerfern ging es in eine kleine unaufgeräumte Küche mit dolomitenhohen Bergen von Abwasch. Der Küche gegenüber stand auf weißen Gummirädern ein Krankenhausbett mit Gitter und Galgen. Auf dem weißen Nachtschrank daneben zwei Schnapsgläser und Medikamentenschachteln. Ein paar Meter davon entfernt auf drei fahrbaren Metallständern Gildas Kleidung. Die Stangen bogen sich bedenklich. Dann ein Fernsehgerät mit einem Bildschirm im Kinoleinwandformat. So etwas hatte ich überhaupt noch nicht gesehen. Über dem Gerät und direkt vor meiner Nase eine Art Bücherregal, auf dem sich eine Sammlung von Skarabäiden und Skorpionen befand. Auf dem Fußboden wohl ein Dutzend Kakteen in allen Größen und Formen. Dazwischen Kissen, Cornflakes-Reste, Einsteins Napf und ein kitschiger Springbrunnen mit violettfarbenem Wasser, in dem Goldlametta funkelte. Und überall im Raum Schaufensterpuppen. Sechs oder acht. Männer und Frauen. Allesamt nackt. Aber jede Einzelne mit einem Hut. Die Männer mit Frauenhüten und umgekehrt. Den Mittelpunkt dieser Behausung aber bildeten sechs voluminöse Ledersessel. Neben einem der Sessel lag ein Stapel Schallplatten. Ganz oben eine der französischen Sängerin Barbara. Ich staunte, da sie hierzulande völlig unbekannt war. Ihr Lied »Angst haben und trotzdem weitergehen« war mir bestens vertraut – ich hatte sein Motiv am eigenen Leib erfahren.

Hatte Gilda Angst? Und wenn ja, wovor hatte sie Angst?

Ihre Wohnung jedenfalls roch nach Krankheit und auch nach verflossener Liebe, doch nicht ein einziges Souvenir davon war zu sehen. Kein Bild, kein getrockneter Rosenstrauß, keine Muschel, kein Lippenstift. Nichts.

Gilda mixte die Cocktails und ich sah, dass sie keine geringe Menge Martini danebenschüttete. Sie schien das aber nicht zu bemerken. Überhaupt gab es hier jede Menge Flecken. Der kleine Wohnzimmertisch war verklebt und staubig. Als sie mir mein Glas gab, trug sie immer noch ihre Sonnenbrille. Aber auch hier passte diese Brille perfekt zu ihren beigefarbenen Hosen und dem Hemd in der gleichen Farbe. Eigentlich sah sie gar nicht so schlecht aus.

»Setzt du deine Brille nicht ab?«

Sie setzte sich vorsichtig mir gegenüber in einen der Sessel.

»Nein. Ich will mich an die Dunkelheit gewöhnen.«

»Warum das denn?«

Sie sah an mir vorbei und sagte: »Ich werde blind. Grüner Star. Nur noch eine Frage der Zeit.« Vorsichtig führte sie das Glas an den Mund, nahm einen tiefen Schluck. »Könnte gut ein Wunder gebrauchen. Aber das hatte ich schon. Und Wunder gibt es eben nur einmal.« Wieder schwieg sie einen Moment und dachte nach. Dann fuhr sie mit Trotz in der Stimme fort: »Wenn ich mich heute entscheiden müsste zwischen dem Wunder von damals mit ihr und dem, was jetzt gut für mich wäre, dann würde ich trotzdem das von damals nehmen.«

Ich wusste nicht, was ich sagen sollte. Wir tranken unsere Cocktails. Sie sah mich an und durch mich hindurch. Obwohl sie erstaunlich ruhig war, mahlte und zuckte ihre Backenmuskulatur und es sah aus, als ob sie sich schämte, weil sie mir eben einfach so ihr Schicksal anvertraut hatte. Es war ganz still, nur Einstein schlabberte jetzt aus dem Springbrunnen.

»Wer kümmert sich um dich?«

»Niemand. Noch komme ich zurecht. Ich sehe in ein großes schwarzes Loch und dieses Loch, es lacht mich aus. Es ist grauenhaft. Meistens höre ich Musik, schreibe Briefe. Manchmal, wenn ich es nicht mehr aushalten kann, gehe ich eben zu Woolworth. Ich muss Menschen wenigstens noch riechen. Wenigstens das noch.« Obwohl ich mich kaum getraute, fragte ich sie, wem sie Briefe schreibe. Sie sagte nur: »Ihr«. Kirchenstille. Gilda stand auf und füllte die Gläser nach. Aber diesmal war es Wodka und kein klebriger Martini mehr. Als sie mir wieder gegenüber saß, sagte sie: »Als ich ihr damals von meiner Krankheit erzählte, ist sie noch ganze zwei Monate geblieben. Dann ist ihr das alles zu viel geworden, und sie zeigte mir die rote Karte. Sie ist in eine andere Stadt gezogen und hat mich praktisch auf den Müll geworfen.« Das Rot der Karte und das Schwarz der Nacht, die bald kommen würde, das waren die Symbole der Liebe und eine Scheibe vom Tod. Die Farben aller Bilder hier im Raum.

»Siehst du die Kakteen? Da greife ich direkt hinein. Mit voller Absicht. Dann spüre ich, dass ich noch lebe und ich schreibe ihr wieder. Eine Antwort hab ich noch nie bekommen. Oder doch. Fünfzig Mal hat sie mir schweigend geantwortet. Das heißt doch, dass sie nicht weiß, was sie machen soll. Sonst würde sie ja schreiben, dass sie nicht zurückkommt. Oder?«

»Vielleicht.« Was hätte ich denn sonst sagen sollen?

»Diese Hoffnung lässt mich das alles ertragen. Wenn ich die nicht mehr habe, ist es vorbei. Alles.« Sie kraulte Einstein, der sich auf ihren Schoß gesetzt hatte, die Ohren und fragte: »Das stimmt doch, Einstein?« Der Hund sprang einfach auf den Boden und dann wieder in seinen Puppenwagen. Nach ein paar Minuten schnarchte er. Gilda drehte das Glas in den Händen und sagte: »Ich habe nichts anderes mehr als die Briefe, meine Hoffnung und diese gottverdammten Erinnerungen. Diese verfluchten Teufel. Sie lassen mich nie in Ruhe. Ich habe zwar eine Menge Geld, aber damit kann ich sie nicht bestechen. Sie sind nicht käuflich. Mein Geld taugt zu nichts.« Mit beiden Händen umschloss sie so fest ihr Glas, dass ich Angst bekam, es könnte zerbrechen. »Es gibt hier keinen Millimeter, wo diese Erinnerungen nicht sind. Deshalb saufe ich. Und nach einer Flasche wollen sie dann mit mir tanzen, diese Teufel. Dann brauche ich Schlaftabletten, aber diese Biester versauen mir jeden Traum.« Gilda schien lange mit niemandem geredet zu haben, denn sie ließ mich kaum zu Wort kommen. »In jedem Traum ist sie. Immer wieder sie. Dann falle ich von einem Motorboot ins Meer. Sinke bis auf den Grund. Ein Delfin kommt und ich halte mich an seiner Flosse fest. Er bringt mich wieder nach oben. Alles wird wieder bunt. Er setzt mich auf einer Insel ab und da bin ich wieder allein.« Sie stellte ihr Glas auf den Tisch und vergrub das Gesicht in ihren Händen.

»Weißt du, das schlimmste ist das Alleinsein. Immer dieses Alleinsein. Wenn es dir scheiße geht, dann sind alle weg.«

»Was fühlst du, wenn du träumst?«

»Immer nur Angst. Angst, da unten zu verrecken. Angst, nicht wieder von dieser Insel herunterzukommen. Ich wache auf und wieder ist da nichts als Angst. Dass ein Brief kommt, dass kein Brief kommt, und dann wieder die Angst vor der nächsten Nacht. Angst, wie das sein wird, wenn ich wirklich nichts mehr sehen kann.« Zwischen ihren Fingern liefen die ersten Tränen hindurch. »Dann stehe ich auf und male an der Wand dort herum.« Sie deutete mit dem Glas in der Hand auf das Gewirbel zwischen den Fenstern. »Dazu höre ich Tango. Wir haben immer Tango getanzt. Ein einziger Rausch war das.«

Das Bild stand mir lebhaft vor Augen. Ich konnte es sehen und mir wurde zum ersten Mal schlagartig bewusst, was es bedeutete, dass ich sehen konnte. Ich sah die nächtliche Wohnung, die Scheinwerfer gleißend aufgedreht, das Parkett hellgrün angestrahlt und diese Frau mit ihrer wüsten Frisur, wie sie sich im Tangoschritt immer um das Krankenhausbett herumwiegte. Der schockierte Einstein vermutlich hinterm Klo versteckt, die Ohren unterm Kinn zusammengebunden. Eine bizarre Szene, eine trostlose Szene. Ich schämte mich. Was bei Woolworth wie eine Komödie begonnen hatte, es war nichts anderes als eine Lebenstragödie. Die Frau würde vermutlich nicht zurückkehren, das Augenlicht ebenso wenig. Was übrig bleiben würde, war Gilda. Sie einzig und allein. Und Einstein. Ich fragte mich, ob sie es je schaffen würde, von der Insel herunterzukommen. Gilda wischte sich verschämt über die Wangen. »Warum erzähl ich dir das bloß? Ich kenn dich doch gar nicht.« Doch sie sprach einfach weiter. »Das Einzige, was ich überhaupt noch kann, ist warten. Kein Mensch weiß, was das für eine Marter ist. Man sagt, das Warten sei ein Raum des Werdens. Was soll denn jetzt noch werden?«

»Alles. Alles ist möglich. Mal weiter.«

Nun schaute sie zur Zimmerdecke und sagte: »Ich hab dir doch eben gesagt, dass es nur noch eine Frage der Zeit ist, bis ich endgültig aus der Welt falle.« Die Malerei hat mich noch nie sonderlich interessiert, aber eines wusste ich doch noch: »Du wirst auch dann malen können, wenn du nichts mehr sehen kannst. Gauguin schloss zuerst seine Augen. Erst dann konnte er sehen. Erst dann konnte er malen.«

»Oh, gleich Gauguin. Du traust mir ja einiges zu. Und was soll ich malen?«

»Das, was dein Herz dir sagt.«

»Aber doch nicht in rot und schwarz?«

»Warum denn nicht?«

Gilda faltete die Hände, lehnte sich leicht aus dem Sessel und sagte sehr laut und kräftig: »Weil es nicht so ist!«

Ich beugte mich in ihre Richtung und antwortete ihr in der gleichen Lautstärke. »Nichts ist so, wie es ist. Es scheint immer nur so. Die Dinge sind immer nur so, wie wir sie sehen. In diesem Fall, wie du sie siehst.« Sie sah mich lange an und es wurde mir unangenehm, weil ich nicht wusste, was sie eigentlich noch erkennen konnte. »Wer bist du eigentlich? Ein bisschen verrückt vielleicht?«

»Warum denn nicht?«, fragte ich, als sie zu lächeln begann. »In dieser Welt normal zu sein, das ist doch an sich schon verrückt. Aber die Menschen, die wirklich sehen können, die sind im richtigen Moment da. Von mir aus auch verrückt. Meine Augen hast du mir eben erst geöffnet.« Ich beugte mich noch etwas mehr in ihre Richtung und flüsterte, dass ich mir eigentlich doch etwas ganz anderes vorgestellt hatte. Hier mit ihr. Jetzt grinste sie wie das berühmte Honigkuchenpferd. »Warten wir das doch ab.«

»O.K.«

Nach ungefähr zwei Stunden wollte Gilda erneut nachschenken, aber ich lehnte ab. Sie begleitete mich zur Tür. Einstein trottete hinterher. Ich kraulte ihm die Schnauze. Eigentlich war er doch ganz nett, der Kleine. »Übrigens«, sagte ich, als ich die Türklinke schon in der Hand hielt, »Wunder kommen nicht nur einmal. Du musst nur für sie bereit sein. Sie spüren und verdammt noch mal sehen. Auch nachts. Nur in der Nacht erkennt man das Licht. Verstehst du? Also, mach was draus. Bis bald.«

»Hoffentlich.«

Mit jedem Schritt durch die Stadt wurde mir stärker bewusst, wie gut es mir ging. Ich bedankte mich bei Gilda. Vielleicht hörte sie es ja.

Einen Monat später klingelte ich wieder an ihrer Tür. Nichts hatte sich verändert. Im Morgenmantel und mit einem Wodkaglas in der Hand stand sie vor mir. »Wird jetzt immer schlimmer.« Mit diesen Worten knallte sie mir die Tür vor der Nase ins Schloss.

Nun ließ ich mir Zeit und offen gestanden, ich dachte nur noch selten an sie, obwohl ich mich bei Woolworth schon noch umsah. Ich traf sie aber dort nicht mehr.

Der Sommer verging. Die ersten roten und schwarzen Blätter fielen von den Bäumen, als ich sie noch einmal besuchte. Und mit einem Mal war alles anders. Gilda hatte ihre Insel verlassen. Die Sonnenbrille lag auf dem Tisch. Ihre Augen waren von einer Delfinhaut überzogen. An den Wänden standen neue Bilder. Die meisten allerdings noch ohne irgendwelche Motive. Aber auch ein ganz anderes. Bunt. Ein Himmel und mittendrin ein stilisiertes Frauengesicht mit einem ziemlich kräftigen Schnurrbart.

»Sie?«, fragte ich.

»Ja, das ist sie. Ich mal sie mir weg. Erst einmal muss sie weg. Dann kann sie vielleicht wiederkommen. Ist mir ihr grässlicher Bart eigentlich gelungen?«

»Und wie«, sagte ich. »Einfach prächtig.«

»Jetzt kann ich gar nicht mehr aufhören«, sagte sie, während sie das Bild ihrer Frau mit den Fingern ganz langsam und zärtlich erfühlte. »Nachts, da male ich am liebsten. Das ist schon komisch. Die schwarze Nacht da draußen und die Nacht in mir, die keiner kennt. Jetzt sind sie aus Licht gemacht.« Gilda machte ein paar Tangoschritte. »Einmal, da haben wir am Strand getanzt. Mondschein inklusive. Es war schlimmer als in jedem Schundroman. Aber diese Erinnerungen, jetzt inspirieren sie mich und diese widerlichen Teufel verschwinden. Oder vielleicht verwandeln sie sich auch. In das Schöne mit ihr.« Sie tänzelte im Tangoschritt in Richtung Bett. »Weißt du, ich zähle einfach unsere Himmel und ihre Küsse und den Abschied zusammen. Und das male ich dann.«

»Ich freue mich für dich.« Ich freute mich so sehr.

»Danke. Aber du bleibst mir doch erhalten? Auch jetzt? Weißt du eigentlich, was du für mich getan hast?«

»Du hast auch was für mich getan.«

Sie lachte und blieb stehen. »Kann ich mir nicht vorstellen. Ich war ja eigentlich nur da. Mehr doch nicht.« Ich legte meinen Arm um ihre Taille. »Genau wie ich. Man trifft eben zum richtigen Zeitpunkt immer auf den richtigen Menschen. Immer. Die meisten merken das nur nicht.« Gilda ging wieder zur Staffel hinüber, und für heute war es Zeit zu gehen.

Unsere Begegnung hatte eine ganz überraschende Wende genommen, und ich bereute das nicht im Geringsten. Aber in mein Herz, da zog sie trotzdem.

Ungefähr ein Jahr später hatte sie ihre erste Ausstellung. Inzwischen war sie schon völlig blind. Sie trug wieder diesen verrückten Hut und immer noch ihre Brille. Gilda bewegte sich so sicher, dass diejenigen, die es nicht wussten, sie für sehend gehalten hätten. Aber in ihrer Nähe war jetzt Gatsby, ihr Blindenhund. Ein wunderschöner Golden Retriever. Einstein trippelte immer eifersüchtig hinter ihm her. Die ersten Sektgläser waren bereits geleert, als Gilda eine Rede hielt, die mit der Bemerkung endete, dass man zum richtigen Zeitpunkt immer auf den richtigen Menschen trifft. Dann wünschte sie dem Publikum lächelnd, immer die Augen für solche Menschen offen zu halten. Und in Anlehnung an Saint-Exupérys kleinen Prinzen fügte sie hinzu, dass man immer nur mit dem Herzen »wirklich« gut sieht. Noch einmal erhob sie ihr Glas und sagte: »Deshalb braucht das Herz auch keine Augen. Aber schlagen und lieben muss es schon.«

Alles klatschte und dann ließ sie es sich nicht nehmen. Zum ersten Mal umarmte sie mich und zielsicher fand sie meinen Mund. Mit diesem Kuss versiegelten wir unsere Freundschaft. Dabei fiel ihr allerdings der Hut vom Kopf. Sofort schnappte ihn sich Einstein und dieses Mal war es Gatsby, der den kleineren Hund verfolgte. Triumphierend hopste Einstein mit dem Hut in seinen Puppenwagen, Gatsby saß hechelnd davor. Er hatte verloren. Vermutlich als einziger. Das Publikum klatschte und lachte weiter. Lachen ist doch etwas Wunderbares. Immer so ein bisschen wie auf Wolken schweben. Oder?

Die alte Pretty Bell

Manchmal kommt es vor, dass ein Haus eine Rolle spielt. Manchmal beginnt alles mit einem Haus.

Das Haus, das ich meine, stand am Anfang eines ungepflasterten Weges. Es war kein Haus im herkömmlichen Sinne, sondern eine heruntergekommene Villa. Der sandfarbene Putz blätterte in großen Placken, so dass der blanke Zement zu sehen war. Das Dach sah aus, als hätte es mehr Löcher als Pfannen und vermutlich war dem auch so. Das Giebelfenster blieb immer geschlossen, der grelle Vorhang dahinter zugezogen. Auf der steinernen Balkonbrüstung, die sich in einem Halbbogen um das Erdgeschoss zog, standen ein paar leere Blumentöpfe. Neben der Eingangstür hing eine große kupferne Glocke. Auf allen sechs Treppenstufen, die zu der Tür hinaufführten, standen ebenfalls Ziertöpfe ohne Blumen. Außer auf der untersten Stufe. Dort stand immer ein altes Paar schwarzer Stiefel. Immer auf der untersten Stufe, immer rechts.

Die vier lang gezogenen Fenster neben der Eingangstür, je zwei an jeder Seite, waren ungewöhnlich sauber und glänzend. Mindestens zwei von ihnen standen immer offen. Darin wehten leichte, fast durchsichtige und ganz und gar weiße Gardinen über die Fensterbretter. Wie weiße Wolken, so schwebten sie vor den beiden blühenden Glyzinen zu beiden Seiten der Eingangstür. Deren lange, hängende Trauben so blau, so weiß und so lila, bildeten den Himmel. Einen Himmel mit zwei Fenstern darin. Auf dem Grundstück vor dem Haus ein paar Bäume, ohne ein einziges Blatt. Das Gras voller gelber Löwenzahnblüten. Und dieses uferlose Gelb war der Grund, warum ich hier stehen geblieben war. Dieses Eidottermeer und die Musik aus den beiden Fenstern. Oft war es die »Barcarole« aus »Hoffmanns Erzählungen«. Leicht und beschwingt, immer im Rhythmus der wehenden Gardinen. Aber auch »Zarathustra« sprach, dass die Scheiben bebten. Dazu der betörende Duft der Glyzinen. Hier musste ich einfach stehen bleiben.

Dieses Haus passte nicht. Wie ein wuchtiger, fauler gelber Zahn stand es am Anfang einer Reihe von Jackettkronen, denn die Häuser in der Nachbarschaft, die Gärten, die Fahrzeuge davor, wirkten so akkurat und sauber, als wäre das alles frisch aus einer Autowaschanlage gekommen und dann in eine Vitrine gestellt worden. Dieses Haus aber hatte etwas Räuberisches, zugleich auch Friedliches. Es hatte etwas von einem Märchen, von einem Fluss, von einer Flucht. Dieses Haus wirkte nach Überstandenem und Gewordenem. Es war stark, unangreifbar und es war mächtig.

In dem Haus wohnte eine alte Frau. Diese Frau hatte einen fabelhaft schlechten Ruf, der mich derart faszinierte, dass ich immer öfter an ihrem Haus vorbei schlich. Ich liebe Menschen, die nicht passen und die nicht stimmen. Es hieß, die Frau sei verrückt. Sie weigerte sich in den Augen der »Nichtverrückten« hartnäckig, sich wieder an den vorgeblich richtigen Platz in dieser Gesellschaft rücken zu lassen wie ein Stuhl an den Tisch. Bravo!! Sie war nicht räsonabel. Sie war keine Vernünftige. Solche Menschen ziehen mich geradezu magisch an. Sie bieten mir Widerstand. Alles andere ist langweilig.

Ich sah die Alte meistens an einem Sonntag, wenn sie in die Stadt ging, denn sie verließ nur selten das Haus. Oft stand ich im Schutz einer alten Kastanie vor ihrem Haus, wenn sie hinaustrat. Sie war klein, gebückt und hatte X-Beine, eine große Hakennase, ein spitzes Kinn und sie trug immer einen schwarzen, leichten Strohhut mit einer roten Bordüre. Dazu einen dunklen Mantel mit fünf großen Perlmuttknöpfen auf der linken Seite. In der Hand eine helle, kleine Korbtasche. Und an den Füßen immer diese schwarzen Stiefel von der Treppe, die sie bei ihrer Rückkehr wieder gegen die Hausschuhe tauschte, in denen sie das Haus verlassen hatte. Sie sah zwar aus wie eine gepflegte Bettlerin, aber ihr Gang und ihre Gestik wirkten würdevoll, ja, aristokratisch.

Sie hatte das Profil eines Geiers und so benahm sie sich auch, anscheinend sichtlich bemüht, ihrem Ruf gerecht zu werden. Fast jeden Sonntag ging sie in das Café eines Krankenhauses und randalierte dort ein bisschen.

Ich folgte ihr.

Zuerst war der Kuchen zu teuer, dann zu trocken und dann zu süß. Mit einem Kugelschreiber verzierte sie die Stofftischdecke, kippte ihren Kaffeerest auf den Tisch und marschierte dann grinsend davon, nicht ohne noch einmal kräftig mit dem Fuß an jede, mindestens aber an jede zweite Tür des Krankenhausflures zu treten. Wurde sie dabei erwischt, stellte sie sich einfach taub und hielt sich die Hände hinter die Ohrmuscheln. Zur Abwechslung machte sie an einem Sonntag »auf blind«. Sie hatte sich diese Binde mit den drei Punkten umgebunden und zerdepperte mit dem weißen Stock und in voller Absicht Blumenvasen und Papierkörbe. Das Personal kam angerannt, aber die Alte zuckte nur mit den Achseln. Meistens sah man ihr das alles nach und begleitete sie höflich auf die Straße. Diese Randale veranstaltete sie aber nur im Krankenhaus.

Ansonsten begnügte sie sich damit, abschätzig betrachtet und behandelt zu werden. Sie schien das ganz außerordentlich zu genießen. Manchmal konnte sie sich nicht zurückhalten und pöbelte die Leute an. Sie brüllte markerschütternd: »Aus dem Weg, aus dem Weg!« Dabei ließ sie ihre Handtasche kreisen wie einen Hubschrauberpropeller. Eine regelrechte Zornnatter, es stand allerdings zu befürchten, dass ihr Biss giftig war. Die Leute stoben jedenfalls davon und sie war, wie immer, sehr zufrieden.

Mit ihrem »Aus dem Weg, aus dem Weg« war ihr Repertoire noch längst nicht erschöpft. Ihre Worte waren einfach köstlich. Doch was mich aufhorchen ließ, war der Klang ihrer Stimme. Es war die eines jungen Mädchens. Eines Mädchens, das fröhlich war und sehr hübsch. Der Klang, wie das feine Läuten einer Glocke, passte wohl zu ihrer Grazilität, aber ganz sicher nicht zu ihrem Verstand. Aber was passt schon wozu?

Ich nannte sie deshalb »Pretty Bell«.

Das sagte ich ihr natürlich nicht. Ich wollte kein kräftiges Donnerwetter ernten. Also ließ ich das sein. Ich hätte mich auch gar nicht getraut, sie überhaupt anzusprechen. Andererseits wollte ich diese Frau unbedingt näher kennen lernen und überlegte, wie das am besten anzustellen sei, als sie an einem Sonntag – sie hatte gerade wie üblich im Klinik-Café randaliert – sich kurz vor ihrem Haus zu mir umdrehte und fragte: »Sagen Sie mal, wissen Sie, wie ich eine Viertel Million Dollar anlegen kann? Zu irgendetwas müssen Sie doch nütze sein, wenn Sie schon hinter mir herschleichen.«

Überrumpelt stotterte ich, was mir gerade einfiel: »Andorra oder verbuddeln.«

»Zssssst, Zssssst«, das Zischen einer Zornnatter war ihre Antwort. Und ein kräftiges »Quatsch«. Energisch winkte sie ab und schlurfte durch die großen Regenpfützen vor ihrer Pforte, dass das Wasser darin Wellen schlug. Dann schlüpfte sie in die Hausschuhe und verschwand.

Zwei Wochen später rief sie von der gegenüberliegenden Straßenseite: »Hätten Sie Lust, mit mir nach Andorra zu fliegen? Ich übernehme die Kosten.« Diese Frau machte keine Umwege. Was einem aber auch so passieren kann! Natürlich hatte ich Lust. Sie weiter kennen zu lernen, endlich mal wieder rauskommen und außerdem war ich sowieso pleite. Also fragte ich: »Wann?«

»Übermorgen. 11.30 Uhr am Flughafen. Ich erwarte Sie da. Vorm Abflugschalter drei. Und unterstehen Sie sich, mich zu versetzen. Und falls doch, werden Sie das zu spüren bekommen.« Was bildete sich diese Frau überhaupt ein? Noch zögerte ich zwar. Aber dann fuhr ich doch.

Auf dem Hamburger Airport begrüßte sie mich einfach

mit »Hallo, Kindchen«. Sie trug genau die gleichen Sachen, in denen ich sie kannte. Auch die Stiefel. Sie hielt es nicht für nötig, mir ihren Namen zu nennen, sondern drückte mir gleich die Reiseunterlagen in die Hand mit den Worten: »Nun machen Sie das mal.« In ihrem Reisepass las ich dann ihren Namen. Pretty Bell hieß Hildegard Schlott. Trotz ihrer exakt siebzig Jahre war sie flink und behände und es war zu spüren, dass sie es gewohnt war zu kommandieren und zu regieren. Ihre Wünsche und Anweisungen wurden ohne irgendwelche Fragen erfüllt. Das war Macht. Und Boshaftigkeit. Auch im Flieger. Man machte ihr Platz, war ihr behilflich und sie grinste nur. Hielt das einfach für selbstverständlich. Sie wollte nur von einer ganz bestimmten Stewardess bedient werden und wurde es. Sie wollte ihre Mahlzeit eine halbe Stunde früher als die anderen und bekam sie. Sie wollte anstelle eines Plastikbechers ein Glas für ihren Sekt und sie bekam es. Als Dank sozusagen schüttete sie ein ganzes Glas Tomatensaft über den leer gebliebenden Platz vor ihrem Sitz. Lächelnd sah sie mich dabei an. »In meinem Alter darf man das. Da darf man alles, Kindchen. Müssen Sie sich merken.« Das sah die Stewardess zwar ganz anders, aber sie sagte nichts und Pretty Bell grinste wieder. »Sehen Sie, ich darf das.« Mir war ihr Verhalten unangenehm, und ich rückte von ihr ab. Aber mitgefangen, mitgehangen. Sie las eine Zeitung nach der anderen, die mir samt und sonders ins Gesicht hingen. Es schien für sie überhaupt nichts Außergewöhnliches zu sein, hier im Flieger mit mir zu sitzen. Bei der Landung rumpelte es mächtig und sie zischte wieder: »Dass die immer so übertreiben müssen. Außerdem sollten die doch wissen, das ich an Bord bin.«

Ein Taxi brachte uns an den Zielort. Sie saß natürlich neben dem Fahrer und stachelte ihn an, schneller zu fahren. Der ließ sich das nicht zweimal sagen und drückte das Gaspedal bis zum Anschlag. Pretty Bell jubelte und drückte ihre Nase an die Windschutzscheibe. »Herrlich, hier kann man wenigstens das tun, was man will. Schneller, guter Mann, schneller! Nun zeigen Sie mal, was Sie können.« Mir wurde langsam schlecht. Zu mehr kam es aber nicht, denn der Fahrer setzte mit einem beeindruckenden Bremsmanöver der Fahrt ein Ende. Er bekam ein außerordentliches Trinkgeld.

Im »Hotel de deux vallées« in Andorre-la-Vieille erhielt der Pagen ebenfalls ein großzügiges Trinkgeld. Hoheitsvoll überreicht und gedankt mit einem tiefen Bückling. Ach, wie ihr das gefiel. Ich musste meine Koffer selber tragen und hatte sowieso kein Geld. Dann verschwanden wir in unseren Zimmern, und ich legte mich sofort ins Bett.

Gegen 20 Uhr trafen wir uns im Speisesaal, dem »Au Pied de Cochon«, dessen Namen Pretty Bell hoffentlich keine Ehre machen wollte, denn ich wusste ja nicht, ob und was sie hier womöglich wieder anstellen würde. Pretty Bell hatte sich herausgeputzt wie ein Pfau. In schillerndem Grün, Gold und Blau saß sie an ihrem Tisch. Das schwarz gefärbte Haar offen und bis fast auf den Hintern, während die Kellner bereits wieder katzbuckelten. Ja, sie war eitel und genoss das anscheinend genauso wie den roten Wein in ihrem Glas.

»Fagaraseide, Kindchen, Fagaraseide«, rief sie mir entgegen und zupfte sich dabei abwechselnd an beiden Ärmeln, hob dann ihr Glas mit dem roten Wein vor die grüne Bluse. Dann auf Augenhöhe. Sie hatte schöne Augen. Die Augen einer stolzen Frau, einer stolzen Zigeunerin, einer stolzen Bettlerin. Augen, die mich so genau beobachteten, dass ich das Essen kaum genießen konnte. Ganz im Gegensatz zu ihr. Das schien nun alles ganz nach ihrem Geschmack zu sein. Zuerst d`escargots á la Bourguignonne, danach Noisettes d'Agneau. Selbst diese, für mich jedenfalls, schaurigen Crottins de Chavignol. Pretty Bell verschmauste sie mit Behagen und murmelte: »Prächtig, prächtig. Warum können eigentlich die Deutschen nicht kochen?« Sie tupfte sich wieder und wieder den Mund mit einer dicken, rosafarbenen Serviette. Ich tat es ihr nach, obwohl ich das ziemlich albern fand. »Kein Geschmack, kein Stil, diese Deutschen«, murmelte sie weiter. Sie winkte dem Kellner, orderte zwei doppelte Cognac und zwar in einem Ton, der mir sagte, dass diese Frau Domestiken gehabt haben musste. Und dass sie sie schlecht behandelt hatte. So viel war sicher. »Bei uns hat damals immer Walter gekocht. Ich kann das nicht. Und ich will das auch nicht können.« Sie sagte nicht Walter, sondern Wwolter. Bisschen vornehmer eben. »Das war aber auch das einzige, wozu er nutze war. Kochen. Und natürlich, dass er Geld hatte. Das war von großem Nutzen. Zwölf Jahre war ich mit dem verheiratet. Aber mit den Jahren fing er an zu stinken und zu saufen und wurde immer noch dämlicher. Aber das Schlimmste war: Er stellte Ansprüche. Er stellte doch tatsächlich Ansprüche. Im Bett, Kindchen. Im Bett! Können Sie sich das vorstellen?« Ich schüttelte den Kopf.

Ich konnte nicht. Ich hatte zwar auch mit einem Mann zusammengelebt. Aber ich hatte nie geheiratet. Der Bursche war allerdings, was das Bett betraf, ein solcher Versager und dem Himmel sei Dank, ohne jeden Anspruch, weil er gar nicht wusste, was hier ein Anspruch hätte sein können. Und deshalb konnte ich mir das auch nicht vorstellen. Ich war immer froh gewesen, wenn die Nummer vorbei war. Nach ihm war mir keiner mehr nahe gekommen, geschweige denn bis in mein Bett. Schon der Gedanke erfüllte mich mit Ekel. Danach waren es immer nur Frauen gewesen, mit denen ich mein Herz und meine Haut geteilt hatte.

Pretty Bell leerte ihr Weinglas nun in einem Zug und schenkte sich selbst nach. Nicht ohne dem Kellner einen vorwurfsvollen Blick zuzuwerfen, weil das ja eigentlich seine Aufgabe gewesen wäre. Ich nippte nur. Sie wischte sich wieder mit dieser ferkelrosafarbenen Serviette den Mund und sagte: »Er war nur noch unerträglich. Das konnte ich mir doch nicht bieten lassen. Ich war ja immer froh, wenn alles vorbei war. Da musste er eben weg. Ich habe ihn vergiftet, aber plaudern Sie das nicht unbedingt weiter, Kindchen.«

»Wie bitte?«

»Ja, ich habe ihn vergiftet. Vor ungefähr dreißig Jahren.

Es war ganz einfach. Er war sowieso schon herzkrank. Man hat zwar ermittelt, aber der Arzt brauchte damals genauso dringend Geld wie ich. Deshalb hab ich ihm den Totenschein diktiert und ein kleiner lächerlicher Kommissar konnte seine Hypotheken nicht mehr bezahlen. Das waren eben noch andere Zeiten als heute. Jedenfalls hatte ich dann das Geld, meine Ruhe und alles war wieder in Ordnung.« Wieder nahm sie einen Schluck Wein. »Wissen Sie, Kindchen, einen großen Fehler machen wir doch alle. Der gehört einfach zum Leben. Wie der Tod. Damit meine ich aber nun nicht, dass ich ihn umgebracht habe. Das war ja seine Schuld. Mein Fehler war, dass ich ihn überhaupt geheiratet habe.« Sie kicherte. »Ein sehr akzeptabler Mord, finden Sie nicht? Sehr akzeptabel.«

Pretty Bell zwinkerte mir listig über den Tisch hinweg zu. Mir fiel nun aber auch gar nichts dazu ein, obwohl ich ansonsten nicht auf den Mund gefallen bin. Dass es mich nun außergewöhnlich schockiert hätte, kann ich nicht sagen. Wir haben doch irgendwie alle jemanden, den wir ins Jenseits befördern möchten, um damit die Welt wieder zurechtzurücken. Da brauchen nur ein paar Umstände zusammenzukommen, und schon erhebt sich das Ungeheuer in uns. Und dieses Ungeheuer bringt die Sache zu Ende, ohne dass eine Möglichkeit besteht, es zu verhindern. Die Morde im Kopf und die, die nie entdeckt werden, übertreffen ohnehin jeden Fahndungserfolg.

Es war mittlerweile fast Mitternacht und Pretty Bell müde geworden. Sie verließ den Speisesaal vor mir und drehte sich in der Tür noch einmal um. Legte ihren Zeigefinger auf die Mitte ihres Mundes. Sollte heißen: Nicht verraten. Und falls doch, werden Sie das spüren. Diese Frau war unheimlich. Sie war zynisch und verbittert. Aber sie war einfach faszinierend.

Am nächsten Morgen erledigte sie ihre Bankgeschäfte. Und zwar so, als ob sie nie etwas anderes gemacht hätte. Im Hotel bedankte sie sich anschließend für meinen Tipp. Von der Stadt sahen wir nicht viel. Sie interessierte uns beide nicht, und ich gehe ohnehin nur ungern durch fremde Städte. Außerdem war der Rückflug bereits für den nächsten Morgen gebucht. An diesem Abend sahen wir uns nicht mehr.

Im Flieger war sie außergewöhnlich ruhig. Das Ganze schien sie doch mehr angestrengt zu haben, als sie zugeben wollte. Sie schlief fast die ganze Zeit, hielt mit einer Hand ihren Hut auf dem Schoß fest, und die andere Hand lag auf meinem Arm. Manchmal zuckten die Finger wie die Pfoten einer Katze im Schlaf, und ich getraute mich nicht, mich zu rühren. Ihr Kopf lag auf meiner Schulter und das war sehr schön.

Stunden später stellte ich ihre Koffer vor der Villa ab und sie fragte mich, ob ich mir vorstellen könne, bei ihr zu wohnen. Obwohl mich ihr Angebot völlig überraschte, kam es sofort für mich in Frage. Warum, wusste ich allerdings nicht. Würde denn die eigentümliche Faszination, die sie auf mich ausübte, ausreichen, um ständig in ihrer Nähe zu sein? Eine knappe Woche später stand ich mit meinem Gepäck vor ihrer Tür.

Ich trat ein in ihre Welt und – es war eine einzige Pracht.

Der große Wohnraum eine Erinnerung an eine vergangene Bohème. Eine Mischung aus Literatensalon, Zigeunerwagen und ein bisschen Schloss Sanssouci. Ein bisschen Ägypten, ein bisschen China und ein Kamin, so groß, dass sie hätte darin stehen können. Und zwar mit den Händen bis zu den Wolken. Gold und Kristall. Venezianische Masken an den Wänden neben vermutlich sehr kostbaren Büchern. Atemberaubende Bilder italienischer Meister. Zwei geschnitzte Elefantenstoßzähne neben dem kleinen Tisch, an dem sie sich anscheinend am meisten aufhielt. Zierliche Sessel, so bunt und so schillernd wie ein Pfauenrad. Dieser Raum wirkte gepflegt, ruhig und aufregend in einem. Und er roch nach vergangenen großen Festen, nach Glitzer und Glamour, nach Revue und Travestie. Er roch nach zerbrochenen Champagnergläsern, nach Tränen, nach Eleganz, nach Lachen, nach dicker Schminke und vielen süßen Lügen.

Pretty Bell bewohnte anscheinend nur das Erdgeschoss. Die Treppe ins oberste Geschoss war mit einer dicken Kordel versperrt. Die anderen Zimmer waren belanglos und die Küche ein Desaster. »Ich bin sicher, dass es Ihnen gefällt, Kindchen.«

Es ist schon interessant, wo einen das Leben oder das Schicksal hinführt, solange man sich nicht wehrt. Wenn man die Möglichkeit hat, sich die so genannten Realitäten des Lebens so weit wie möglich vom Halse zu halten, und wenn man verzichtet. Denn es ist ein Verzicht, aber nur in den Augen die anderen. Für mich ist es ein Gewinn, ein Genuss und ein Stück vom Glück, mich führen und leiten zu lassen. Ich vertraue, lasse mich mitreißen und gehe mit. Mein Leben, ein Abenteuer selbst auf dem Weg zum Bäcker. Wer weiß denn schon, was passiert? Auch beim Einkaufen sollte man immer gut gekleidet sein. Wer weiß denn, ob dir nicht gerade dann die größte Liebe deines Lebens über den Weg läuft? Ach, was weiß man schon? Gerade noch, dass Schokoladensoße schlecht zu Hering passt.

Die Zimmerdecke ihres Salons, denn anders war dieses Zimmer nicht zu bezeichnen, war kathedralenhoch, für dieses Haus sicher normal. Um so mehr fiel mir hier der gebückte Rücken von Pretty Bell auf. Anscheinend hatte sie meinen Blick gespürt und meine Gedanken gelesen. »Wer Mut hat, ist einsam, Kindchen. Glauben Sie mir das. Und wer aufrecht geht, der ragt aus der Menge. Nichts hassen sie so sehr, als wenn da eine ist, die aufrecht geht. Mitten unter ihnen. Dann wird automatisch sichtbar, wie klein sie eigentlich sind. Und es heißt entweder gleich ›Rübe ab‹ oder ›Knüppel ins Kreuz‹, damit du auf ihrer Höhe gehst. Meine Knochen haben sie klein gekriegt und krumm. Es gab immer einen Haufen Idioten, die auf meinen Schultern herumgetrampelt sind. Aber man war halt jung und dumm, hat sie gewähren lassen und glaubte, das würde sich schon geben.

Aber diese Schwachköpfe machen weiter, weil sie dann wenigstens einen festen Platz haben. Gut, meine Knochen sind hinüber. Das haben sie geschafft. Aber mich nicht, Kindchen. Mich nicht.« Sie räumte ein Buch, so groß und so dick wie ein Schweineschinken, vom Sessel und warf es mit einem lauten Knall auf den Boden. Es war Websters »Third New International Dictionary.« 2 700 Seiten Bibeldruckpapier. Zum Totschlagen bestens geeignet. Sie hüpfte auf diesen Schinken, reckte die Arme hoch und jubilierte: »Ich wollte immer ein Engel sein, aber ein Teufel bin ich geworden. Ein Teufelsleben ist einfach spannender.« Dann hüpfte sie wieder auf den Teppich, grinste mich an, und in ihren Augen konnte ich leicht erkennen, dass sie mit dem Teufel mehr als einmal einen Tanz aufs Parkett gelegt hatte.

Zur Begrüßung sollte es Tee geben, aber es gelang ihr nicht. Sie gab sich immerhin Mühe. Auf dem Tisch stand ein kleiner Teller mit Käsewürfeln, viel zu wenige und krumm und schief. Den Tee warf sie in einen Topf mit heißem Wasser und setzte den Deckel drauf. Nach zehn Minuten nahm sie den Deckel wieder ab und hielt beim Eingießen mit dem Handballen den Sud zurück. Dabei verzog sie keine Miene. »Verbrennen Sie sich nicht die Finger«, rief ich erschrocken.

»Oft genug passiert, Kindchen.«

Immer dieses »Kindchen«. Ich mochte das nicht, getraute mich aber nicht, es ihr zu sagen. Vielleicht später. Immer später. Später. Nein, jetzt! Ich nannte ihr meinen Namen.

»Oh, Viola. Schöner Name. Ich wusste gleich, dass Sie nicht dumm sind. Prima. Viola, das hat doch irgendwie mit Veilchen zu tun. Oder? Wussten Sie, dass sich die Frauen in Berlin in den Zwanziger Jahren Veilchensträuße an ihre Kleider geheftet haben, um sich zu erkennen zu geben? Dass sie lesbisch waren. »

»Das bin ich auch. Dazu brauche ich keinen Veilchenstrauß.«

Sie verzog keine Miene. »Sieht man Ihnen auch so meilenweit an, Kindchen. Sie können das gar nicht verleugnen.

Ich hatte übrigens auch einige Geschichten mit Frauen, aber ich kann nicht mit ihnen leben. Sie sind mir einfach zu anstrengend. Sie wissen, was ich denke oder denken werde. Sie wissen immer alles. Furchtbar. Sie wittern alles. Außerdem gehorchen sie nicht. Einfach abscheulich. Im Bett allerdings war es immer die reinste Seligkeit. Bei allen. Das passierte alles in der Zeit, in der wir hier große Feste gefeiert haben. Sie glauben nicht, wie ich diese Feste immer noch vermisse. Es war so herrlich. Auf den Tischen immer rote Rosen. Ich liebe rote Rosen, aber verschenkt habe ich keine einzige. Das gibt letztendlich nur Ärger. Wwolter hat übrigens nie was mitbekommen. Von den Frauen. Aber die anderen natürlich schon. Egal. Schön, dass Sie lesbisch sind. Lesbische Frauen haben Verstand. Meistens jedenfalls.«

Ich antwortete nicht, schenkte den Tee nach und wir einigten uns an diesem ersten Abend darauf, wie wir die Tage verbringen wollten, ohne uns ins Gehege zu kommen. Sie erwartete ganz selbstverständlich, dass ich ihr in ihrem Haushalt half. Darauf war ich nicht gefasst, aber es machte mir auch nichts aus. Hauptsache, ich hatte Ruhe vor dem Leben da draußen.

Aber es war keinesfalls einfach mit ihr. Ihre kindlich-radikalen und misanthropischen Züge kosteten mich nicht eben wenig Nerven. Alles wollte sie jetzt und sofort. Dennoch war sie nichts anderes als eine leidenschaftliche, einsame Frau. Immerhin waren meine finanziellen Probleme zunächst gelöst, und deshalb nahm ich einiges in Kauf. Und irgendwie fühlte ich mich auch wohl mit dieser anderen Frau, in diesem anderen Haus, in dieser anderen Welt. Ihr war das alltägliche Einerlei vollkommen egal, aber sie freute sich dann doch, dass es regelmäßige Mahlzeiten gab, die Küche aufgeräumt und der Kühlschrank immer gefüllt war. Pretty Bell war des Alleinseins längst überdrüssig geworden und so schwankte sie bei der Erfüllung ihrer Wünsche immer wieder zwischen Nachsichtigkeit und überzogenen Forderungen. Im Grunde aber konnte ich machen, was ich wollte. Nur keine Gartenarbeit. Im Garten wurde nichts gemacht. Sie wollte das so. Sie liebte es so. Und eines war ihr ganz besonders wichtig: die Stiefel da unten auf der Treppe. Bei schlechtem Wetter mussten sie ins Haus gestellt werden. Sobald es sich besserte, musste ich sie wieder nach draußen stellen. Hier duldete sie kein Aber.

Uns verband auch eine Menge Gemeinsamkeiten. Wir hatten Spaß miteinander, Langeweile kam selten auf. Dann verzogen wir uns rechtzeitig. Einige Zeit später donnerte sie dann mit ihren Füßen an meine Tür, so wie im Krankenhaus, und wollte mir unbedingt etwas Neues erzählen. Und es gab immer wieder Neues. Trotz allem aber blieb unsere Verbindung oder Freundschaft distanziert. Und das, obwohl wir eindeutig Seelenverwandte waren. Wir passten beide nicht in diese Welt, und gerade deshalb passten wir so großartig zusammen. Das Stückchen Liebe, das in jeder Freundschaft liegt, hielt uns aneinander. Manchmal strich sie mir übers Haar, ihre einzige zärtliche Geste. Immer am Abend, wenn wir uns am Tisch gegenseitig die Karten legten und ihre natürlich besonders prächtig waren. Ich nahm mitunter ihre Hände, die beinahe weiß waren und durchsichtig und so weich, als hätten sie keine Knochen. Die blauvioletten Adern traten stark hervor. Dabei sah sie mich erschrocken an, aber sie ließ mich gewähren und sagte immer den gleichen Satz: »Ach, Kindchen, was sind Sie doch für ein liebes Mädchen.«

Mit der Zeit begann ich ihr zu trauen, zu vertrauen, aber nicht ohne hin und wieder die Schränke ganz genau zu inspizieren, denn die Giftgeschichte ließ mich natürlich nicht los. Wohl auch deshalb blieb eine gewisse Distanz zwischen uns. Mal mehr, mal weniger.

An einem ganz gewöhnlichen Sonntagmorgen war Pretty Bell wieder einmal auf dem Weg ins Krankenhaus. Sie bestand darauf, allein dorthin zu marschieren. Und an diesem Morgen löste ich die Kordel der Treppe, die zum Dachboden führte. Dieser Boden ließ mir einfach keine Ruhe. Schon seit langem nicht mehr.

Durch den grellen Fenstervorhang schien die Sonne auf staubige Holzdielen. Der Boden war bis unter die Decke voll gestopft, und es gab nur einen winzigen freien Gang durch alles hindurch. Unter der Decke hingen büschelweise getrocknete Rosen. Sobald ich eine berührte, zerfiel sie augenblicklich zu Staub. Ich wuselte hier ein bisschen und wuselte da. Unter dem Fenster stand ein brauner, abgewetzter Lederkoffer. Ein paar Minuten zögerte ich, denn natürlich war es ungehörig von mir, aber ich konnte meine Neugier einfach nicht bezähmen. Ich öffnete ihn. Er war bis unter den Rand mit Briefen gefüllt und an der Seite steckte ein Bild. Vorsichtig zog ich es hervor und sah in das Gesicht einer wunderschönen Frau mit einem zarten und traurigen Gesicht. Aber es war nicht Pretty Bell. Die Briefe, ich schätzte sie auf circa fünfzig, sechzig, eher mehr, waren mit einem gelben Band zusammengebunden und wohl einmal dunkelgrün gewesen. Ich nahm den obersten Brief aus dem Stapel – es war gleichzeitig der letzte an Pretty Bell.

»Meine Liebste. Ich schreibe dir jetzt aus dem Gefängnis. Du hast es geschafft, mich auf diese Art und Weise aus deinem Leben zu werfen. Aber es wird dir nichts nützen. Ich liebe dich noch immer. Und sollte es doch einmal nicht so sein, dann trage ich immer noch deine Schuld. Ich werde dich also nie verlassen. Und du wirst mich nicht verlassen können. Du wirst immer bei mir sein. In Liebe. Deine Ida. PS: Ich habe meine Stiefel bei dir vergessen. Wirf sie nicht weg. 21. August 1977«

Es war mir unmöglich zu glauben, was ich da las. Schnell legte ich den Brief wieder an seinen Platz zurück und schloss den Koffer. Pretty Bell war also nicht nur eine Mörderin. Sie hatte mich auch belogen mit dieser Geschichte vom Arzt und dem kleinen Kommissar. Sie hatte diese Ida ins Messer laufen lassen. Sie hatte eine Frau ins Messer laufen lassen, die sie ganz offensichtlich geliebt hatte. Vermutlich sogar deshalb. Aber das wollte ich nun nicht mehr wissen. Ich wollte nicht mehr wissen, was sie vielleicht noch alles vor mir verbarg. Jetzt hatte ich nur noch Angst. Mit zitternden Beinen stieg ich hinab in den Wohnraum und wusste nicht, wie ich mich verhalten sollte. Zuerst war ich kurz davor, sie darauf anzusprechen, doch ich ließ es sein. Denn ich hatte ihr Vertrauen ebenfalls gebrochen, und ich schämte mich.

Ich sagte ihr also nichts. Aber unbewusst zog ich mich mehr und mehr zurück und sie merkte das. »Kindchen, was ist denn mit Ihnen?«

Und nun log ich: »Ich habe Arbeit gefunden. Ich muss weg.«

»Lassen Sie das. Ich kann Sie ja auch bezahlen. Wie viel wollen Sie?« Ich lehnte ab und begann meine Sachen zu packen. Pretty Bell war verstört und versuchte, mich zu halten. Sie bot mir ein außerordentliches Gehalt, aber ich lehnte wieder ab. Dann standen meine Koffer vor der Tür und sie sagte immer wieder: »Warum bloß, Kindchen, warum bloß?« Ich nahm noch einmal ihre Hände und küsste beide. Dann ging ich durch die Tür und drehte mich nicht mehr um. Als ich den kleinen, ungepflasterten Weg zurückging, hörte ich noch einmal die »Bacarole« aus »Hoffmanns Erzählungen«. So als wollte sie mich zurücklocken. Aber ich verließ die Frau mit der Stimme eines hübschen glücklichen Mädchens.

Ich vermisste sie sehr. Viel mehr, als ich gedacht hatte. Deshalb spürte ich sie noch eine lange Zeit. Und obwohl ich es oft wollte, ging ich doch nie wieder in ihre Straße. Irgendwann zog ich in eine andere Stadt.

Zwei Jahre später starb Pretty Bell. Ich erfuhr es durch das Schreiben eines Notars. Sie hatte mir ihr gesamtes Barvermögen vermacht. Schon damals in Andorra. Zu einem Zeitpunkt, als sie mich gerade erst ein paar Tage gekannt hatte. Ein Brief von ihr lag bei.

»Mein liebes Kindchen. Sie sollen wissen, dass ich Sie wirklich sehr mochte. Es war schön mit Ihnen. Als Sie damals das erste Mal vor dem Haus gestanden haben, hab ich die Musik lauter gestellt. Damit Sie bleiben. Heute weiß ich, warum Sie damals gegangen sind. Was glauben Sie, verzeiht eine große Liebe auch große Fehler? Um einen kleinen Gefallen bitte ich Sie noch. Stellen Sie die Stiefel ins Haus. Ich wollte immer wissen, wie sie geht. Wie sich das anfühlt. Dann fühlte ich Ida, als sei sie wieder bei mir. Werden Sie glücklich, Kindchen. Ich konnte es nicht. Ihre Hildegard.«

Es war selbstverständlich, dass ich diesen Wunsch erfüllte. Ich fuhr also noch einmal in die Stadt mit dem Krankenhaus. Das Haus von Pretty Bell war völlig verwahrlost. Die Türen und Fenster waren mit Brettern vernagelt, die Glyzinen lagen abgeschlagen auf dem Boden, nur der Löwenzahn blühte wieder. Ich ging durch die Pforte und sah Pretty Bell wieder vor mir. Wie damals, als sie durch die Wasserpfütze schlurfte, so dass es Wellen schlug.

Auf der Treppe, untere Stufe rechts, standen immer noch Idas Stiefel. Und hier gehörten sie auch hin.

Nicht ganz.

Ich stellte sie von der rechten auf die linke Seite. Da, wo das Herz schlägt.

Der Spatz mit dem Zimtsteinring

Sie saß im Halbdunkel neben der Musikbox und knabberte an einem Hähnchen. Es war gegen neun Uhr an einem Abend im Winter.

Und anstatt nun die Knochen auf den Teller zu legen, warf sie sie einfach auf den Boden und kickte sie dann auch noch unter den Tisch. Ihr Glas war noch leer oder schon wieder. Der Aschenbecher voll. Ihr papageienbuntes Hemd ungebügelt, die schwarze Hose mindestens zwei Nummern zu groß. Das Haar hatte diese undefinierbare Köterfarbe, nicht lang, nicht kurz, und sah aus, als sei sie gerade einem Sturm entkommen. An ihrer rechten Hand trug sie einen Ring, der mir gleich auffiel, weil er nicht zur ihr passte. Zu groß, zu golden, mit einem zimtfarbenen Stein.

Aber ihr Gesicht.

Mein Herz quälte sich noch in den Nachwehen einer Leidenschaft, die vor zwei Tagen einfach »Ciao Bella« gesagt hatte. Das Weib hatte zum Abschied meine beiden Katzen mit Goldlack eingesprüht und die Fenster gleich dazu. Den ganzen Tag hatte ich die Scheiben geschrubbt, aber die Welt blieb weiter vergoldet und ich weiterhin traurig. Jetzt hatte ich die Frau verloren, auch weil ich sie verlieren wollte. Aber ich bereute nichts. Meine Katzen sahen mich an wie zwei angeschossene Goldengel und schlichen, peinlichst berührt, weit umeinander herum. Ich musste hinaus.

Und da saß sie. Ganz offensichtlich eine ebenso bezaubernde wie unglückliche Frau. Wir konnten uns die gerupften Federn reichen. Ihr Gesicht, so groß wie meine Hand, unwiderstehlich traurig und doch mit dieser Spur Heiterkeit, die Melancholie immer auch in sich trägt. Ihre Augen, Hundeaugen hinter Gitterstäben. Ihr Gesicht, es hatte etwas von der Piaf. Die Verlorenheit einer Kämpferin. Und der Piaf. Die Verlorenheit einer Kämpferin. Und verloren hatte sie wohl gerade wieder. Sie weinte nicht und doch sah es genauso aus. Das war auch der Grund, warum ich mich einfach an ihren Tisch setzte. Wir waren beide allein. Wir waren beide unglücklich. Wir hatten einander nötig. In dieser Kneipe stank es nach Frittenfett, Pizza und nassen Lederjacken. Nach verdammt viel Einsamkeit. Sie sah nicht einmal auf, als ich mich neben sie setzte, zog sich nur eine weitere Zigarette aus der Schachtel. Als ich ihr Feuer gab, umschloss sie mit beiden Händen meine Hand, sah mich erst dann an. »Danke.« Die Flamme leuchtete in ihren Augen wie eine Sichel im Sonnenlicht. Augen, die fast schwarz waren und dabei mit einem Streifchen birkengrün und rindenweiß. Die Flamme, sie zündelte sich dem Himmel entgegen. Er war da. Dieser Zauber.

Jetzt.

Dieser Zauber, der wortlos macht, der nichts verlangt, der nur bleiben soll. Dieser Zauber, der den Rest der Welt einfach ausradierte, nur noch uns ließ. Wie in einer bunten schillernden Seifenblase, so saßen wir einander gegenüber. Ein kleines zögerliches Lächeln. Ich antwortete ihr mit einem weniger zögerlichen. Noch wussten wir nichts voneinander. Aber doch hatten wir alles, was nun kommen würde, in ein paar Minuten erraten, gespürt, gefühlt. Wir waren bereit. Wie ein nackter rosa Spatz mit blauen Äderchen, dünn wie Nadeln, so fiel sie mir aus ihrem Nest entgegen. Und ich, ich fing sie auf.

Sie hielt mir ein verbrutzeltes Hühnerbein unter die Nase und sagte: »Ich heiße Charlotta. Magst du?« Obwohl ich Grillhuhn nicht ausstehen kann, habe ich dann doch davon gegessen, während sie mir erzählte, dass ihr Großvater einen großen Spaß daran gehabt hatte, diesen Hähnchen den Hals umzudrehen für den gefüllten Bratentopf und noch mehr Freude, als es wieder an der Zeit war, einen Sack mit kleinen Kätzchen zu ertränken, und dass ihre geliebte Großmutter, die so still und leise gewesen war, ihn von seinem Tun nicht abhalten konnte. Ihr Vater sei ein schöner Mann gewesen, der aber bald mit ihrer Mutter trostlos wurde. So trostlos wie ihr ganzes Leben, so schien es mir, von dem sie mir dann dies und das erzählte. Schnell und unzusammenhängend, mit der Stimme eines kleinen Vogels im Winter, der hungrig ist. Mit keinem einzigen Wort erwähnte sie die letzten Jahre ihres Lebens. Charlotta war fünfunddreißig Jahre alt und hatte ganz zweifellos begonnen, sich abzufinden damit, dass sie sich ergeben hatte. Ihre Waffen lagen längst zerbrochen unter nassem Sand. Ich ahnte es. Mehr nicht.

Als ich ihr dann erzählte, dass mein Leben nichts anderes gewesen war als ein ewiges Auf und Ab, da sah sie mich an. Immer geblieben war mir trotz allem die Erkenntnis, dass die Liebe alles ist, was wir haben, alles was wir wollen, und dass wir nur dann wirklich leben, wenn wir lieben. C'est la vie, hinein in eine neue Runde. Trotz all der schmerzhaften Erfahrungen mit der Liebe, aber auch wegen der unsäglichen Höhen, in die sie mich ja auch katapultiert hatte. Als ich ihr das sagte, rückte sie näher und wischte mir mit den Fingern ein paar Tränen aus dem Gesicht. Dann lachten wir einfach hinein in unsere fröhliche Verzweiflung. Als sie zum ersten Mal ihre Hand auf meinen Arm legte, da wurde die Welt so zärtlich, wie ich es noch nie erfahren hatte. Unsere Hände fanden sich, die Finger griffen wie ein Reißverschluss ineinander. Ihr Ring hinterließ einen hellroten Abdruck in meiner Hand, der immer heller wurde, um dann ganz zu verblassen. Wie um zu heilen, sich zu verschließen in einer Narbe, auf der ich wieder lieben konnte. »Würdest du mit mir tanzen?«, fragte sie mich. »Warum?« »Damit ich dich atmen kann.« Ohne meine Antwort abzuwarten, nahm sie meine Hand und zog mich auf den freien Platz vor den beiden Fenstern neben der Musikbox.

Es schneite.

Sie legte ihre Arme auf meine Schultern, schob eine Hand in mein Haar. Meine Hände auf ihrem Rücken spürten Knochen um Knochen. Nur Knochen. Sie war genauso groß wie ich und sagte einfach: »Küss mich.« Sie wollte es, zog mich noch fester und näher und küsste dann nicht, wie ich es erwartet hatte, meinen Mund, sondern meinen Hals kurz unter dem Ohrläppchen, biss ganz zart hinein. Erst dann spürte ich ihren Atem. Er war warm und roch nach Himbeerschnaps. Wir sanken ein in die Tiefe unserer Haut, und ich wusste, das war nicht nur eine Sache der Haut. »Was passiert mit mir?« »Du beginnst zu lieben«, sagte sie ganz leise. »Wann beginnt die Liebe?« Warum ich nun gerade diese Frage gestellt hatte, wusste ich selbst nicht. Charlotta lächelte nur. Wir tanzten weiter hinein in diese Stille, die sich um uns legte wie ein seidener weißer Mantel. Ich flüsterte: »Du weißt doch, die Piaf hat gesungen, dass die Liebe nicht lange dauern kann, wenn sie zu schön ist.« »Quatsch. Es beginnt doch gerade erst.« Ich sah nur noch ihre Augen, und wie hinter ihr der Schnee vor den Fenstern fiel. Schnee, der die ganze Nacht in einen silbernen Perlengarten verwandelte. Sie hielt mich. »Bleib bei mir.« Immer wieder sagte sie es. Bleib bei mir.

Stunde um Stunde drehten wir uns weiter und es hörte noch immer nicht auf zu schneien, als wir unsere Rechnung bezahlten. Plötzlich hatten wir es verdammt eilig hinauszukommen. Hinter uns die Abdrücke unserer Füße. Manchmal waren da nur zwei. Da hatte ich sie dann getragen oder sie mich. Wir liefen lachend und singend und so ausgehungert in dieses Leben, das da vor uns lag, so unberührt, wie der Schnee dieser Nacht. Wir liefen hinein in das Jetzt, das nie vergehen sollte. »Bist du glücklich?«, fragte ich. »Was ist das? Das Glück?« »Das ist, wenn nichts mehr fehlt.«

Über ein Jahr lang haben wir so viel geküsst, dass der Tag und die Nacht und die Zeit nie genug für uns waren. Aber es fehlte nichts. An keinem Tag und in keiner Nacht hat je irgendetwas gefehlt. Dann ging es zu Ende. Ich hatte Recht behalten. Damals, als wir uns zum ersten Mal trafen, da hatte Charlotta gekämpft und bereits verloren. Sie hatte verloren gegen den Krebs, der schon seit über zwei Jahren in ihrem Blut vorbahnte, seine Scheren ausgestreckt hatte nach ihrem Herzen. Ich erfuhr es erst, als sie es nicht mehr verbergen konnte. Aber wir hatten den Mut, bis zum Ende zu gehen. Wie die Piaf. Bis zum bitteren Ende.

Wenn eines Tages dich das Leben von mir reißt
Wenn du stirbst und fern von mir bist,
das stört mich wenig
wenn du mich liebst.
Denn auch ich werde sterben.
Wir haben für uns die Ewigkeit
im Blau der Unermesslichkeit.
Im Himmel ohne Probleme.
Gott vereint alle, die sich lieben.
»L'hymne d'amour«, Edith Piaf

Als es dann vorbei war, zerbrach ich wie ein mürber Ast. Und sie, mein Spatz, der immer neben mir auf diesem Ast gesessen hatte, sie flog davon, so leicht, wie Spatzen das eben tun. Das letzte, was ich von ihr sah, war ihr Ring.

Ganz in Gold und ganz in Zimt.

Bis morgen sind es noch Jahre

Der Himmel war zementgrau.

Bald kam der erste Wind auf. Dann liefen Regentropfen über die Fensterscheiben, die ersten Blitze zuckten. Schon wurde das dumpfe Grollen stärker. Die Abstände zwischen Blitz und Donner verkürzten sich.

Das Gewitter kam näher.

Noch auf der Terrasse pfiff ich nach den Hunden. Sie schüttelten sich und liefen vor mir her zu ihren Plätzen im Flur. Ich schlüpfte ins Wohnzimmer und schloss schnell die Terrassentür hinter mir. Der Wind wurde stärker, er rüttelte bereits an den Dachjalousien. Unruhig kamen die Hunde ins Zimmer. Ich musste sie auf ihre Plätze verweisen.

Obwohl es noch früher Nachmittag war, lag das Wohnzimmer in einem Licht zwischen ocker, grau und moosgrün. Und weil mein Haus keine Zimmerdecken hat, verstärkten sich diese Farben in dem offenen Spitzgiebel, der bald nahezu schwarz wirkte. Im Schein des Kaminfeuers, das schon seit Stunden brannte, glänzten die mit Mahagoniholz verkleideten Querbalken wie die Planken eines Luxusdampfers.

Shelley kam ins Zimmer und wollte den Tisch mit dem Mittagsgeschirr abräumen. Ich bat sie, vorerst alles stehen zu lassen und lieber zu prüfen, ob die Fenster und Türen geschlossen waren.

Shelley versorgte seit kurzem meinen Haushalt. Sie war einfach perfekt und sie war sogar hübsch, wie es viele Frauen sind, die sich mit einem kräftigen Übergewicht herumplagen müssen. Im Gegensatz zu mir hatte sie nur ein einziges Laster. Süßigkeiten. Deshalb vergaß ich auch nie, ihr aus der Stadt ihre geliebten Nougatpralinen mitzubringen. Shelley war Mitte Fünfzig, hatte einen gänzlich unsichtbaren Hals, dafür aber ein rundes, freundliches Gesicht und eine herzliche Ausstrahlung. Und immer noch kein einziges graues Haar. Ich mochte ihre wachen, großen Augen, in denen viel Schweigen war. Vielleicht hatte ich sie überhaupt nur deshalb eingestellt. Wegen ihres Schweigens. Ich mochte sie auf den ersten Blick und hatte deshalb auf jegliches Zeugnis verzichtet.

Als ich mein Haus, es liegt etwa zwei Kilometer vor Sissinghurst, gekauft hatte, schaltete ich gleich eine Anzeige, denn zum einen wollte ich hier nicht ganz allein leben und zum anderen habe ich zur Hausarbeit nicht das geringste Talent. Lust schon gar nicht. Shelley bezog ein Zimmer im Untergeschoss und ich betrat dieses einfache und schlicht möblierte Zimmer nur noch einmal, um ein paar Sachen herauszuholen. Queen Mum grinste ginselig vom Kopfende ihres Bettes. Auf dem Nachtschrank lag ein Stapel Bildbände und im Zimmer roch es nach Zitronen und Kräutern. Es waren diese Seifen vom Hoflieferanten »Bronnley«.

Das Haus fand ich damals sehr schnell. Die Hecken aus Blauzypressen waren ideal. Eine meiner Bedingungen war gewesen, dass das Grundstück nicht einsehbar sein durfte. Ich wollte einfach meine Ruhe haben, hinaus aus der Stadt. Der Garten mit den Obstbäumen, das große Grundstück begeisterten mich.

Fast ein ganzes Jahr hatte ich gebraucht, um das Haus einzurichten, und ich war glücklich, wie alles geworden war. Meinen Besuchern zwang es allerdings ein eher zweifelndes Lächeln ab. Nun gut, meine über fünfzig chinesischen Windspiele an den Dachbalken waren schon ungewöhnlich, aber ich liebe ihre Melodien, und wenn William und George, die Hunde, durchs Zimmer galoppierten, begannen sie zu klirren. War es windstill, stellte ich einen Ventilator an.

Das Feuer im Kamin gab mir die Illusion von Wärme.

Wuchtige, rosenholzfarbene Sessel verliehen mir ein Gefühl von Geborgenheit. Der Gin, meine Zigarillos und vor allem die Fotos an den Wänden, sie spendeten mir Trost.

Inzwischen saß ich seitwärts vor dem Kamin und sah es immer öfter in den Fotorahmen an der gegenüberliegenden Wand aufblitzen. Das Gewitter beunruhigte mich nicht weiter. Dennoch ging es mir schlecht, ich hatte Angst. Das Blitzen und Donnern lenkte mich sogar eher ab, ich konnte ohnehin keinen klaren Gedanken mehr fassen. Am nächsten Tag sollte ich das Ergebnis meiner Biopsie bekommen. Jetzt kam Sturm auf. Der Regen peitschte an die Scheiben und die Blätter der Apfelbäume wirbelten gegen die Fensterscheiben. Manche blieben daran kleben.

Jedes der Fotos an der Wand war in Zeitschriften oder Büchern abgedruckt gewesen. Man hatte meine Arbeiten beeindruckend genannt. Besonders eine. Es war das einzige Foto, dem ich einen Titel, einen Namen gegeben hatte, den aber niemand außer mir wusste. Die Aufnahme zeigte den Rücken einer nackten, auf dem Bauch liegenden Frau. Ein zarter und doch muskulöser Rücken bog sich in einen bezaubernden kleinen Po. Auf den Schulterblättern vereinzelte Schweißperlen. Das linke Bein ein wenig angewinkelt und nur bis kurz vor dem Knie sichtbar. Die Arme ausgestreckt und angewinkelt auf dem Boden. Der Nacken verdeckt von schwarzem, halblangem Haar. Capuccinohaut. An der nicht die Sonne ihr Zutun hatte, sondern die Gene ihres Vaters. Das Gesicht nicht zu erkennen. Aber ich kannte dieses Gesicht, nach dem ich immer wieder gefragt wurde, und zwar nicht nur als Fotografin. Ich kannte jede Pore ihrer Haut.

Die Frau auf dem Foto heißt Sarah und das Foto »Bis morgen sind es noch Jahre«. Wie oft hatte sie diesen Satz zu mir gesagt! Wenn ich wieder einmal Angst hatte, dass die Nacht zu schnell verging. Wenn am nächsten Tag Unangenehmes zu erledigen war oder auch, wenn ich wieder einmal davon überzeugt war, einen Abgabetermin nicht mehr einzuhalten. Aber wie oft war es auch die Angst, dass die Nacht sich in der Morgendämmerung auflösen würde. Diese Nächte mir ihr, die Tage, die Stunden, die Zeit mit ihr. Sie konnte mich immer trösten. Heute tröstete es mich nur noch, dass ich nicht einmal wusste, wo Sarah geblieben war. Eines Morgens, Sarah war gerade für eine Reportage in Deutschland, erhielt ich einen Brief mit den Worten: »Verzeih, auch Jahre vergehen. Verzeih mir.« Im Zwischenraum dieser beiden Sätze begann ich sie zu hassen. Weil ich sie liebte. Jeder einzelne Buchstabe ein Hammerschlag mitten ins Herz. Wochenlang war ich wie paralysiert und zu keiner Arbeit mehr fähig gewesen. Ich schaffte es damals gerade noch, ihre Sachen in den Keller zu bringen, wo sie immer noch sind. Immer wieder schrieb sie mir und versuchte, mir ihr Verhalten zu erklären. Dass sie es niemals schaffen würde, sich zu outen. Dann wäre alles verloren. Ihre Arbeit zuerst. Dass sie aber auch so nicht mehr mit mir zusammenleben konnte, weil es dann unweigerlich eines Tages herauskommen würde, weil ich eben offen lesbisch lebte. Ihr Entschluss, genau das niemals zu tun, stand fest. Nie würde sie das aushalten.

Damals hatte ich ihr Foto in den Keller gebracht, es aber nach ein paar Tagen wieder aufgehängt, denn der weiße Fleck an der Wand war noch schlimmer für mich als das Foto. Dieser Fleck, er glänzte wie ein Spiegel, in dem ich mich weinen sah.

Ein neuer weißer Blitz fetzte durch den Raum. Mir schien, als versenke dieser Blitz sich in Sarahs Rücken, als erwecke er sie. Sarah begann, sich zu bewegen. Wie eine Schlange schob sie sich in meine Richtung, hob das Gesicht aus dem Foto heraus. Schon sah ich wieder das Muskelspiel ihres Rückens, von dem ich fasziniert war, wenn ich auf ihrem Po saß, um sie zu massieren. Lange dauerte es nie, bis es oben am Kopfende zu schnurren, zu seufzen, zu stöhnen begann. Ihre Muskeln spannten sich und ihr Spiel wurde allmählich ein ganz anderes. Wieder sah ich ihre Schweißperlen, die vom Nacken aus langsam die Wirbelsäule herunterliefen und immer tiefer. Auf meiner Zunge, meinen Lippen wieder ihr salzig-süßer Geschmack. Das Gesicht mit Augen so schwarz, wie keine Nacht werden kann, und dem silbernen, handtellergroßen Ring im linken Ohr.

Nach Sarah war ich damals süchtig geworden, ich hatte sie so sehr geliebt, ich hätte jeden erschlagen können, der sie auch nur ansah. Wie gerne hätte ich es der ganzen Welt gezeigt. Sie. Unsere Liebe. Aber Sarah ließ das nicht zu und so blieben wir für die anderen lediglich gute Freundinnen. Immer wieder gab es darüber Streit. Es war kaum zu ertragen. Dennoch ertrug ich es. Ich wollte sie nicht verlieren und die Hoffnung gab ich deshalb nicht auf.

Mit dem nächsten Blitz ließ keine Sekunde später ein fürchterlicher Donnerschlag das Haus erzittern. Aus der Küche hörte ich Shelley aufschreien. Noch einmal ein Schlag, dann eine atemberaubende Stille. Nur der Regen an den Scheiben, die Bäume standen still, die Hunde rührten sich nicht.

Völlig aufgelöst kam Shelley ins Zimmer gerannt. So hatte ich sie noch nie gesehen und ich versuchte, sie zu beruhigen. »Es ist vorbei.« Schweigend hielt ich sie ein paar Minuten in meinen Armen. Das Gewitter zog tatsächlich weiter, vor den Fenstern wurde es heller, der Regen ließ nach. Shelley sah immer noch zaghaft in Richtung Fenster, setzte sich aber dann in den Sessel mir gegenüber. Sie sagte: »Jetzt, wo Sie mich so gesehen haben, Mrs. Maxton, ist es auch schon egal. Ich wollte es ihnen sowieso bald sagen. Wissen sie, warum ich wirklich hier bin?« Eine merkwürdige Frage und ich antwortete ihr: »Ich denke, weil es ihnen hier gefällt. Wegen der Anzeige.« »Nein, Mrs. Maxton. Ich bin aus einem ganz anderen Grund bei Ihnen. Ich bin hier, weil ich die Frau kennen lernen wollte, die mit Sarah zusammen war. Sarah ist meine Tochter.«

Dass sie mir irgendetwas verschwieg, hatte ich ja schon bei unserer ersten Begegnung gespürt. Aber diese Offenbarung schockierte mich. Ich fragte, wie sie mich denn überhaupt hatte ausfindig machen können. »Bei ›Hardys‹ in London habe ich zufällig Ihren Bildband gefunden. – ›The night is never ending‹. Er liegt in meinem Zimmer. Da sah ich das Bild von Sarah. Ihre Anschrift hab ich dann über den Verlag herausbekommen. Ihre Anzeige kam mir gerade Recht.«

Ich lehnte mich zurück, zündete mir einen neuen Zigarillo an und Shelley fuhr fort: »Ich wollte einfach wissen, wer Sie sind. Manchmal hat Sarah von Ihnen erzählt, aber ich wollte das nie hören. Ich habe das nicht begriffen, dass Sarah angeblich Frauen liebt. Und das werde ich auch nicht begreifen. Immer wieder hab ich ihr gesagt, dass sie sich von Ihnen trennen soll. Sie sollte nicht so leiden wie ich.« Wie sanft, wie zärtlich, wie schön sprach sie ihren Namen aus. Ganz genauso, wie Sarah war. »Was glauben Sie, was ich damals ertragen musste, als Sarah geboren wurde? Damals hieß es: Ein Negerkind! Sie haben mir vor die Füße gespuckt, mich eine Hure genannt. Es war grauenvoll.«

»Und Ihr Mann? Was hat er dazu gesagt?«

»Bob hat immer zu mir gestanden. Und ...« Shelley knetete die Hände ineinander, sah auf die Tischplatte.

»Waren Sie glücklich? Sie und Bob?«

»Ja, das waren wir, Mrs. Maxton. Von Anfang bis Ende. Vor zwei Jahren ist er gestorben.«

Jetzt musste ich es wissen. Ich zog, so tief ich nur konnte, noch einmal am Zigarillo. »Wo ist Sarah heute?«

»Sie lebt jetzt in Glasgow. Verheiratet. Aber keine Kinder. Die will sie auf keinen Fall. Ich höre nur noch selten von ihr.«

Nachdenklich blies ich den Rauch aus und fragte: »Glauben Sie, dass Sarah jetzt glücklich ist?«

»Offen gestanden, nein. Sie ist es wohl nicht.«

Mit einem Mal deutete Shelley wieder auf Sarahs Fotos und sagte: »Dass sie sich so hat fotografieren lassen! Ich kann das nicht glauben.« Herausfordernd sah mir direkt in die Augen.

»Das ist nur ein Foto. Zugegeben, es ist das Schönste, aber es gibt noch viele andere von ihr.«

In ihrem Gesicht stand die Frage: Um Gottes willen, welche denn noch? Aber sie fragte mich nicht. Stattdessen bat sie mich, ihr von Sarah zu erzählen, von uns zu erzählen. Ich tat es gerne, und wir mussten wir beide lachen, als Shelley mir sagte, dass Sarah schon als Kind immer versucht hatte, sich diesen dunklen Leberfleck unter der linken rosa Fußsohle abzukratzen. Und dass sie sich eben nie fotografieren lassen wollte, weil sie in ihren Kleidern immer wie ein Junge ausgesehen hatte. Shelley wollte einfach nicht glauben, dass Sarah nicht mehr die geringste Angst gehabt hatte, sich von mir fotografieren zu lassen. Dann versuchte ich ihr zu erklären, wie sehr Sarah und ich in dem einen Jahr, das wir hatten, miteinander verwachsen waren. Aber ich sagte ihr auch, wie sehr sie mich verletzt hatte.

Nach vielleicht zwanzig Minuten, ein neuer Zigarillo lag bereits im Aschenbecher, sah mich Shelley beinahe zärtlich an und fragte: »Sie haben Sarah sehr geliebt?«

»Ja, das habe ich. Wir haben uns geliebt und wir waren glücklich. Wissen Sie, nur das zählt. Die Liebe. Liebe ist ja auch eine Entscheidung. Eine Entscheidung, zu der man allerdings Mut braucht. Aber diesen Mut, den hatte Sarah nicht. Zu lieben bedeutet, immer Mut zu haben. Jede Liebe braucht ihren Mut und natürlich ihre Hoffnung. Und manche brauchen einfach ein bisschen mehr davon. Aber eigentlich werden Sie genau das doch wissen, Shelley.«

Ich stand auf, um die Hunde wieder nach draußen zu lassen. Sie hielt mich am Arm fest. »Sie weinen ja, Mrs. Maxton.«

»Ja, wegen meiner Biopsie.«

Das war natürlich gelogen, denn ich konnte einfach nicht mehr reden, weil ich wieder und nur noch Sarah spürte. »Ich bekomme morgen das Ergebnis. Ich habe Angst. Entsetzliche Angst.«

»Das wird schon gut gehen«, antwortete sie, und stand ebenfalls auf. Sie verließ das Zimmer, aber im Türrahmen drehte sie sich noch einmal um und sagte: »Mrs. Maxton? Machen Sie sich keine Sorgen. Bis morgen sind es noch Jahre.« Die Terrassentür war noch geschlossen, aber in diesem Moment begannen alle meine Windspiele eine längst vergangene Melodie. Statt ans Fenster ging ich zum Telefon und wählte. Nach einer Weile sagte eine wunderbare Stimme am anderen Ende der Leitung: »Der nächste Flug nach Glasgow geht um 21.30 Uhr.«

Diese Sache mit der Sehnsucht

Es war an einem der letzten Septembertage, als mir klar wurde, dass es für alles eine Geschichte, eine Zeit und eine Erklärung gibt.

Allerdings nie in dem Moment, in dem die Dinge passieren oder an Bedeutung gewinnen. Entweder ist die Verzweiflung zu groß oder das Glück oder keins von beidem, sondern nur die Langeweile, Gleichmäßigkeit und Eintönigkeit eines jeden Tages und einer jeden Nacht. Ich hatte auch geglaubt, dass alles so weitergehen würde und war bereits froh darüber, dass mir das Schicksal bislang noch kein größeres Bein, weder in die eine noch die andere Richtung, gestellt hatte. Bis zu jenem Tag Ende September.

Noch war es Juni und ich hatte fast den ganzen Tag auf der Terrasse eines Ausflugslokals am Ufer eines seetiefen Flusses verbracht. Das Personal hatte mich Stunde um Stunde missbilligender beäugt, da ich immer noch keine Anstalten machte, den Platz zu räumen. Ich fühlte mich verpflichtet, immer wieder etwas nachzubestellen, träumte mich auf die großen Schiffe, die an mir vorbeifuhren. Wie weiße Edelsteine blitzten sie in der Sonne. Schiffssirenen dröhnten immer mal wieder und ich winkte den Menschen, die an der Rehling standen. Es roch nach Meer, nach Kaffee und nach Pommes frites.

Hin und wieder wurden andere Gäste an meinem Tisch platziert, die mich jedoch nicht interessierten. Lediglich die Frage, warum dicke Frauen immer Eis mit Sahne bestellen müssen und Männer, denen der Bauch auch schon auf den Oberschenkeln hängt, immer diese großen Biere, allein diese Frage war interessant. Ich zählte die Segel- und Motorboote, die Surfer, die um die großen Pötte herumwuselten. Die ersten Wolken zogen auf und es dunkelte ein.

Ein Sommergewitter zog über den Fluss. Als Kind war ich vom Gewitter derart fasziniert, dass ich es gar nicht abwarten konnte, bis es endlich los ging. Ein paar Jahre später allerdings erlebte ich, wie ein Blitz dann tatsächlich einschlug. Und zwar eineinhalb Meter über meinem Kopf. Ein Feuer brach nicht aus, aber der Giebel stürzte ein, und die herabfallenden Steine zerstörten die Autos auf dem Parkplatz vor dem Haus. Durch die Wucht dieses Schlages flog ich in eine Zimmerecke und wurde ohnmächtig. Seit diesem Tag habe ich Angst. Nein, das ist nicht der richtige Ausdruck; ich gerate in Panik. Und in all den Wohnungen, in denen ich lebte, habe ich immer darauf geachtet, dass es dort mindestens ein Zimmer ohne jedes Fenster gibt. Gab es dort keins, verzichtete ich auf die schönste Wohnung.

Schnell bezahlte ich die Rechnung, flog zu meiner Wohnung und verbarrikadierte mich im Bad. Ohne Fenster. Den Belüfter eingeschaltet, so dass auch das Donnergrollen nicht mehr zu hören war. Ich setzte mich aufs Klo, ganz automatisch fiel mein Blick auf die Dusche. Ja, sie hatte einen wunderschönen Körper gehabt.

Auch einen wunderschönen Körper. Hin und wieder öffnete ich die Badezimmertür. Einen Spalt breit. Es dauerte etwa eine Stunde, bis das Unwetter vorüber war und ich die Fenster öffnete. Ich liebe die frische Luft nach Gewittern. Der Angstschweiß stand mir zwar immer noch auf der Stirn, aber es hatte endlich zu regnen begonnen. Ich war erleichtert. Vor allem, weil diese Angst in mir wieder etwas freigelegt hatte. Etwas, das man Sehnsucht nennt. Es war aber nicht diese Sehnsucht nach Veränderung. Es war die Sehnsucht nach Vergangenheit. Es war die Sehnsucht nach der Frau aus meiner Dusche.

»Einsam wirst du verrecken!« waren damals ihre letzten Worte gewesen. Und genau dazu war ich inzwischen bereit, denn genau das hatte ich verdient. Nichts anderes. Denn ich hatte Stella betrogen. Betrogen ohne die geringste Veranlassung. Es hatte lediglich einen heftigen Streit gegeben und sie hatte mal wieder Recht gehabt. Ich ertrug es nicht, das zugeben zu müssen. Es reichte schließlich, dass sie schön war, da musste sie nicht auch noch Recht behalten. Damals fuhr ich wutentbrannt in die Stadt und landete drei Stunden später mit einer Kellnerin im Bett. Es war grauenhaft. Erst das Licht aus und dann stank sie auch noch nach Zaziki. Einfach nur grauenhaft. Wie ein begossener Pudel stand ich in der Morgendämmerung wieder vor unserem Haus und hätte vor Scham im Boden versinken mögen. Nach Knoblauch stank ich außerdem.

Stella wusste sofort, was da passiert war. Sie schwieg. Ihr Schweigen war gefährlich, so gefährlich wie eine nicht entschärfte Bombe, denn normalerweise konnte sie jeden Kongopapagei in die Käfigecke plappern. Ich versuchte, alles zu erklären und mich zu entschuldigen. Doch da war nichts zu entschuldigen – Stella rührte sich nicht, und ich schämte mich abgrundtief.

Ich schämte mich so sehr, dass ich jeden Morgen mit diesem Schamgefühl aufwachte. Auch noch, als sie schon längst gegangen war – für immer gegangen war. Im Grunde genommen schäme ich mich bis heute. Und bis heute kann ich nicht richtig schlafen. Durchgehende drei Stunden sind die reinste Ausnahme. Manchmal schlafe ich vor lauter Erschöpfung ein paar Stunden am helllichten Tag. Meine Scham ist nie vergangen. Ich habe mir diese eine Nacht nie verziehen, aber ich konnte sie auch nicht mehr ungeschehen machen.

Stella war die schönste Frau der Stadt. Sie war so schön, dass von allen Festen in der Stadt immer nur eine Erinnerung blieb: Stella auf den Titelseiten der hiesigen Zeitungen. Immer im Menschentrubel, immer mit einem Glas in der Hand, immer lachend. Immer schön. Sie wusste darum und genoss es sichtlich. Sie gehörte zu den Frauen, die ihre Kreditkarten ohne jede Deckung hätten heiß laufen lassen können. Aber ihr Konto war gedeckt. Ihr gehörte ein sehr elegantes Café in der Stadt, und sie war eine talentierte und geschickte Geschäftsfrau. Hätte sie auch nur einen Nagel auf der Straße gefunden, sie hätte prompt eine Stahlfabrik daraus gemacht. Stella brachte ihr Geld auf eine geradezu hedonistische Weise unter die Leute. Mit dem größten Vergnügen. Sie liebte Schuhe, Kleider und Armbanduhren. Friseur, Massage, Sonnenbank und Fitnessstudio mindestens einmal in der Woche. Stella war 49 Jahre alt und sah aus wie 35. Sie trug am liebsten biskuitfarbene Kostüme mit weißen Blusen. An diese Frau heranzukommen war damals, auf dem Stadtfest an der Bar vor einem Kaufhaus, weitaus schwieriger gewesen, als das Gold von Fort Knox zu entwenden.

Denn Stella befand sich nicht nur im Mittelpunkt – sie war der Mittelpunkt. Immer. Das war ihr Platz und nirgendwo anders. Sie war das Feuer, um das sich alles scharte, das Feuer, an dem sich alles wärmte. Selbst wenn sie einmal überhaupt nicht da war, war sie präsenter als die, die da waren, denn irgendwie blickten alle zur Tür und warteten auf Stella.

Wie ich. Stella hatte alles, was eine Frau aufregend und damit begehrenswert macht. Es blieb mir überhaupt nichts anderes übrig, als ihr einen blauen Likör über die Bluse zu gießen. Sie lachte und steckte sich die Kirschen vom Glasrand hinter ihre Ohren, legte sich den Strohhalm über die Oberlippe, zog eine Schnute und forderte mich frech auf, die Kirschen zu essen. Von ihren Ohren. Nichts tat ich lieber. Nun gut, ich war und ich bin eben ungeschickt. Jedenfalls rutschte ich ein bisschen ab und mein Mund landete auf ihrer Wange. Sie fragte mich, ob wir zusammen vielleicht Kirschbäume kaufen sollten, damit der Vorrat da hinter ihren Ohren immer wieder aufgefüllt werden konnte. Nichts war mir lieber. Ganze Kirschbaumplantagen mussten her, und ich würde sie besorgen. Erst einmal bemühte ich mich aber, noch ungeschickter zu werden. Das gelang mir schon mal so wunderbar, dass ich mich auf ihren Hüften abstützen musste und sie ihren Arm um meine Taille legte, damit ich nicht ganz den Boden unter den Füßen verlor. Obwohl genau das passierte.

Es wurde ein wunderbarer Abend und ich bot ihr an, ihre Sachen in die Reinigung zu bringen. So kamen wir uns dann in den nächsten Tagen und Wochen näher und näher.

Als wir zum ersten Mal durch die Stadt zogen, war ich kurz davor, vor Stolz zu explodieren. Sie trug wieder dieses biskuitfarbene Kostüm, in dem ich sie kennen gelernt hatte. Offen gestanden zitterten mir da noch die Beine. Das Ergebnis unserer ersten Nacht, denn bei Stella bekam ich schon einen Orgasmus, wenn sich ihr Mund auf Expedition in Richtung meines Ohrläppchens machte. Zwei Monate später zogen wir zusammen. Stella, die Schöne, und ich, die Ungeschickte.

Zwei Dinge waren an diesem Junitag passiert, wodurch sie mir nun nicht mehr aus dem Kopf ging. Zum einen hatte ich sie während des Gewitters plötzlich wieder in meiner Dusche gewähnt. Andererseits glaubte ich sie am Fluss zum ersten Mal wieder gesehen zu haben, oben an der Rehling eines der weißen Schiffe am Ausflugslokal. Natürlich war sie es nicht gewesen. Sie konnte es ja gar nicht gewesen sein. Aber davon geträumt, einmal mit einem solchen Schiff um die Welt zu segeln, hatten wir beide. Immer wieder waren wir in dieses Lokal gefahren, hatten uns alles ausgemalt und sehnsüchtig den Schiffen nachgesehen. Stunde um Stunde und kein einziger Kellner hatte uns missbilligend beäugt. Im Gegenteil. Der ein oder andere Kaffee ging auf Kosten des Hauses und es stimmt schon: Wer die Schönheit besitzt, der wird zur Königin. Der Königin eines Lokals, der Königin eines Schiffes – und die Königin meines Herzens war sie sowieso. Es war nicht einfach, eine Königin zu lieben und von einer Königin geliebt zu werden. Es erhebt einen zwar in den Adelsstand, und warum sollte man das nicht genießen? Doch meine Eifersucht war grenzenlos. Sie machte sich darüber lustig, amüsierte sich und ich wurde nur noch eifersüchtiger. Stella hatte es überhaupt nicht nötig zu flirten. Alle anderen fühlten sich ohnehin schon von ihr angeflirtet, wenn sie bloß an ihnen vorbeiging. Stella war ein fröhlicher und optimistischer Mensch. Was uns verband, wusste wohl keine von uns beiden. Sie liebte meine androgyne Ausstrahlung, diesen Touch ins Herbe mit dem Lächeln der Sophia Loren. So formulierte sie das jedenfalls. Meine Stimme und meinen Hang zu Melancholie und Exklusivität, weil ich sogar bei einer Erkältung Taschentücher mit Rosenaufdruck benutze. Beim Weinen auch. Wir träumten unsere Träume, träumten die gleichen Träume. Vielleicht war es das, was uns so verband. Aber es war auch egal. Wir hatten uns gefunden.

Innerhalb von zwei Tagen zog sie damals aus. Ich verkrümelte mich in einen Urlaub und tat fortan alles, um ihr aus dem Weg zu gehen. Sie tat das Gleiche, und wir sahen uns nicht mehr. Es war verdammt schwer, aber wir hielten beide durch. Nie ging ich in ihr Café. Natürlich hatte ich die neue Anschrift. Ich schrieb ihr einen kleinen Brief. Wie es ihr ginge. Nicht mehr. Stella antwortete mir nicht.

Erst drei Monate später lag eine Postkarte in meinem Kasten. Ein weißes Segelschiff auf pelikantintenblauem Wasser. Wenn es unser Lokal da an dem Fluss noch gäbe, dann wolle sie mich dort treffen.

Einerseits freute ich mich, andererseits wurde mir mulmig. Die Frau, die ich so unsäglich verletzt hatte, wollte mich wiedersehen. Die Wunde, die ich ihr damals geschlagen hatte, sie brannte immer noch in mir und hatte mich davon abgehalten, eine neue Beziehung einzugehen. Im entscheidenden Moment zuckte ich zurück und dachte daran, zu welchen Dingen ich fähig war, und das wollte ich keiner noch einmal antun. Nach ihr hatte ich keine mehr lieben können. Es gab schöne Stunden, aber nicht mehr. Außerdem war da jetzt noch etwas anderes. Ein kurzes, heftiges Ziehen, als ich ihre blaue Karte in den Händen hielt. Ihre Handschrift. Mit meinem Brief hatte ich meinem Bedürfnis nachgegeben, ein letztes Mal eine Entschuldigung zu versuchen. Und nun wollte sie mich treffen. Ich hoffte wieder, ich begann, aus einem klaren Quell zu trinken. Dem klaren Quell der Sehnsucht.

Es war ein sonniger Tag Ende September, als wir uns trafen. Im Lokal am Fluss. Ich war so nervös, dass das Glas in meinen Händen zitterte. Sah keine Schiffe, keine Menschen, keinen Kellner. Mit klopfendem Herzen saß ich an »unserem« Tisch. Mit dem Herzen eines Schafes und dem Auge eines Hütehundes. Pünktlich wie eine Funkuhr betrat Stella die Terrasse. Das einzige, woran ich erkennen konnte, dass es sich bei der Frau, die mir entgegenkam, um Stella handelte, war ihre Armbanduhr mit dem dunkelgrünen Lederband. Nichts an ihr sonst war mehr die Stella, die ich kannte. Seit über einem Jahr hatten wir uns nun nicht gesehen und von der Königin, die sie einst gewesen war, war nicht viel geblieben. Um Jahre gealtert, war gerade noch zu erkennen, dass sie einst eine sehr schöne Frau gewesen war. Wir gaben uns die Hand. Ein ganz kleines bisschen zu lange. Welche von uns beiden war es, die die Hand der anderen nicht loslassen wollte? Als sie mir dann mit dem Rücken zum Fluss gegenüber saß, schien sie mir wieder vertrauter. So, als würde ich sie noch immer lieben. Ihr Haar zeigte einen grauen Ansatz und hing ihr einfach so über die Schultern. Sie war völlig ungeschminkt, ihre Augen so müde. Der Mund ein zusammengekniffener Strich. Die feinen Nerven im Kinn zuckten sichtbar. Ihre Bluse in einem grellen Grün und der schwarze Rock längst aus der Mode.

Der Kaffee kam und für sie noch ein blauer Likör. Kein Kellner erkannte sie wieder. Stella ließ sich förmlich jeden Satz aus der Nase ziehen, sie sah mich allerdings unverwandt an. Jeder Blick schien zu schreien: »Berühr mich nicht. Nicht mein Herz und nicht meine Haut. Berühr mich nicht!« Alles andere ein einziges Ausweichen, ein kryptisches Gekurve um Unbekanntes. Dann tasteten wir uns aber doch an die Zaziki-Frau heran. Sie wollte weder eine Erklärung oder gar Entschuldigung von mir hören geschweige denn annehmen. Das konnte ich verstehen. Mehr und mehr jedoch spürte ich, dass sie mir etwas verschwieg. Es folgten noch ein paar weitere mysteriöse Andeutungen, auf die ich mir keinen Reim machen konnte.

Verlegen drehte Stella an ihrem Uhrband und sagte: »Damals, als ich bei dir diesen Knoblauchmist gerochen hab und dazu den Kneipengestank, da wusste ich, dass es die Gleiche war. Wir waren mit der gleichen Frau im Bett. Ich nur ein paar Wochen vor dir. Ich hab mich so geschämt und wollte es dir immer sagen. Ich wusste einfach nicht, was ich tun sollte. Im Übrigen war ich mir sicher, dass sie es dir gesagt hatte und du also Bescheid wusstest. Ich hatte Angst, dass du gehst. Das hätte ich einfach nicht ertragen. Deshalb bin ich gegangen. Ich begreife bis heute nicht, wie das passieren konnte. Ich war betrunken.«

Runde um Runde rührte sie in ihrem Kaffee. Das machte mich nervös.

»Es wäre besser gewesen, wenn ich dir das damals gleich gesagt hätte. Eins zu eins eben, und vielleicht hätten wir ja damit leben können. Vielleicht hätten wir ja sogar darüber gelacht. Ich hab mich aber so entsetzlich geschämt. Ich schäme mich bis heute. Danach ist bei mir alles den Bach runtergegangen. Das siehst du ja selbst.«

Ich nahm ihre Hand. Stella trank von ihrem blauen Likör und sah mich dabei an.

So etwas hätte ich nicht einmal ahnen können. Das klang bloß nach einem besonders schlechten Film. Völlig unglaubwürdig. Irgendwie musste ich mich aber auch zurückhalten nicht loszulachen. Da saß sie nun vor mir, ein Häufchen Elend und hinter ihr, da zogen die weißen Schiffe schon längst wieder durch unsere Träume.

»Ich kann seitdem überhaupt nicht mehr schlafen.«

»Ich auch nicht.«

»Musstest du bei ihr eigentlich auch das Licht ausmachen?« Das war der Moment, in dem wir beide losprusteten. Glück, Erleichterung, Verständnis, Verzeihen, alles war in uns. Wir konnten uns vor Lachen kaum noch halten. Die anderen Gäste sahen zu uns herüber, und wir lachten noch lauter. Eigentlich wollte ich sofort aufspringen, um sie zu küssen, aber ich begnügte mich mit dem Gedanken, sie bald wieder ganz und gar berühren zu dürfen. Ich wollte sie nicht erschrecken. Ich wollte sie nicht noch einmal verlieren. Stella strich sich ihr Haar hinters Ohr und lächelte. Genau wie früher. Einfach nur zum Schwindeligwerden. Sie setzte sich mit ihrem Stuhl an meine Seite.

»Sekt?«

»Sofort. Aber bloß nicht zu viel. Du weißt ja, was dann so passieren kann.«

Ich rief unsere Bestellung, so laut ich eben konnte, in Richtung Kellner.

Die Zeit verging rasend schnell. Es gab so viel zu erzählen. Wir schnatterten darauf los wie eine Horde Gänse. Aber wenn man liebt, dann ist das Vertraute und die Klärung der Dinge und ihrer Geschichte ein einziges gemeinsames Aufatmen und eine Kraft, die immer noch stärker wird. Die Kraft zum Verzeihen. Die Kraft, die nur die Liebe hat. Der Sekt perlte in den Gläsern und es war wieder so wie früher. Als die Flasche fast leer war, küssten wir uns zum ersten Mal wieder. Der Kellner war zwar kurz davor, in Ohnmacht zu fallen, aber das hielt uns nicht im Geringsten davon ab, einfach weiterzumachen. Es wäre überhaupt nicht anders gegangen. In einer Atempause sagte sie: »Vergiss mein Haar. Ich weiß, es ist abscheulich.«

Mein Gott, wie unwichtig!

»Liebst du mich noch immer? Auch so?«

Bei dieser Frage deutete sie mit einer Hand auf ihr Gesicht.

»Natürlich. Ich liebe dich immer noch. Auch so. Ich habe

doch nie aufgehört. Und selbst unter einer Hundert-Watt-Birne könnte ich nicht aufhören. Wie denn?«

Stella lachte und konnte es sich dann doch nicht verkneifen. »Aber ohne Zaziki bitte.«

Kleines Biest. Ich bezahlte die Rechnung. Der Kellner kritzelte die Preise mit Überschallgeschwindigkeit in den Block und war sicher verdammt froh, uns endlich los zu sein. Wir verließen das Lokal. Aber Stella war eben nicht mehr die Königin und ich nicht mehr die mit dem Sophia-Loren-Blick. Das störte uns nicht, denn wir nahmen uns fest vor, es bald wieder zu sein. Der erste Schritt dazu war Schlaf, Schlaf und noch einmal Schlaf. Gleich am ersten Abend kuschelten wir uns aneinander, ineinander und schliefen fast über den Herbst hinaus. Jede Nacht, die nun kam. So tief, so fest und so lange. Wir wurden wieder stark. Stark genug für unser Leben und stark genug für unsere Liebe.

Einige Monate später frisierte sie sich wieder so streng wie die Garbo in ihren besten Zeiten. Wieder trug sie das biskuitfarbene Kostüm. Mit weißer Bluse. Ich wollte aufschreien vor Stolz. Um meinen Sophia-Loren-Blick brauchte ich mich daher gar nicht sonderlich bemühen. Der kam ganz automatisch.

Ein Reh ging durch die Stadt

Ich stand am Fenster, als der Sommer kam.

Es war erst zehn Uhr und bereits derart heiß und stickig in meiner Wohnung, dass ich statt des blauen Himmels nur noch ein Blau, das des Meeres, wahrnehmen konnte.

Nun gut, daran hatte ich damals nicht gedacht, als ich diese Wohnung im Überschwang meiner Gefühle anmietete. Auch nicht, was es für einen ohrenbetäubenden Lärm machen würde, wenn der Regen auf die Schrägfenster knallt. Jeder Tropfen ein Pistolenschuss. Und auch nicht, dass es den ganzen Tag nicht hell wurde, wenn der Schnee auf den Scheiben festgefroren und nicht einmal ein stecknadelgroßes Stück vom Himmel zu erkennen war. Ansonsten war meine Wohnung einfach perfekt. Die großen und die kleinen meteorologischen Unsicherheiten gehörten einfach dazu.

Nie zuvor hatte ich eine Wohnung so geliebt. Vielleicht, weil es meine erste eigene Wohnung war. Ganz sicher aber, weil sie genauso war, wie ich es mir immer gewünscht hatte. Sie übertraf all meine Träume und Vorstellungen bei weitem. Eine Wohnung unterm Dach. Über den Dächern einer kleinen Stadt. Klare Formen, klare Linien, alles in den Farben Bordeaux, Flieder und Gold. Bücher, Bücher, Bücher, schwarz-weiße Frauenporträts an den Wänden. Meine Wohnung mit dem dunkelroten Samtsofa und ausgestattet mit Kitsch der unsäglichsten Art, den ich allerdings überaus schätze. Sie hat den Flair der 20er, 30er, 40er Jahre. Eine Zeit, in der ich gerne gelebt hätte. Bevorzugt unter den schreibenden und liebenden Frauen der Left-Bank in Paris. Im Salon von Gertrude Stein oder Nathalie Barney. Alice, Gertrudes Frau hätte gekocht. Hoffentlich aber nicht diese harten Eier mit Schlagsahne in Madeirasoße, die Gertrude so bevorzugte. Die bezaubernde Noel Murphy hätte gesungen und ganz sicher hätte ich Djuna Barnes angeschmachtet oder sie mich, während Basket, der Pudel von Gertrude und Alice, vermutlich ans Tischbein gepinkelt hätte. Ja, davon träumte ich, während vor den Fenstern hin und wieder Schwalben und Raben vorbeiflogen. Ich kann direkt in den Himmel sehen, aber die Sonne einfach nicht ertragen. Dann dunkle ich die Wohnung ab und setze mich ans Fenster. Ich liebe es, am Fenster zu sitzen oder zu stehen, denn der Himmel, er beglückt mich weit mehr als die Menschen, die sich unter ihm tummeln. Und das Meer erst! Alles ein blaues Bild, aus dem der Gesang der Wellen steigt. In diese Wellen hätte ich mich an jenem Tag am liebsten gestürzt. Doch wie stürzt man sich in den Himmel?

Meine Wohnung war einfach nur schön. So verließ ich sie mit der Zeit immer seltener. Insgesamt gesehen kam es mir manchmal so vor, insbesondere am Abend, wenn die untergehende Sonne die Räume in ein nahezu goldenes Licht tauchte, als würde ich mit ihr auf meinem dunkelroten Samtsofa rückwärts in den Himmel schweben, sie trotzdem immer weiter im Blick behalten, um ihr dann irgendwann wieder entgegenzufliegen. Ihr, die so zärtlich ist. Ihr, die mich umarmt, wenn ich weine und wenn ich lache. Ihr, in deren Augen ich fallen will, wie ein Neugeborenes in die Welt. Ihr, die mich sucht. Ihr, die ich suche.

Seit einer Woche hatte ich Urlaub und drei weitere lagen noch vor mir.

Diese erste Woche hatte ich mit quellklarem Nichtstun verbracht, und Oscar Wilde hat Recht, als er sagte: »Nichtstun ist die allerschwierigste Beschäftigung.« Diese Kunst zu erlernen, bringt heftigen Schmerz und so manche Häutung mit sich. Aber dann ist es einfach wunderbar. Hin und wieder ein Glas Rhonewein oder auch zwei oder drei. Im Ohr Puccini oder Verdi, danach trug mich Rilke in einer Sänfte ins Bett. Am Abend auf der Loggia gönnte ich mir durchaus ein Fläschchen Champagner, der mit den Sternen um die

Wette funkelte. Mit dem Glas in der Hand beobachtete ich die gegenüberliegende Linoleumfabrik, ein Relikt aus Zeiten des Zweiten Weltkriegs, mit ihren kleinen, gelb erleuchteten Butzenfenstern. An den Geruch dieser Fabrik bei Westwind hatte ich mich gewöhnt. Ich mochte ihn sogar, denn er hatte so etwas von Leben, Schweiß, Menschen und harter Arbeit.

Diese Woche, die nun hinter mir lag, für mich war sie das reinste Glück gewesen. Ich hatte keine größeren Probleme, ich war gesund und ich war vor allem frei. Leicht wie ein Luftballon, so träumte ich mich durch meine Illusionen. Diese Illusionen, die nie zu erreichen sind, so wie die Wolken am Himmel, aber immer irgendwie auch Wegweiser. Mir ging es derart gut, dass ich vor Glück in die Nacht schrie: Ich bin glücklich.

Am Tag, da sagte ich es bloß ganz leise, denn ich hatte Bedenken, dass man mich hätte hören können. Und solch ein Satz, eine derartige Feststellung und ein Freudenschrei gleichermaßen bringt die Menschen hier derart aus der Fassung, dass ich bei einer Identifizierung mit der unverzüglichen Einweisung in die Klapse hätte rechnen müssen. »Holen Sie die Frau da oben ab. Sie schreit, dass sie glücklich ist. Das gibt es nicht, das Glück. Sie muss krank sein. Sie ist eine Gefahr«, hörte ich sie quietschen. Genauso, wie die Reifen des anrollenden Krankenwagens durch die Kurven. Anschließend ihr Gemurmel: »Gott sei Dank, das ging ja schnell. Wie schrecklich kann das ausarten, das mit dem Glück. Gott sei Dank.«

Glücklich, in diesem Fall allerdings hundeglücklich, war Taiger, mein Chihuahua, so rehbraun, wie es ein ganzes Rudel nicht werden kann, mit Augen so groß und dunkel wie Kakaobohnen und so schön wie die Glasmurmeln aus meinen Kindertagen. Hundehaltung war zwar verboten, aber es wusste niemand von seiner Existenz. Ich hatte ihm beigebracht, seine Geschäfte im Katzenklo zu erledigen und falls er doch einmal bellte, wenn ich wieder einmal versuchte, ihm etwas anderes als dieses sauteure Putengulasch unterzujubeln, dann war das Piepsen einer Maus ohnehin der reinste Paukenschlag dagegen. Saß ich am Tisch unter den Schrägfenstern im Wohnzimmer, hatte er es sich zur Angewohnheit gemacht, mir vom Schoß auf die Schulter zu springen. Ganz prächtig hielt er dort mit seinen nicht einmal zwei Kilogramm das Gleichgewicht, streckte seine Öhrchen wie Antennen in die Luft, legte sein Kinn auf mein Haar und sah über meinen Kopf hinweg durch die Scheiben. Erlaubte sich in dieser Zeit auch nur ein einziger Vogel, über den Oberlichtern seine Bahn zu ziehen, dann knallte Taiger seine Kiefer derart zusammen, dass ich mich fragte, unter welchem Schenkel er denn nun die Kastagnetten versteckt hatte. Taiger verzieh ich alles, denn unsere Herzen schlugen vom ersten Tag an im gleichen Takt. Böse wurde ich nur, wenn er versuchte, meine weißen und dunkelroten Seidencallas anzuknabbern. So, als gehörten sie hier nicht her. So, als seien sie obszön. Gerade aus diesem Grund liebe ich sie. Taiger schlief natürlich bei mir im Bett. Ich schlafe grundsätzlich in der Embryolage ein, Taiger immer vor meinem Bauch und meine Hand immer über seinem. Die andere Seite des Bettes war leer. In letzter Zeit hatte ich mich allerdings öfter dabei ertappt, dass meine Hand auf der anderen Seite etwas suchte und dass ich diese andere Seite am nächsten Morgen straffer zog als meine. Ich lebte zwar im größten Luxus, der vorstellbar ist: Ich war frei. Aber irgendetwas fehlte. Es fehlte das Wichtigste.

Diesen ersten Sommertag, der immer noch heißer, ja geradezu glühend wurde, verbrachte ich in meinem Glücklichsein. Taiger lag auf den Küchenfliesen, die Nacht verbrachte er mit mir auf der Loggia. Aus unerklärlichen Gründen wurde ich langsam aber stetig immer schwerer, mein Ballon sank auf die kühlen Steine. Es kam auch kein Wind auf, um mich wieder nach oben zu bringen. Dieses traurige Gefühl, dieses bedrückende Gefühl verschwand nicht mehr. Im Gegenteil, es verstärkte sich und mir wurde klar, dass ich gar nicht so glücklich war. Es gar nicht sein konnte. Die Leichtigkeit der vergangenen Tage verflüchtigte sich nun wie

Rauch in den Wolken, und meine Traurigkeit gab ihre Stafette weiter an die Sehnsucht. Nun konnte auch der Champagner nichts mehr retten, die Sterne nicht, die Nacht nicht und selbst die Wohnung nicht mehr. Meine Nachbarn, die wieder in den Fenstern hingen, um etwas vom Glück zu hören, wurden in dieser Nacht enttäuscht und schlossen lautlos die Fenster. Taiger hatte sich auf meinem Bauch eingerollt, seinen kleinen Apfelkopf mit den Fledermausohren in meine Hand gelegt und spürte wohl auch, dass sich da in mir etwas veränderte. Meine Opern konnte ich nicht mehr hören.

So wurde es leise in dieser Nacht. Nur hin und wieder war ein Auto unten auf der Straße zu hören. Ich spürte meine geschwiegenen Worte; wie Steine in den Taschen holten sie mich auf den Boden zurück.

Die Tage wurden kühler, immer öfter verdeckten Wolken die Sonne, es begann zu regnen, aber es blieb relativ warm. Wir konnten uns wieder ins Bett verziehen. Nichts ist mir lieber als mein Bett. Es ist mir geradezu eine Qual, es verlassen zu müssen. Ich bin sicher, ich könnte mein Leben im Bett verbringen, so wie die Dietrich in ihrer Pariser Matratzengruft. Aber das Leben kommt einem immer wieder dazwischen und selbst wenn es dann doch einmal eine Zeit lang den Atem anhält, so wie jetzt im Urlaub, dann werden ganz bestimmt die Träume unruhig. Meine wurden es.

Frauen flogen um mich herum, besonders eine. Eine mit dunkelbraunen Augen. Diese Frau, zuerst umarmte sie mich nur, ging wieder zurück, kam wieder und küsste mich. Dann war sie wieder weg. Ich wurde fotografiert, die Frau, die ich geliebt hatte, die mit dem Medusenblick, lag mit einer anderen im Bett, und mit verschmitztem Lächeln zogen mich Engel durch die Wände in Richtung Bahnhof. So ungefähr wusste ich wohl, was das bedeuten konnte, als ich am anderen Morgen durch das Glockengeläut der benachbarten Kirche früher als gewöhnlich aufwachte. Es war also Sonntag.

Kein Mensch kann sich vorstellen, wie ich Sonntage hasse. Der Morgen ist mir gerade noch erträglich, aber spätestens ab Mittag, da fällt das Leben, dieses sonntägliche Ausruhen vom alltäglichen Wahnsinn dann ins Koma, um am nächsten Morgen mit Jahrmarkts- oder Kriegsgebrüll tosend des Dramas ersten Akt, den Montag, wieder in Gang zu setzen. Ich kann es einfach nicht ertragen. Nur das Geläut der Glocken liebe ich. Und obwohl sich in meiner unmittelbaren Nähe gleich drei Kirchen um den richtigen Glauben krachen, kann ich nicht genug davon bekommen. Am liebsten bleibe ich den ganzen Sonntag im Bett. An diesem Sonntag allerdings zog es mich in Richtung Bahnhof. So sehr ich Sonntage hasse, so sehr liebe ich Bahnhöfe. Da knirscht es vor lauter Abschied und blubbert vor Tränen und schreit ganz hoch und spitz beim Wiedersehen. Die Bahnsteige sind immer zugig, die Züge immer verspätet, und ich warte dort nie auf jemanden.

Es war fast Mittag geworden, als ich mit Taiger in meiner Windjacke auf einer Eisenbank saß. Wie Ameisen, immer in Richtung Marmeladenglas, wuselten die Menschen um mich herum. Nur eine spielte da nicht mit. Diese Frau, sie ging so langsam, setzte so vorsichtig einen Fuß vor den anderen, als sei der ganze Bahnhof aus dünnem Tümpeleis oder aus Glas. So vorsichtig, als wolle sie ihr Leben jetzt und hier erst einmal probieren. Es war einfach schön, ihr beim Gehen zuzusehen und daher musste ich ihr einfach folgen. Sie bewegte sich wie ein scheues Reh in der Stadt. Ängstlich, zögerlich, vorsichtig und ich fürchtete, dass sie einfach davonlaufen könnte, wie ein Rehkitz auf der Lichtung, wenn ein Ast zu Boden fällt. Je näher sie der Innenstadt kam, umso sicherer wurde sie. Sie setzte sich in ein Straßencafé. Ich setzte mich einen Tisch weiter. Während ich in meinem Kaffee rührte, konnte ich es nicht mehr verhindern, dass Taiger sich bemerkbar machte, erst auf meine Oberschenkel sprang, dann auf den Boden und schließlich an die Hauswand pinkelte. Peinlich, peinlich. Die Leutchen an den Tischen sahen mich missbilligend an. Natürlich. Nur eine nicht. Sie.

Sie lächelte von mir zu Taiger und dann wieder zu mir. Wir saßen nicht sehr weit voneinander entfernt, und so konnte ich ihre dunkelbraunen Augen erkennen. Es gibt Menschen, die man sehen kann und es gibt Menschen, die man fühlen kann. Gesehen hatte ich sie zum ersten Mal in meinem Traum. Mehr aber noch hatte ich sie gefühlt. So sehr gefühlt, dass ich entgegen meiner Gewohnheit an diesem Sonntagmorgen aufgestanden und zum Bahnhof gegangen war. Sie war keine schöne Frau, aber außerordentlich attraktiv. Schlank, eleganter Hosenanzug, ein lässig geschwungener Schal, über den ihr dunkelbraunes Haar bis auf die Schultern fiel. Die Stirn fast frei. Ihr Gesicht hatte eine dreieckige Form, wobei die Spitze des Dreiecks ihr Kinn bildete. Eine sehr gerade Nase im Gegensatz zu den geschwungenen Augenbrauen. Ihre Lider senkten sich ungewöhnlich oft in die dunklen Augen. Das gab ihren Augen etwas Müdes, etwas Gelangweiltes und doch oder gerade deswegen einen sowohl geheimnisvollen als auch herrlich erotischen Blick. Sie steckte sich eine Zigarette zwischen die Lippen, nicht ganz in die Mitte und auch nicht in den Mundwinkel. Ihr silbernes Feuerzeug hatte zwei Flammen und leuchtete im unteren Teil rot auf. Den ersten Zug nahm sie tief und ernst. Dann blickte sie wieder zu mir herüber. Tief und ernst. Manche Frauen brauchen sich nur eine Zigarette anzuzünden und es knistert. Dann ist da etwas, was ich nicht beschreiben kann. Das Fühlen eben, dieser unwiderstehliche Drang, mich an ihren Tisch zu setzen und sie einzuladen, mindestens fünfmal mit mir Achterbahn zu fahren. Oder mit einem Schlitten hügelabwärts oder fünf Loopings mit einem Doppeldecker und zur Erholung davon mit ihr im Arm auf dem Bug eines Segelschiffes in den Horizont zu gleiten. Ich bemühte mich um eine unaufdringliche Aufmerksamkeit, aber sie verfolgte mich bereits. Auch dann, wenn sie mich einmal nicht ansah. Unsere Blicke trafen sich dennoch immer wieder. Sie sah mich unverwandt an, immer mit der Andeutung eines Lächelns. Der Andeutung. Und ich bog mich noch wie ein Schilfrohr, um ihren Blicken auszuweichen. Sie saß so ruhig da wie die Porzellantiger in meiner Wohnung. Das einzig Unruhige war das regelmäßige Aufglimmen ihrer Zigarette, das Klicken ihres merkwürdigen Feuerzeugs und ihr Haar, das sich leicht im Wind bewegte.

Ohne dass zwischen uns auch nur ein einziges Wort gefallen war, saßen wir längst auf der gleichen Wolke. Wie Engel mit nur je einem Flügel. Um fliegen zu können, denn genau das wollten wir, mussten wir uns umarmen. Während ich auf dem Weg zur Toilette an ihr vorbeiging, zündete sie sich eine neue Zigarette an. Neben ihrem Glas lag ein Foto, das ich von meinem Tisch aus nicht hatte sehen können. Rasch blickte ich auf die Abbildung. Ein dunkler, knöchelhoch geschnürter Schuh, der auf dem Tablett eines goldfarbenen Jünglings stand. Dieser kleine Bursche, nackt bis auf einen Lendenschurz, hielt das Tablett mit beiden Händen über seinem Kopf. Im Hintergrund eine Vase mit dunkelroten, verwelkenden Tulpen. Ein merkwürdiges Foto, auf das ich mir keinen Reim machen konnte.

Es war bereits später Nachmittag und ich wusste nicht mehr, was ich noch tun sollte. Ich hatte bereits den dritten Kaffee bestellt, als ich zum ersten Mal ihre Stimme hörte. »Sie erinnern mich an jemanden. An mich. An mich, als ich noch jung war. Vor einem Jahr.«

Ich schätzte diese wunderbare Frau auf Anfang vierzig und konnte mit ihrer Andeutung deshalb genauso wenig anfangen wie mit dem Foto. Aber ihre Stimme. Einfach sexy. Wahrscheinlich vom Rauchen. Ungefragt, mit der Selbstverständlichkeit einer Herzogin setzte sie sich an meinen Tisch. Ein neues Glas Wein, eine neue Zigarette. Sie tat so, als hätte sie diese Bemerkung gar nicht gemacht, und so wurde Taiger der Ausgangspunkt unseres Gesprächs. Der aber streckte nur ganz kurzfristig sein Köpfchen aus meiner Jacke. Betont gelangweilt erzählte sie mir, dass sie in dieser Stadt sei, um jemanden zu suchen. Zuerst nur das Haus, denn sie sei sich noch nicht sicher, ob sie die gesuchte Person dann überhaupt sehen wolle. Sie sagte »Mensch« und »Person«. Nichts weiter. Ich hakte auch nicht nach, spürte aber, dass ihr etwas ganz Außerordentliches geschehen sein musste. Sie gehörte zu den Frauen, die einem direkt ins Gesicht sehen und deren Ausweichmanöver trotzdem ganz und gar misslingen. Sie wollte, sie musste reden, aber noch tastete sie vorsichtig, wie weit sie gehen konnte. Ihre Stimme war tief und leise. War es mein Schweigen oder war es ihr Wein? Sie wurde nervös. Diese Frau, die da eben noch so ruhig wie eine Statue gesessen hatte, wurde unruhig und sah immer wieder auf ihre Uhr. Ich dagegen wurde ruhiger, wartete weiter ab und fühlte mich in ihrer Nähe ausgesprochen wohl. Sehr gerne hätte ich noch einige Zeit mit ihr verbracht, aber unser Gespräch geriet ins Stocken und mit einem letzten Blick auf die Uhr verabschiedete sie sich mit den Worten: »Vielleicht sehe ich Sie ja mal wieder.« Da war ich mir ganz sicher, denn ich bin überzeugt davon, dass sich Menschen, die sich treffen sollen, auch treffen oder wiedertreffen. Im Gehen legte sie mir einfach eine Hand auf meine Schulter.

Ich sah ihr hinterher, als sie im Fußgängergewimmel verschwand. Ihr Schal flatterte noch ein paar Mal über die Schultern, dann war sie verschwunden. Nachdem ich gezahlt hatte und ebenfalls aufbrechen wollte, sah ich, dass auf dem Tisch, an dem sie zuerst gesessen hatte, das Foto zurückgeblieben war. Ich nahm es an mich und stellte verblüfft fest, dass sich auf der Rückseite eine Telefonnummer befand. Handelte es sich um ihre Telefonnummer, dann sollte da was weitergehen.

In meiner Wohnung verbrachte ich den ganzen Abend damit, mir dieses Foto samt Telefonnummer anzusehen. Es war die gleiche Vorwahl wie meine, sehr weit entfernt konnte sie also nicht wohnen. Die nächsten Tage blieben angenehm warm, auch wenn es manchmal regnete. Ich achtete kaum darauf, sondern verbrachte meine Zeit weiterhin damit, nichts zu tun. Fühlte mich allerdings ein bisschen leichter. Wind kam wieder auf. Die Frau aus dem Café ging mir natürlich nicht aus dem Kopf immer wieder war ich kurz davor, die Telefonnummer auf dem Bild anzuwählen. Hielt es dann aber wieder für zu aufdringlich und ließ es sein. Vor mir hatte sich eine Hürde aufgebaut und ich wusste ganz genau, dass ich da rüber musste. Zwei Tage später nahm ich dann Anlauf und wählte. Eine Frauenstimme meldete sich nur mit einem »Ja, bitte?« Da ich mir nicht sicher sein konnte, dass sie es wirklich war, begann alles sehr holprig. Sie hätte ihr Foto schon vermisst. Sie hieß Grace, arbeitete als Immobilienmaklerin in einer ca. 30 km entfernt liegenden Stadt, lud mich zu sich ein und somit fuhr ich am nächsten Tag einfach hin.

Ein äußerst komfortables Haus mit einem parkähnlichen Garten erwartete mich in einer Seitenstraße. An der Tür umarmte sie mich kurz. So, als ob wir uns schon lange kennen würden. Als ich ihr Wohnzimmer betrat, war ich schon sehr überrascht. Dieses Zimmer war, obwohl es im Erdgeschoss lag, meiner Wohnung faszinierend ähnlich. In den Farben, den Formen, von den Büchern, den Bildern her. Allerdings war die Couch nicht dunkelrot, sondern violett.

Zuerst tranken wir Tee und redeten über dies und das, bevor ich ihr das Foto wiedergab. Sie drehte es in den Händen und fragte mich, ob ich eigentlich bemerkt hätte, dass sie die Telefonnummer erst im Café auf das Foto geschrieben habe. Hatte ich nicht. Sie sah mich an, wieder mit dieser Andeutung eines Lächelns. Auf dem Tisch lag, mit einer Zeitung halb verdeckt, Rita Mae Browns ›Rubinroter Dschungel‹. Das halbe Gesicht der Autorin in rubinrot. Langsam zog sie die Zeitung von diesem Buch. Dann sahen wir uns an und alles war klar. Die Atmosphäre entspannte sich augenblicklich. Jetzt konnten wir uns ohne ein weiteres Geplänkel einfach duzen, weil das so üblich ist.

Ihr Name – Grace – passte einfach wunderbar. Ich glaube, dass wir uns im Laufe unseres Lebens genau auf die Bedeutung unseres Vornamens hin entwickeln. Und Grace heißt »Die Anmutige.« Anmutig wie ein Reh. Grace trug eine weiße Jeans und ein weißes Shirt. Sie sah einfach atemberaubend aus. Barfuß mit einem großen Glas Brandy in der Hand, deutete sie auf das Foto auf dem Glastisch und sagte:

»Das ist alles, was mir von ihr geblieben ist. Wir hatten einen fürchterlichen Streit, und heute weiß ich nicht mehr genau, worum es eigentlich ging. Aber diese Anstrengung, immer Recht zu behalten, sie hielt das aus. Ich nicht.«

Grace wurde lauter.

»Das hat mich wahnsinnig gemacht. Sie packte ihre Sachen und verschwand. ›Du wirst mich nie wiedersehen‹, brüllte sie, während sie aus der Wohnung stürmte.«

Grace war aufgestanden, ging zum Fenster und sagte: »Seit über einem Jahr habe ich sie nun auch wirklich nicht gesehen. Nichts von ihr gehört. Meine große Liebe war sie ganz bestimmt nicht. Das hat sie aber auch immer gewusst. Bei ihr war es wahrscheinlich genauso. Sicher bin ich mir da allerdings nicht. Was ist schon sicher?«

Sie verschränkte die Arme hinter dem Kopf und sah aus dem Fenster. Mir schien die Beziehung doch tiefer gehend gewesen zu sein, denn ich sah, als sie sich umdrehte, wie sie sich mit den Zeigefingern die Augenwinkel rieb. Während sie die ganze Zeit virtuos mit dem Feuerzeug gespielt hatte, zündete sie sich nun viel zu hastig eine neue Zigarette an. »Diesen einen Schuh hat sie vergessen. Einen Schuh. Warum ich davon nun ein Bild gemacht habe, weiß ich auch nicht. Sie liebte Tulpen und mich wollte sie immer auf Händen tragen. So wie dieser goldene Bursche da sein Tablett über dem Kopf. Weißt du, sie war auch der Grund, warum ich neulich in deiner Stadt war. Sie wohnt dort. Das Haus hab ich gefunden. Aber ob sie da überhaupt noch wohnt?«

Grace hatte sich in den Sessel gesetzt und spielte wieder mit ihrem Feuerzeug. Während ich sie beobachtete, hatte sie anscheinend nur noch Augen für dieses blöde Feuerzeug. »Weißt du, was ich glaube? Ich glaube, dass du sie noch zu Ende lieben musst. Alles, was man angefangen hat, muss man zu Ende bringen. Passiert das nicht, wird es uns immer wieder einholen. Das Versäumte holt einen immer ein. Vielleicht werden wir auch unfähig, überhaupt zu lieben.

Ich hatte ihr natürlich nur meine Wahrheit gesagt, aber dennoch hoffte ich, dass ich mich geirrt hatte. Ich hoffte von ganzem Herzen, dass ich da eben den wohl größten Humbug meines Lebens geredet hatte. Ich wollte nicht mehr aufstehen, geschweige denn gehen. Ich wollte in ihrer Nähe bleiben. Ich wollte ihre Hand nehmen, ihr Gesicht streicheln und ihr Haar, wollte sie riechen. Wollte sie küssen. Mein Herz schlug einen Tick schneller und meine Hoffnung verstärkte sich, als Grace antwortete:

»Was ich will? Ich sag es dir. Ich will nicht mehr an sie denken. Jedenfalls jetzt nicht.«

Sie stellte ihr Glas auf den Tisch, um mir wieder mit der Selbstverständlichkeit einer Herzogin entgegenzukommen und ihre Lippen ganz sacht auf meinen Mund zu legen. Es war der Kuss eines Schmetterlings. Ich wollte mehr als nur diesen einen Kuss. Grace auch. Da braucht man nicht viele Worte. Grace war schön, mein Leben wurde wieder leichter und die Nacht mit ihr war für mich bereits mehr als nur Lust und Begehren. In mir verstärkte sich weiter die Hoffnung, dass Grace gerade nach diesen zauberhaften Stunden nicht mehr zu Ende lieben, sondern ganz einfach neu beginnen wollte.

Für den nächsten Morgen verabredeten wir uns. Wieder in meiner Stadt, ein paar Tage später.

»Du warst eine wundervolle Geliebte«, sagte sie mir beim Abschied.

Aber ich wollte mehr sein.

Zurück in meiner Wohnung war Taiger außer sich darüber, dass ich die ganze Nacht nicht bei ihm gewesen war. Er bekam eine doppelte Portion Putengulasch und bei meiner guten Laune war ich geneigt, ihm auch noch eine dritte zu geben. Ich beglückte ihn mit Streicheleinheiten, die für eine ganze Woche gereicht hätten, mit kleinen Küssen, und hin und wieder nahm ich ihn auf meine Arme und wirbelte ihn ein bisschen in der Luft herum. Das liebte er besonders. Ich köpfte eine Flasche Champagner und spürte den immer stärker werdenden Wind, der den Luftballon meiner Seele langsam zurück in den Himmel hob. Sehr langsam, aber der Wind war da. Vielleicht wurde er ja ein Sturm. Mir völlig egal.

Drei Tage noch und ich würde Grace wiedersehen. Drei Tage lang wie drei Leben. Ich musste ständig an sie denken und in Gedanken sah ich sie mir mit dem Hunger und der Gleichgültigkeit eines Panters entgegenkommen. Am liebsten wäre ich gleich wieder zu ihr gefahren. Verflucht, ich war verliebt. Obwohl wir uns im Café verabredet hatten, verbrachte ich die nächsten Tage damit, meine Wohnung auf Hochglanz zu bringen. Man konnte nie wissen. Natürlich würden wir hier in meiner Wohnung landen. Wo sonst? Obwohl – bei Grace hielt ich es durchaus für möglich, dass sie ein Hotelzimmer mieten oder mir ein Ticket für Paris über den Tisch schieben würde. Bei ihr hielt ich alles für möglich.

Es war ein Dienstag um elf Uhr in diesem Sommer, als ich wieder in dem Café saß. Eine Stunde vor der Zeit. Länger konnte ich es einfach nicht mehr aushalten und vielleicht würde sie eher kommen. Aber erst um 12.30 Uhr bog sie um die Ecke. Die Verspätung hatte bereits heftig an meinen Nerven gezerrt. Sie setzte sich an meinen Tisch, entschuldigte sich und gab mir einen flüchtigen Kuss. Sofort war ich enttäuscht. Sie schwieg mich an und ich wusste gleich, dass ihr etwas auf der Seele lag.

Beiläufig fragte sie mich, ob ich vielleicht Lust hätte, mit ihr zum Haus von Josie zu gehen.

Zu zweit würden wir wahrscheinlich nicht so auffallen und wenn sie uns doch sehen würde, dann wäre das genau richtig, dass sie uns zusammen sehen würde.

Unbedingt. Sie sollte uns sehen.

Ich wusste nicht, ob ich nun lachen oder weinen sollte.

Zehn Minuten später erreichten wir das Haus, in dem Josie vielleicht immer noch wohnte. Es war ein unscheinbares, kleines Haus mit einem reichlich verwahrlosten Garten. Grace sagte kein Wort. Wir standen an der Gartenpforte, als dann passierte, was nicht passieren durfte. Die Haustür öffnete sich und heraus kam die Frau, die ganz offensichtlich Josie war. Sie hatte uns sofort gesehen und kam uns langsam den kurzen Weg zur Pforte entgegen. Ich sah Grace von der Seite an. Sie verzog keine Miene, öffnete aber ganz automatisch die Pforte und ging Josie entgegen. Ich blieb zurück. Grace und Josie standen sich gegenüber, als Josie sagte: »Da bist du ja endlich. Endlich.« Die beiden umarmten sich, küssten sich. Grace nahm mit beiden Händen Josies Gesicht und zog sie immer wieder an sich. Nach einiger Zeit drehte sich Grace um.

»Du hattest doch Recht. Ich muss noch zu Ende lieben. Tut mir Leid. Aber ich ruf dich an.«

Ich brachte kein Wort mehr heraus, hob nur noch die Hand und ging. Ich drehte mich nicht mehr um.

Es war immer noch Mittagszeit. Die Menschen huschten geschäftig durch die Straßen. Aber gerade dann, dann spürt man sie: die Einsamkeit. Vor jeden meiner Schritte setzte sie mir einen Dorn. Der Tag bekam etwas Unwirkliches. Etwas Durchsichtiges, etwas Verhangenes, etwas Vergangenes.

In meiner Wohnung bekam ich allergrößte Lust, selbige in ihrer ganzen gottverdammten Schönheit in Schutt und Asche zu legen. Langsam aber drang eine Stille schützend in mich ein. Eine Stille, die mich ausfüllte, mich besänftigte.

Ein paar Tage später sagte man mir, an jenem Tag, da sei ich sehr merkwürdig gegangen. Ganz anders als sonst. Es sei regelrecht schön gewesen, mir beim Gehen zuzusehen. So langsam, so vorsichtig. Fast so wie ein scheues Reh.

Doch da stand ich schon längst wieder am Fenster.

Die Taschen voller Steine.

Und plötzlich war es Winter

Man sieht auf der Straße einen Menschen, der davongeht. Und wenn er dann fort ist, hat man ein Gefühl, als ob einem etwas weggenommen worden wäre.

Ganz genauso ging es mir an diesem zweiten Juli, und ich wurde dieses Gefühl einfach nicht mehr los.

Ich hatte die Frau vielleicht zehn, zwölf, höchstens aber fünfzehn Sekunden gesehen. Und ihr ein paar davon in die Augen geblickt. Gleichermaßen erschrocken wie entzückt. Sie trug eine weiße Hose und eine tiefblaue Jacke. Ich wusste nicht einmal, ob sie nun kurze oder lange Haare hatte. In jedem Fall war ihr Haar sehr dunkel, fast schwarz.

Wenn man immer das tun könnte, was das Herz einem sagt, dann wäre ich jetzt stehen geblieben, hätte sie umarmt und gefragt: »Wo warst du so lange?« Nicht im Geringsten erstaunt hätte sie mir die gleiche Frage gestellt. Was hätte ich geantwortet? Vielleicht, dass meine Suche jetzt vorbei sei. Vielleicht aber auch, dass die Augen immer die hartnäckigsten, die gefährlichsten, aber auch die zärtlichsten Jäger sind. Vielleicht hätte ich aber auch kein einziges Wort gesagt, um mit dem bisschen, das noch in mir war, diese Frau einfach nur zu spüren. Aber ich ging weiter. Drehte mich zwar noch einmal um, aber da konnte ich nur noch ein Stückchen ihrer blauen Jacke sehen. Dann war sie verschwunden.

Wenn es denn so ist, dass zwei Menschen in irgendeiner Art und Weise füreinander bestimmt sind – und daran habe ich immer geglaubt und daran glaube ich bis heute –, dann würden wir uns wiedersehen. Vielleicht am nächsten Tag, vielleicht im nächsten Monat, vielleicht auch erst in zehn Jahren. Wir würden uns dann wiedersehen, wenn die Zeit, wenn wir bereit waren.

Irgendwo.

Vielleicht in dieser Stadt, die ich überhaupt nicht kannte. Eine Kleinstadt, die sich nur durch ihre geradezu ergreifende Hässlichkeit auszeichnete. Niemals hätte ich hier länger auch nur angehalten. Das Schönste an dieser Stadt war das Ortsausgangsschild. Aber leider hatte die Stadt ein Gerichtsgebäude, das in seiner Hässlichkeit allem noch die Krone aufsetzte, und ein schwarzer Talar hatte mich dort vor einer Stunde zu einem dreimonatigen Führerscheinentzug verurteilt. In einem solchen Fall reißt man sich entweder die Haare einzeln aus oder lacht, dass die Scheiben klirren. Ich hatte mich noch nicht entschieden, wohl aber erst einmal einen kräftigen Schluck aus meinem Flachmann genommen, als ich wieder auf der Straße stand. Es war die gleiche Flasche, die ich damals in der Polizeikontrolle besser aus dem Fenster geworfen hätte. Geworfen hatte ich aber nur eine Zeitung, und zwar auf den Rücksitz, auf dem schon drei oder vier solcher Flaschen leer herumlagen. Genutzt hatte es allerdings auch nichts mehr. Das alles war in der Abenddunkelheit des Monats passiert, in dem ich meine Kündigung erhalten hatte.

Mein Tag begann mit dem Horror des Erwachens, und der erwies sich als ausbaufähig, indem ich den Briefkasten öffnete. Als sehr ausbaufähig. Strom, Telefon, Gas, alles nur noch eine Frage der Zeit, wann man es mir abstellen würde. Dann würde ich meine Wohnung verlieren. Und da ich durchaus dramatisch veranlagt bin, war ich geneigt, mir Bildbände der schönsten Brücken Europas zu besorgen. Als meine künftige Wohnstätte wünschte ich mir eine hübsch geschwungene im Sonnenschein. Aber noch war der Tank meines Autos über die Hälfte gefüllt, und so fuhr ich einfach los. Ziellos und stundenlang. Immer wieder ein Schlückchen aus den gar nicht so kleinen Wodkaflaschen. Und noch einen Schluck. Den Polizeiwagen und die Sirenen sah und hörte ich damals nicht. Durch meine Lebensumstände fühlte ich mich genug bestraft. Aber jetzt wurde ich auch noch dafür bestraft, dass ich mich bestraft genug fühlte.

Es sind ja nicht die Strafen an sich. Sie sind nur ärgerlich. Es ist das Ritual ihrer Auferlegung, das Dornengestrüpp, das hinter den Urteilen zu blühen beginnt, was einem die Haut und das Hirn zerreißt und irgendeiner Hoffnung dann ein romantisches Gift einträufelt.

Nach der Gerichtsverhandlung war ich sieben Haltestellen und zwanzig Minuten Fußmarsch später wieder in meiner Wohnung. Mein Flachmann war längst so leer wie der Autotank der nächsten Monate, und ich schlurfte nur noch ins Bett. Das Schöne am Alkohol ist nicht, dass man mit der Zeit nichts mehr denkt und das Leben ein paar Flaschen lang so ist, wie es sein sollte. Nein, das Schönste ist, dass man schlafen kann. Und ich schlief. Und träumte.

Hätte mich jemand gesehen in diesen Stunden, in dieser Nacht, er hätte gesehen, dass ich lachte. Ich muss gelacht haben. Ganz bestimmt war ich fröhlich. Ich war sogar ein bisschen glücklich. Was immer blieb, waren die Traumbilder, die mit ein bisschen Übung durchaus zu deuten waren, und es waren natürlich die Gefühle, die sie mir geschenkt hatten. Meine Träume, mich jedenfalls lehrten sie.

Und da war noch etwas in meinem Traum in dieser Nacht: Eisige Kälte und der Duft von Gewürznelken.

Als ich am nächsten Morgen aufwachte, ging es mir sehr viel besser. Ich reckte und streckte mich wie eine Tigerin nach ihrem Mittagsschläfchen.

In den nächsten Tagen und Wochen sah ich immer wieder dieses Stückchen Blau, mein letzter Blick auf die Frau in der hässlichen Stadt. Ich sah es immer dort, wo es eigentlich gar nicht sein konnte. Das kleine Stückchen Rasen vor meinem Haus, es wurde blau. Hinter einer Schaufensterscheibe standen nur noch blaue Lampen. Zweimal fuhr ich erneut in die Gerichtsstadt und ging erfolglos alle Straßen ab. Aber ich hätte es auch wissen müssen, denn Menschen, die eine Bedeutung in meinem Leben bekommen sollen, kommen von allein. Ich brauche sie nicht zu suchen. Ich brauche nur die Geduld, mich finden zu lassen, wie eine Muschel am Strand.

Etwa ein Jahr später war das Gras längst wieder grün, die Lampen im Schaufenster so gelb und weiß und hässlich wie immer. Die Erinnerung an die Frau von damals war verblasst, aber nicht das Gefühl, dass mir etwas weggenommen worden war. Vielleicht lag es an dem Geruch von Gewürznelken, der mich mit einem Mal umwehte. Und zwar im Wartezimmer meines Zahnarztes. Die Angst vor dem, was da gleich passieren sollte, jagte die anderen Unsäglichkeiten meines Lebens in die hinterste Ecke. Meine Hände waren schweißnass, aber meine Zahnschmerzen urplötzlich verschwunden, und ich überlegte mir, ob ich es ihnen nicht gleich tun sollte. Tür auf und weg.

Eine Tür öffnete sich auch, und zwar die zum Behandlungsraum.

Ich hörte meinen Namen und ging durch die Tür. Aber da stand nicht, wie ich es erwartet hatte, mein alter Zahnarzt, sondern seine Urlaubsvertretung streckte mir die Hand entgegen. Die Hand einer Frau. Schon saß ich auf dem Folterstuhl. Mit offenem Mund, die grelle Lampe vor der Stirn, Lätzchen um den Hals und sämtliche Haare in Richtung Himmel. Ich hielt die Augen geschlossen. Der Mundspiegel und dieser fiese, spitze Eispickel machten sich in meiner Mundhöhle zu schaffen.

»Sie haben schöne Zähne. Wirklich sehr schön.«

»Aahhhhh.« Ich knurrte wie mein alter Teddy, wenn man ihn mit dem Kopf nach unten hielt.

»Hinten rechts. Es ist der Vier-Siebener. Nicht weiter tragisch. Er braucht eine neue Füllung. Das geht schnell.«

»Aahhhh.«

Das Besteck rasselte in die silberne Metallschale. Spritze rein, Spritze raus und dann das elende Geräusch dieses Hochfrequenzbohrers, der mir sämtliche Nerven auf einen Schlag raubte. Nach meinem Zeitgefühl wühlte er mindestens zwei Stunden in meinem Mund herum. Während die Zahnärztin die Füllung anrührte, biss ich auf meinen Wattebausch und öffnete zum ersten Mal meine Augen. Sie wandte mir den Rücken zu. Gleich kam die Füllung, schnell schloss ich die Lider wieder. Ich spürte, wie sie die Füllung fest mit dem Finger anpresste. Zu meiner Überraschung fühlte es sich gar nicht unangenehm an. Es war, als würde jemand langsam über frisch gefallenen Schnee gehen. Es knirschte leicht. Schritt um Schritt. Der Geruch nach Gewürznelken wurde stärker.

»Eine Stunde nichts essen oder trinken. Es kann ein bisschen wehtun, wenn die Betäubung nachlässt. Das wäre es schon. Für heute. Lassen Sie sich noch einen Termin geben. Die Füllung muss dann poliert werden.«

Vorsichtig öffnete ich die Augen und sah zum ersten Mal in die ihren. Ein Schreck des Entzückens durchfuhr mich. Das war doch sie! Sie gab mir die Hand. »Sie haben ja ganz nasse Hände.« Ich sah immer noch in ihre Augen und fragte: »Was ist das? Was riecht hier so?« »Das ist Nelkenöl. Es ist im Zement der Füllung. Das beruhigt.«

»Das ist aber auch dringend nötig«, konnte ich nur noch murmeln.

Aufmunternd lächelte sie mich an. »Das Schlimmste haben Sie doch überstanden.« Eben nicht. Nichts hatte ich überstanden, aber das konnte sie ja nicht wissen. Dann begleitete sie mich zur Tür und sagte noch: »Den Termin nicht vergessen.«

Hätte sie mich gebeten, mich noch einmal auf diesen Stuhl zu setzen, ich hätte es sofort getan. Sofort!

Wieder in meiner Wohnung, legte ich mich ins Bett und zog die Decke bis unter die Nasenspitze. Die Wohnung hatte ich zwar behalten, aber Strom und Gas waren wieder abgestellt. Es war eiskalt. Auf dem Nachtschrank stand eine Schüssel mit Weintrauben. Luxus pur. Der reinste Frustkauf. Wenn ich schon nichts essen durfte, spielte ich mit den eiskalten Trauben. Ich drehte sie in den Fingern und quetschte sie ein wenig. Irgendwann warf ich sie Stück für Stück an die Wand. Sie knallten wunderbar. Jede einzelne, und der Saft lief langsam die Wand entlang auf den

Boden. Es war mir völlig egal. Mir war sowieso alles egal. Ich sah nur ihre Augen, diese silberne Metallschale, und ich roch das Nelkenöl. Was tun? Es sollte doch etwas passieren! Ein ganzes Jahr war zwar vergangen, aber ich hatte sie doch gerade eben wiedergetroffen! Eine ganze Woche noch, dann erst würde ich sie wiedersehen. Vor Verzweiflung schlief ich ein.

Mein Zahn wurde schnell und schmerzlos poliert. Während sie mir mit der einen Hand das Lätzchen vom Hals nahm, strich sie mit dem Zeigefinger der anderen ganz langsam vom Handgelenk bis zum Ellenbogen.

»Kann ich sonst noch irgendetwas Gutes für Sie tun?«

»Ja, ein neues Leben wäre nicht schlecht.«

Sie lachte und während sie ihre Latexhandschuhe abrollte, sagte sie: »Das müssen Sie schon selbst besorgen. Meine Vertretung ist vorbei. Ich fahre wieder nach Hause.«

Das war doch ein eindeutiges Angebot. Oder? Aber ich murmelte nur: »Schade.«

»Vielleicht sehen wir uns ja mal wieder?«, hörte ich sie noch sagen, als ich durch die Tür ging. Das war doch eindeutig ein weiteres Angebot! Das war Interesse! Andererseits – ich konnte es drehen und wenden, wie ich wollte, ich fand sie einfach nur sympathisch. Nett. Mehr nicht. Bei mir rührte sich überhaupt nichts. Mittlerweile war mir aber klar geworden, dass es genau dieser Nelkengeruch war, den ich damals in meinem Traum nicht hatte deuten können. Und so etwas hasse ich. Ungeklärte Dinge. Ich wollte und ich musste sie wiedersehen. Mit der mir eigenen charmanten Hinterlist brachte ich ein paar Tage später ihre Anschrift in Erfahrung und fuhr los. Mein Führerschein war längst wieder eingetrudelt.

Wenigstens dieser Sommertag entsprach voll und ganz seiner Jahreszeit. Im Auto war es stickig, mir stand der Schweiß auf der Stirn. Aber merkwürdigerweise begann ich während der zweieinhalbstündigen Fahrt zu frieren. Je näher ich ihrer Stadt kam, desto kälter wurde mir. Ich war mir nicht im Geringsten klar darüber, was ich eigentlich wollte, was ich sagen würde. Aber der Drang, zu ihr zu fahren, war so stark, dass sich der Rest sicher einfach ergeben würde.

Bereits beim zweiten Klingelzeichen öffnete sie und sah leider verdammt gut aus.

»Na, das ist ja eine Überraschung. Probleme mit dem Zahn?« Ich wusste nicht, was ich antworten sollte. Sie nahm es mir ab. »Meine Liebe, Sie haben keine Chance. Bei mir jedenfalls nicht. Wir sind zwar aus dem gleichen Club, aber ich lebe schon lange nicht mehr allein. Tut mir Leid.«

Mein Selbstbewusstsein zerfloss augenblicklich. Ich stammelte noch irgendetwas und kam mir dabei vor wie eine Zehnjährige mit vollgepissten Hosen. Damit schloss sich die Tür und ich stand auf der Straße. Allein. Ich war sehr geneigt, mir wieder einen Flachmann zwischen die Lippen zu schieben. Aber die Flachmänner hatte ich inzwischen hinter mir gelassen und wollte auch nicht mehr damit anfangen.

Auf dem Weg zum Parkplatz fror ich erbärmlich.

Erst jetzt fiel mir auf, dass die Straßen mit Girlanden geschmückt waren. Jahrmarkt – die einen kamen mir mit diesen trostlos lustigen Lebkuchenherzen um den Hals entgegen, die anderen mit angeblich essbaren quietschrosa Watteungetümen vor dem Gesicht. Die Kleinen knabberten an roten Liebesäpfeln und würden ganz sicher meiner Zahnärztin in Kürze spitze Schreie des Entzückens entlocken. Der Markt war offensichtlich gerade erst eröffnet worden, denn es stiegen Ballons in den Himmel, ganz in silber und ganz in weiß. Ganz hübsch, aber all das interessierte mich nicht im Geringsten. Überall nervtötende Musik. Die Leute strömten an mir vorbei. Ich ging durch den Menschenstrom hindurch immer weiter über den Markt. Es war nicht leicht, doch ich sah keinen anderen Weg. Inzwischen war die Kälte in mir immer noch stärker geworden. Ich musste längst Eiszapfen an der Nase haben. Da hörte ich eine zarte Melodie. Sie wurde lauter, je näher ich einem bestimmten Karussell kam. Dann stand ich davor und lauschte seiner wunderbaren Musik.

Es hatte zu schneien begonnen. Jetzt und einfach so. Weiße und silberne Flocken fielen leise vom Himmel. Um mich her war es still. Nur die Melodie, die das Karussell spielte, konnte ich noch hören. Ich spürte die vereinzelten Flocken auf meinem Gesicht. Und zum ersten Mal spürte ich auch wieder Wärme. Diese wirkliche Wärme, die nichts mit dem Sommer zu tun hat. Das Karussell drehte sich Runde um Runde, seine Holzpferde glänzten in hellblau. Das Zaumzeug war so bunt wie ein Blumenstrauß aus Diamanten. Dann hielt das Karussell an. Die Kinder stürzten sich in die nächste Runde. Wieder sah ich nach oben und konnte mir das alles nicht mehr erklären. Die Flocken waren dichter und dichter geworden. »Weißt du, wohin?«, fragte die Melodie. Nein, ich wusste es nicht. Aber eine andere. Eine andere, die wusste es ganz genau. Jetzt sah ich sie. Sie saß auf einem dieser Pferde und hielt sich mit einer Hand an einer goldenen Stange fest. Ihr Haar war schwarz. Schwarz, die wärmste Farbe dieser Welt. Und dieses Haar, es glänzte auf einer tiefblauen Jacke. Ich sah sie und sie sah mich. Die Runde war beendet.

Sie stieg von ihrem Pferd und kam mir direkt entgegen.

Ich war wie versteinert.

»Wo warst du nur so lange?«

Eine Antwort konnte ich ihr nicht geben, aber als meine Hand zum ersten Mal ihr Haar berührte, da wusste ich, dass ich sie mein ganzes Leben lang gekannt hatte. Nicht erst seit dem Tag in der hässlichen Stadt, sondern wohl schon vor über tausend Jahren.

Dynamit im Paradies

Vor drei Monaten hatten sich die Tore des Paradieses hinter mir geschlossen. Ich spürte eine tiefe, stille Ruhe.
Es war vorbei.

Ich hatte das Glück überstanden und auch das Leid. Die Trennung war vollzogen. Vorbei der Schmerz. Der Schmerz davor und der Schmerz danach. Die Enttäuschung, die Wut und die Verzweiflung. Die Angst, verlassen zu werden, die Angst, verlassen zu müssen. Vorbei. Meine Sehnsucht ruhte sich aus, wie die Hoffnung. Mein Begehren und meine Zärtlichkeit.

Alles hatte jetzt Ruhe.

Eine Ruhe der Erschöpfung, wohlige Gleichgültigkeit, Gelassenheit breiteten sich nun aus. Und noch etwas anderes: Frieden.

Ich war im Paradies angekommen.

Dort roch es nach Jasmin.

Ich hatte ihn mir vor ein paar Tagen von einem verwilderten Busch an der Straße gepflückt und war gleich am nächsten Tag noch einmal hingegangen, um alle Vasen, die ich hatte, damit zu füllen. Sein betörender Duft durchdrang den letzten Winkel meiner Wohnung. Ich hatte noch nie zuvor Jasmin in meiner Wohnung gehabt. Warum jetzt, wusste ich. Diese Blumen, sie rochen genau wie sie.

Und ihre erste Zärtlichkeit für mich nach drei Monaten war, dass sie zu mir kam.

Wir waren beide fest überzeugt davon, dass es nun gehen würde. Dass genug Zeit vergangen sei, um uns wiederzusehen. Nach der Trennung hatten wir eine Weile nichts voneinander gehört. Vier oder fünf Wochen. Dann rief ich sie wieder an, weil es mir schlecht ging. Nicht weil wir nicht mehr zusammen waren. Schließlich war da das starke Gefühl der Erleichterung, das einer Trennung zuerst einmal folgt. Ich rief sie an, weil ich einfach verzweifelt war. Ich war dabei einen Prozess zu verlieren, der meine Zukunft zerstören konnte.

Im Laufe der nachfolgenden Telefonate bestätigten wir uns nachdrücklich, wie herrlich es doch sei, frei zu sein. Ohne den ganzen Ärger und Streit einer Beziehung, und wir bestätigten uns aufs Kräftige, dass wir das nun eine lange Zeit auch bleiben wollten. Am besten wäre es, allein zu bleiben.

Beide.

Und für immer.

Einige Zeit später bat sie mich, ein paar Behördenbriefe für sie zu formulieren. Natürlich. Wir wollten ja nicht aus dem Leben der anderen verschwinden, das hatten wir uns damals versprochen. Nur eine Zeit des Abstands, die hielten wir beide gleichermaßen für nötig.

Nun wollte sie kommen.

Am ersten Montag im Juni.

Es war 12.03 Uhr.

Ich war ruhig und gelassen, verbrachte den Morgen mit allerhand kleinen Erledigungen und telefonierte gerade, als es an der Tür klingelte.

Mit dem Hörer in der Hand öffnete ich und ließ sie ein in mein Paradies. Mein Herz, so ganz leise. Wir begrüßten uns kurz, sehr kurz.

Sie ging gleich ins Wohnzimmer und ich tat weiter, als ob ich telefonierte, obgleich ich das Telefonat vor ihrem Eintreten bereits beendet hatte. Am Wohnzimmertisch saß ich ihr gegenüber und telefonierte und telefonierte und sah, dass sie nun ihr Haar kürzer trug. Sie sah viel jünger aus, aber ihre Augen waren sehr müde. Ihr weinblattrotes Haar. Wie oft hatte ich es berührt, gestreichelt, eingeatmet. Ich sah ihre

Hände, ich sah in ihr Gesicht. In den Abgrund ihrer Augen, in den ich mit zärtlicher Begeisterung gefallen war. Immer und immer wieder. Aber sie wich meinem Blick aus und blickte schnell aus dem Fenster. Ich sah die goldene, feine Kette an ihrem Handgelenk, die ich ihr geschenkt hatte und ihre neue Sonnenbrille, die vor ihr auf dem Tisch lag. In grün und ralleymäßig rasant. Passend zu ihrem neuen Auto, das sie sich zwei Wochen nach unserer Trennung gekauft hatte. In dunkelgrün. Aus dem Fenster sah ich es zum ersten Mal. In dieser zweiten Woche nach der Trennung, da hatte ich ohne jeden Grund begonnen, mit grüner Tinte zu schreiben. Mit dunkelgrüner Tinte. Ich sagte es ihr nicht.

Ja, sie war es immer noch.

Meine Circe.

Meine Zauberin.

Meine Verführerin.

Ohne sie aus den Augen zu lassen, verabschiedete ich mich mit ein paar sinnlosen Sätzen von Lady Niemand am anderen Ende der Leitung.

Ich trank meinen Kaffee, und sie griff in den Jasmin vor sich auf dem Tisch. Spielte mit den weißen Blüten. Mit den Fingern zerrieb sie die, die herabgefallen waren. Sie sah sich in der Wohnung um und möglichst immer an mir vorbei. Bat mich um einen Kaffee, den ich ihr brachte. Hantierte ungeschickt mit ihrer Brille. Wir schwiegen. Qualvolle Minuten. Oder redeten über belanglose Dinge. Meine Falten seien mehr geworden, meine Augen seien müde, wie konnte sie das sagen und an mir vorbeischauen? Im Gegensatz zu ihr scheute ich mich nicht, sie wirklich anzusehen. Ihre Haut schimmerte, Schweiß auf der Stirn. Sie wischte ihn schnell fort. Den zweiten Kaffee holte sie sich selbst aus der Küche, so wie damals. Da stand sie dann wieder. All die gleichen Bewegungen, dieser kräftige Ruck an der Schublade, aus der sie einen neuen Löffel holte, so wie damals. Sie stand vor dem Herd, auf der gleichen Fliese, so wie damals. Das rechte Bein geknickt.

Lächelte ganz genauso wie damals.

So wie immer.

Mein Herz begann zu weinen.

Sie setzte sich wieder an den Tisch. Ich stand auf, ging zu ihr und legte ihr meine Hand auf ihre rechte Wange. Einfach so. Ich wusste doch, wie sehr sie das immer gemocht hatte. Meine Hand bedeckte ihre Wange. Sie sagte kein Wort, presste ihr Gesicht dagegen. Ich streichelte ihr Haar. Ganz kurz. Ganz schnell.

Dann setzte ich mich an den Schreibtisch und begann mit ihren Papieren. Sie stand neben mir. Plötzlich spürte ich ihre Finger in meinem Nackenhaar. Sie sagte, dass es ganz schön lang geworden sei. Ich wollte ihre Hand in meinem Haar festhalten, tat es aber nicht. Spürte ein Kribbeln, ein Zittern am ganzen Leib.

Etwa zwanzig Minuten später saßen wir uns dann wieder im Wohnzimmer gegenüber.

Eine Zündschnur aus ihren Worten, ihrem Schweigen, ihrem Lächeln, ihrer Haut und ihren Augen wand sich über den Tisch. Direkt in mein Herz. Vor mir Dynamit, in mir Dynamit.

Diese Zündschnur, sie roch nach Schwefel, so wie die Nacht, als wir das Feuerwerk gesehen und uns vorgenommen hatten, einmal zusammen wie dieses bunte Funkenmeer in den Himmel zu fliegen. Wir hatten so viel versäumt. Irgendwann war das alles in Vergessenheit geraten, aber nun fiel es mir wieder ein.

Nach Ibiza wollten wir und nach Portugal. Wir hatten beide in unserem Leben noch nie Urlaub gemacht. Jedenfalls nicht mit der Frau, die wir liebten. Die letzten Meter zum Hotel wollten wir laufen. Hand in Hand, und die erste im Bett wäre die Siegerin der Nacht. Die Siegerin hatte drei Wünsche frei. Sie wäre ganz sicher die erste geworden. Und ihr Wunsch? Wir sollten an einer Straßenrallye teilnehmen. Auch hier hätte sie gesiegt, und mir wäre ganz sicher schlecht geworden.

Sie wollte mir zu meinem Geburtstag einen Kuchen bakken. Bei der Anzahl der Kerzen wollte sie allerdings schummeln, denn das wären ja peinlich viele gewesen.

Ich wollte immer für sie kochen, obwohl ich grundsätzlich jeden in die Flucht koche. Ich hatte sie gewarnt, aber für sie wollte ich es tun und habe es doch nie getan.

Wir wollten Vivaldi hören, Kandinsky sehen und unsere Hände in Marmor modellieren. Unsere Porträts auf Litfasssäulen kleben und »Ich liebe dich« auf jede Wolke schreiben.

Ins Fernsehen wollten wir natürlich auch. Konnten uns aber nicht über die Sendung einigen. Ich wollte zu »Bio« mit dem Thema »Dieses Glück, das ich nicht fasse«. Sie wollte zu »Vera am Mittag« mit: »Androgyne Frauen verstehen am meisten von der Liebe«.

Wirklich?

Was hatten wir denn verstanden?

Das war nun nicht mehr wichtig.

In jedem Fall hatten wir damals im gleichen Moment verstanden und gespürt, dass der Funke zwischen uns übersprang. Und derselbe Funke kam mir nun wieder mit Schwefelgeruch entgegen, die Zündschnur brannte bereits lichterloh.

Ich wollte aufstehen, sie umarmen, sie küssen, sie riechen, sie fühlen, sie halten. Sie endlich wieder halten. Aber ich tat es nicht. Meine Sehnsucht und mein Begehren wurden deshalb nur noch stärker. Ich war immer noch ein Teil von ihr, und sie war wieder das Netz, das mein Herz gefangen hielt. Mit jeder Sekunde zog es sich weiter zusammen.

Und sie?

Sie war kalt, abweisend, unberührbar. Genau wie damals. Immer dann, wenn sie es spürte und es wusste. Wenn sie wusste, dass sie liebte. Das aber nie zulassen wollte, nie zulassen konnte.

Etwas über eine Stunde war sie nun bei mir. Meine Verzweiflung hatte ich vergessen. Dann wollte sie gehen. Abrupt stand sie auf. Wir standen im Flur. Zwei Körper näherten sich, zwei Seelen. Wollten doch wieder eins sein und stritten es gleichzeitig ab. Waren eher zu Trostlosem und zur Lüge bereit, als dass sie dieser Anziehung nachgegeben hätten.

Wir beide standen einen Millimeter vor der Berührung.

Gingen gleichzeitig ein paar Schritte rückwärts.

Erschrocken.

Berührten uns nicht, gaben uns nicht die Hand.

Nur ein »Bis bald«.

Dann war sie fort.

Eine halbe Stunde später ging ich in die Stadt.

Wieder spürte ich Tränen.

Meine Kehle war genauso zusammengeschnürt wie mein Herz in ihrem Netz. Ich wollte ihr Geschenke kaufen und tat es nicht. Dann sah und hörte ich plötzlich das silberne Windspiel, das ich ihr einst geschenkt hatte. Es knirschte wie ein Schlüssel im Schloss und ich wusste sofort, welches Schloss das war. An der Supermarktkasse lagen wieder diese Pralinen mit den weißen Seidenblüten, die sie mir immer geschenkt hatte. Im Schaufenster hing der gleiche Pullover, den sie heute getragen hatte, und die Puppe, die ihn trug, lächelte genauso wie sie.

Ich lief in meine Wohnung zurück.

Weinte.

Der Anrufbeantworter blinkte.

Ein Lied. Doris Day.

Que sera, sera
What ever will be, will be
The futur 's not ours to see
Que sera, sera
What will be, will be.

In diesem Moment öffneten sich langsam die Tore meines Paradieses. Ich musste gehen. Wieder gehen.

In die Unruhe, in die Sehnsucht. Ich musste wieder hinein

in die Hoffung. In das Begehren. In die Verzweiflung und in den Schmerz. In die Angst.

Die Liebe, sie lässt sich nicht zwingen und sie lässt sich nicht zähmen.

Auch nicht im Paradies.

Da erst recht nicht.

Das lange Lied des Kolibris

Der Mensch kann sich von allem trennen,
nur nicht von der Hoffnung.
Ilja. G. Ehrenburg

Eine vage Hoffnung blieb mir immer.

Einmal glaubte ich sogar, er würde jetzt wiederkommen. Aber obwohl die Türen weit geöffnet waren, kam er nicht. Er flog einfach am Fenster vorbei. Ein schneller, schwarzer Schatten. Das gerade er es war, war unwahrscheinlich. Nein, es war ganz und gar unmöglich.

Zum ersten Mal hatte ich ihn als Kind gesehen, an einem Sonntagmorgen.

Ich saß in der zweiten Reihe unserer Dorfkirche. Die Hälfte des Gottesdienstes war bereits geschafft. Hin und wieder verstecktes Räuspern und das Klappen der Gesangbücher. An diesem Sonntagmorgen lag das Kirchenschiff in einem milchig-nebligen Licht, die beiden armdicken weißen Kerzen auf dem Altartuch beinahe unsichtbar. Genauso unsichtbar wie die beiden ebenfalls weißen, bauchigen Blumenvasen rechts und links daneben. Nur die blauen Lupinen leuchteten in den Vasen wie der Himmel an diesem Tag, die Flammen der Kerzen flackerten unmerklich.

Seit einiger Zeit hatte ich ein Flügelschlagen gehört. Ich drehte mich um, sah nach oben, konnte aber nichts entdecken. Nach ein paar Minuten setzte sich das Geräusch fort, diesmal oben an den Kirchenfenstern. Es war eindeutig das Schlagen von Flügeln. Es war ein Vogel, der sich auf der Tafel, an der die Nummern der zu singenden Lieder angezeigt waren, niedergelassen hatte und frech in die Gemeinde sah. Vielleicht eine Minute, dann flog er eine weite Runde über die Bänke, am Pfarrer vorbei und setzte sich dann auf die linke Schulter des Gekreuzigten. Es war eine Schwalbe, die erst zu zwitschern, dann zu singen begann. Das durch die bunten Glasfenster zu beiden Seiten des Altarraumes einfallende Sommerlicht legte die Schwalbe in ein farbenprächtiges, metallisch schillerndes Gefieder. Es war das Gefieder eines Kolibris. In rot und grün und gelb. Dann erhob sich der Vogel, drehte noch einmal eine Runde und flog vor mir aus dem geöffneten Portal einfach in den Himmel hinein.

An einem Freitagnachmittag dreißig Jahre später saß ich, wohl über fünf Stunden von der kleinen Dorfkirche von damals entfernt, in einer anderen. Verstreut hockten ein paar Leutchen in den Bänken. Es war kalt, es war dunkel, die Blumenvasen leer, die Kerzen erloschen.

Ich war gekommen um festzustellen, ob die Stille hier eine andere war als die in meiner Wohnung und ob die Stille in mir eine andere wurde an diesem Ort.

Seit zwei Monaten hatte ich mit keinem Menschen gesprochen. Das war weder Wunsch oder noch Bestreben. Die Menschen zogen sich vor mir zurück, oder ich mich von ihnen. Vielleicht war ich auch gekommen, um meine Einsamkeit zu zelebrieren. Abwechselnd sah ich durch die bunten Fenster und auf den Gekreuzigten. Wartete auf den Kolibri, der mir damals meine Traurigkeit genommen hatte. Plötzlich spürte ich eine Hand auf meiner Schulter, eine Frauenstimme bat mich um Ruhe. Ohne es zu merken hatte ich wieder mit mir selbst gesprochen. Instinktiv drehte ich mich um und traf den Blick neugieriger, schöner Augen. Dennoch wandte ich mich wieder ab, stand auf und begab mich zum Ausgang. Sie war schneller als ich. Eine stattliche Frau mit dunklem, leicht gewelltem schulterlangen Haar in curryfarbenem Mantel mit Blaufuchsbesatz und in schwarzen, klobigen Schuhen. Bei jedem Schritt klackten diese Schuhe, als würden runde Steine auf einen gefrorenen Boden geworfen. Als sie durch die Pforte ging, drehte sie sich noch einmal um und verschwand dann hinter der Friedhofsmauer.

Zehn Tage später begegnete sie mir in der gleichen Kirche wieder. Voller Absicht erzählte ich mir nun etwas vom Kolibri, spürte wieder ihre Hand auf meiner Schulter und sagte: »Ich bin schon leise.«

»Nein, reden sie ruhig weiter. Die Geschichte ist schön. Ich möchte gern mehr hören.«

»Gut, dann in zehn Minuten an der Pforte.« Aber bereits nach fünf Minuten schlugen wieder runde Steine auf gefrorenen Boden.

Sie wartete bereits auf mich, gab mir die Hand, sagte mir ihren Namen. Ich sah meine Chance gekommen, endlich wieder mit einem Menschen zu reden. Aber vorerst wortlos gingen wir in eine kleine Kneipe. Louisa sah fortwährend auf den Asphalt, der durch ein paar Sonnenstrahlen genauso ambragrau glänzte wie ihre Augen. Ihr Gesicht hatte eine dreieckige Form und war so blass, als sei es durch einen Topf mit Milch gezogen worden. In den Ohrläppchen leuchteten fein geschliffene, hellblaue Stecker. Zwei Espressi dampften in unseren Händen, als ich ihr dann die Geschichte von damals erzählte. Immer wieder erklärte ich ihr, dass der Kolibri mich für einige Zeit so etwas wie glücklich gemacht hatte.

»Ja«, sagte sie, »mit dem Glück ist das so eine Sache. Ich bin mit dem Glück immer irgendwie per Sie geblieben. Aber allein das Wort Glück, es klingt so schön.«

Auf meine Nachfrage hin gestand sie mir, das hinge mit »ihm da oben« zusammen und damit, dass man selten tun könne, was man wirklich wolle.

»Die Liebe?« Louisa rieb sich abwechselnd die Ohrläppchen, versuchte zu lächeln. Es gelang ihr ganz und gar nicht, meine Frage blieb unbeantwortet.

Also, die Liebe.

Es ist ja immer die Liebe.

Diese fürchterlichste Versuchung von allen und gleichzeitig die notwendigste. Auch für mich wäre es besser gewesen, einigen dieser Versuchungen zu widerstehen. Louisa nahm die Tasse, trank, stellte sie wieder auf den Tisch und sagte:

»Übrigens, es war mir peinlich, dass ich Sie neulich scheinbar vertrieben habe. Ich glaube, Sie sind sehr einsam.« Mir wurde unbehaglich, trotzdem nickte ich. Mehr nicht. Ich verschwieg, dass ich berührt werden wollte. Von ihr. Dass ich ihren Wunsch spürte, berührt zu werden. Von mir. Stattdessen holperten wir noch eine ganze Zeit durch unsere Leben und nach fast zwei Stunden wusste sie, wo ich wohne. Ich fühlte jetzt wieder so etwas wie Leben in mir. Ein weiteres Treffen vereinbarten wir nicht, aber wir würden uns wiedersehen.

Die Tage vergingen.

Der Herbst rüttelte an den Scheiben und es regnete unaufhörlich. Manchmal stand ich abends auf dem Balkon und sah die Menschen unterhalb der Brüstung vorbeieilen. Ich stand dort in der Hoffnung, das ein oder andere Wort aufzuschnappen, einfach nur Worte zu hören. Ich sah in das Gelb der Straßenlaternen und in das Rot auf den nassen Straßen, auf die Coca-Cola-Reklametafel im Erdgeschoss. Und manchmal sah ich ein dunkles Fahrzeug die Straße auf und ab fahren. Es fuhr eindeutig nur auf und ab und verlangsamte immer in Höhe des Hauses, in dem ich wohnte. Sofort hupten die Fahrzeuge hinter ihm. Ein paar Minuten später stand ich im Hauseingang. Es regnete noch immer; wieder kam das Fahrzeug vorbei. Wieder fuhr es langsamer. Das rote Licht der Reklametafel reichte aus, um am Steuer die Silhouette einer Frau zu erkennen, die in Höhe der Eingangstür direkt in meine Richtung sah. Direkt in meine Augen. Ich fröstelte, zog mir den Reißverschluss meiner Jacke bis unters Kinn und wartete. Als das Auto dann zum dritten Mal an mir vorbeifuhr, war ich mir sicher.

Es war Louisa.

Ich ging auf den Bürgersteig, das Auto kam näher, hielt, sie öffnete mir die Beifahrertür und rief: »Was für ein Zufall!« »Wirklich? Ein Zufall?« Während Louisa anfuhr, schnallte ich mich an. Im Wagen roch es nach feinem Leder und penetrant nach überreifen Kirschen. Die Armaturen blinkten in rot, grün und gelb. Im Profil sah ich ihre fein geschwungene Nase und manchmal blitzte der rechte Ohrstecker auf. Die Scheibenwischer hatten Mühe, gegen den mittlerweile wolkenbruchartigen Regen anzukommen. Die Nacht versank in Wasserschleiern. Louisa stellte die Scheibenwischer eine Stufe höher. Sie fuhr zu schnell. Viel zu schnell.

»Langsam kommen wir auch ans Ziel«, meinte ich vorsichtig.

»Welches Ziel?«

Was hätte ich ihr entgegnen können? Ich schwieg. Wir erreichten eine Landstraße, als der Regen etwas nachgelassen hatte. Louisa fuhr immer noch zu schnell. Die Scheinwerfer fraßen sich durch die nun wieder beinahe schwarze Nacht. Dann passierte es.

Zwei Fahrzeuge mit aufgeblendeten Scheinwerfern kamen uns entgegen. Louisa riss das Steuer herum, versuchte auszuweichen, bremste. Ich schlug mir die Hände vors Gesicht, spürte den schneidenden Ruck des Sicherheitsgurtes und sah durch die Finger hindurch einen schwarz-weißen Begrenzungspfahl. Dann noch einen und noch einen, dann einen Baum. Ein ohrenbetäubender Knall. Totenstille. Nur noch das Geräusch der Scheibenwischer, die unermüdlich weiterschabten. Louisas Kopf lag zwischen ihren Händen auf dem Lenkrad. Langsam richtete sie sich auf, sah mich an und sagte: »Scheiße! Ist dir was passiert?«

Sie duzte mich einfach und es war in Ordnung. Meine Halswirbelsäule knirschte bedenklich und mir war schwindelig. Nach ein paar Minuten stiegen wir aus. Wir sahen uns an, sehr, sehr lange. Und von ihrem Gesicht, da lief der Regen. Sie lächelte plötzlich und bei diesem Lächeln hätte ich sofort weinen mögen. So sanft, so traurig. Die rechte Seite der Kühlerhaube war wie eine Ziehharmonika ineinander geschoben, der Scheinwerfer zerdeppert. Unter meinen Füßen knirschte Glas. Die Pfähle lagen am Boden, aber letztendlich war nichts von Bedeutung. Louisa rieb sich immer wieder die Stirn.

»So schnell kann das gehen. So richtig gemein wird das aber erst, wenn man noch gar nicht gelebt hat. Ich meine, wenn das eben schief gegangen wäre und man hätte noch nicht ...«, begann ich zögerlich, nur um überhaupt etwas zu sagen.

»Hab ich ja auch noch nicht. Gelebt. Es ist ja verboten.« Sie sah an mir vorbei. »Jetzt ist es auch egal. Ich meine, es ist verboten, eine Frau zu lieben.«

Mit dem Blick, wie sie mich jetzt ansah, dem gleichen Blick wie damals in der Kirche, als ich zum ersten Mal ihre Hand auf meiner Schulter gespürt hatte, so sieht eine Frau eine andere Frau immer nur dann an, wenn etwas in ihr ist, das es zu verbergen gilt. Ein Wunsch, ein Geheimnis, eine Hoffnung, aber auch ein Wissen. Ich hatte mich nicht getäuscht. Scheinbar muss immer erst etwas Grässliches passieren, bevor die Angst diese geheimnisvolle Tür einen Spalt breit öffnen kann. Entweder ist es die Aussicht auf den Tod oder auf die Liebe. Verwundert fragte ich: »Woher hast du das denn?«

»Aus der Bibel!«

»Meinst du etwa diese Römerbriefe? Die werden ja immer wieder gerne genommen ... Aber hör mal, mit keinem einzigem Wort steht da, dass die Liebe zwischen zwei Frauen verboten ist. Obwohl es da sowieso eigentlich um Männer geht. Diese Arroganz, diese Lügen, diese Ignoranz sind einfach nur unerträglich.«

»Warum glauben denn dann immer noch Menschen daran? Ich bin so erzogen worden, aber es hat mich immer gequält, so verdammt gequält. Ich leide seit Jahren! Immer wieder gab es eine Frau, immer wieder bin ich rechtzeitig gegangen. Im Grunde genommen bin ich längst daran zerbrochen.«

Ich legte ihr meine Hand auf die Schulter, spielte mit dem Ohrstecker.

»Kirche und Glaube sind zwei völlig verschiedene Dinge. Was zählt, ist einzig dein Gefühl. Außerdem bin ich mir sicher, dass man erst zerbrechen muss. Nur Zerbrochenes kann heilen, kann wieder ganz werden. Das ist hart, aber man bekommt auch etwas dafür: Freiheit und Liebe. Die

Kirche hingegen verleugnet ihren Gott. Sie erhebt sich sogar über ihn; über ihren eigenen Gott. Denn das, an was man auch immer glaubt, ist doch die Liebe; und darum geht es. Um die Liebe. Um nichts anderes. Die Liebe ist das Fundament unserer Existenz und wer nun mit wem, ist völlig egal.« Überrascht sah sie mich an.

»Unserer?«

»Ja, unserer. Ich bin auch lesbisch. Schöneres konnte mir überhaupt nicht passieren. Am liebsten würde ich es heute noch jeden Tag vom nächsten Kirchturm schreien. Vor Glück.«

Der Regen tröpfelte auf das Wagendach und trotzdem konnte ich es jetzt zum ersten Mal wieder hören. Ich hörte von ferne ein leises Lied.

»Ich weiß nicht – irgendwie hab ich das spüren können.«

»Das ist immer so. Bei uns. Fahren wir jetzt zurück?« Louisa nahm meine Hand und legte sie auf meinen Oberschenkel. Es war eine so zärtliche Geste, die ich derart lang entbehrt hatte, dass ich den Tränen ganz nah war. Sie aber sagte nur: »Schnallst du dich bitte an?«

Rückwärts setzten wir auf die Straße. Der Wagen rumpelte und knirschte bedenklich, aber Louisa fuhr nun entsprechend langsam und hielt dann ganz vorsichtig an der Ampel in meiner Straße. Deutlich begann ich zu spüren: Sie wollte berührt, umarmt, sie wollte geküsst werden.

Und ich auch.

Das einfallende Licht der Ampel ließ das Wageninnere in rot, grün und gelb erstrahlen. Ich wollte sie küssen. Ich musste es einfach tun, aber sie fuhr an, ganz sacht und hielt dann direkt vor meiner Haustür. Wir stiegen aus, sagten kein einziges Wort, während wir im Hauseingang standen. Ich spürte, dass sie hin- und hergerissen war zwischen gehen und bleiben. Ich spürte, dass sie mich berühren wollte und sich zugleich davor fürchtete. Wir begehrten einander, waren einander nötig.

Das ohrenbetäubende Schweigen zwischen uns begann zu

lächeln, als ich sagte: »Du frierst ja. Du wirst dich erkälten; trockne dir wenigstens die Haare.« Eine Antwort wartete ich gar nicht erst ab, sondern nahm sie einfach mit. Noch einmal hörte ich, wie runde Steine auf einen gefrorenen Boden fielen. Diesmal allerdings auf nassen Asphalt, und schon klang es ganz anders.

In der Wohnung gab ich ihr mein schönstes Handtuch. Sie zog sich den Mantel aus, rubbelte sich die Haare, fror. Die Heizung kam nur langsam in Gang. Ich spürte ihre Nervosität, ihren Impuls, einfach davonzulaufen. Louisa hörte gar nicht mehr auf, sich das glänzende, regennasse Haar zu trocknen. Ich zog ihr das Handtuch aus den Händen. Zog es ganz langsam heraus; sie ließ es geschehen. Wir standen so dicht voreinander, zwischen uns hätte keine bunte Feder mehr gepasst. Ihr Atem streifte meine Haut. Sie blickte auf den Boden, als ich sie fragte: »Was willst du jetzt? Etwa gehen?«

»Nein, ich will nicht gehen. Ich will etwas ganz anderes.« Louisa hob den Kopf. »Ich finde, ich hab schon genug Zeit verloren.« Sie legte ihre Stirn an meine Schulter, zitterte. Ich nahm ihr Gesicht in meine Hände, hielt sie.

Am nächsten Morgen, Louisa schlief noch, erwachte ich von einem Zwicken an meinem Oberschenkel. Ich griff unter die Bettdecke und hielt in meiner Hand einen ihrer Ohrstecker. Sie hatte so einiges verloren in dieser Nacht. Aber mehr noch hatte sie gewonnen. Und ich auch, denn in diesen Stunden war die Hoffnung endlich auch zu mir zurückgekehrt. Vorsichtig stand ich auf und öffnete leise das Fenster. Hinter mir hörte ich Louisas gleichmäßige Atemzüge.

Aber ich hörte auch noch etwas ganz anderes. Von ferne ganz leise. Es war das lange Lied des Kolibris. Ich drehte mich zu Louisa.

Jetzt hörte sie es wohl auch, denn einen Moment lang schien es, als ob sie lächelte.

Die andere Seite der Stadt

Sie saß frühmorgens schon in den Cafés der Stadt, immer am Fenster, immer allein. Und hätte ich sie nach ihrem Namen gefragt, dann wäre ihre Antwort stattdessen gewesen: Wenn ich etwas töten will, dann ist es das Warten.

An jenem Morgen, es war Mai, war sie wieder an mir vorübergegangen, und wieder fühlte ich mich berührt, ohne dass wir uns auch nur gestreift hätten. Im Entgegenkommen hatte ich sie wie schon so oft ihren Mantel ausziehen, ihn über die Schulter werfen und noch schneller voranschreiten sehen. Und wie immer war ihr Hosengürtel nicht durch die letzte Schlaufe gezogen, so dass das Gürtelende wie der erhobene Kopf einer Schlange vor ihrem Bauch auf und ab zischelte.

Diese Frau zog nur aus einem einzigen Grund die Blicke auf sich, und zwar deshalb, weil sie so viel schneller ging als alle anderen. Vielleicht auch deshalb, weil sie von niemandem um sich her Notiz nahm. Kinder stieß sie unwirsch zur Seite. Rücksicht zeigte sie allerdings, sobald eine ältere Frau vor ihr her ging. Nur dann wurde sie etwas langsamer, um sie aber bei der nächsten Gelegenheit zu überholen. Dabei sah sie immer kurz in das Gesicht der Alten. Wenn auch nur kurz. Wie überhaupt alle ihre Bewegungen kurz, zackig und wie abgezirkelt waren. Das Haar wurde von einem Gummiband zusammengehalten, und ihr Gesicht war so unauffällig, dass es in der Menge unterging. Ein Alltagsgesicht, eingefallen und verbraucht. Immer trug sie die gleichen Sachen. Hose, Hemd und immer diesen lindgrünen Sommermantel über der linken Schulter. Sie ging in kein Geschäft, sie nahm kein Geschäft wahr. Unter dem Arm eine Zeitung und in ihrer gewölbten rechten Hand eine Zigarette, die sie nie anzündete.

Ich sah sie fast jeden Morgen auf dem Weg zur Arbeit.

Meine Aufmerksamkeit hatte sie dadurch gefesselt, dass sie unglücklich wirkte und damit eine gewisse Unnahbarkeit ausstrahlte. Einmal, auf dem Marktplatz, war sie unvermittelt stehen geblieben und hatte sich gebückt. Auf dem Boden vor ihr taumelte eine Taube mit einem offensichtlich gebrochenen Flügel. Sie nahm sie und brach ihr das Genick. Legte den toten Vogel, dessen Kopf und Hals ihr aus der Hand hingen, auf eine Steinmauer am Rande des Platzes in den Schatten eines großblättrigen Baumes. Faltete ihre Zeitung auseinander und bedeckte ihn damit. Hastete weiter.

Die Frau kam immer aus der gleichen Seitenstraße, die auf den Marktplatz führte. Von der anderen Seite der Stadt.

Die andere Seite der Stadt, das ist die, die man tunlichst meidet. Das ist die, in der keine Sieger wohnen. Die geprägt ist von einem dunkelgrünen zwölfstöckigen Plattenbau mit zugemüllten Balkonen, bestückt mit je einer Satellitenschüssel. Ein dazu passender Imbiss, von dem der letzte Leuchtbuchstabe zerbrochen ist. Ein Billigsupermarkt und zwei Änderungsschneidereien. Eine geschlossene Drogerie. Afrikanisches, türkisches Stimmengewirr, verschleierte Frauen in schwarzen, langen Kleidern und Mänteln. Junge Burschen, denen man besser aus dem Weg geht, überquellende Müllbehälter, in denen sich räudige Katzen und Ratten gleichermaßen im Kampf zerbeißen, eingeschlagene Haustüren und versiffte Hauseingänge. Magere Hunde und fette alte Männer auf den immer gleichen Plätzen. Sehr junge, sehr dicke, sehr helle Frauen in Legginghosen und goldenen Ballerinaschuhen, die Nähte ihrer Kleidung allesamt zum Zerreißen gespannt. Die meisten mit Kinderwagen oder dickem Bauch. Ein Kinderspielplatz, auf dem nur die Hunde sind, die Taue der Schaukel gekappt. Zwei voluminöse Treckerreifen liegen zerfetzt und angefressen im graugrünen Sand. In der Luft, die nach scharf gebratenem Fleisch riecht, dröhnt bis in die Nacht hinein ein Gemisch von Techno und türkischer Musik. Die Polizei kommt öfter als der Postbote. Nicht selten versperrt ein Krankenwagen die Straße.

Im Grunde genommen gehörte ich vielleicht auch auf diese andere Seite, denn von meinem Job konnte ich kaum leben. Und vielleicht hätte ich es dann jeden Tag aus einem der Fenster des Plattenbaus sehen können. So entdeckte es aber mein Hund Wilfried, ein Angeber erster Klasse mit viel Jack-Russel-Drumherum, der eines Tages mal wieder ohne mich in die Welt spaziert war, so dass ich wohl oder übel hinterher musste, um ihn einzufangen. Es war bereits Winter, ein schwarzer Winter, und die Nacht begann pünktlich um 17 Uhr. Wenn ich heute an diesen Tag zurückdenke, durchfährt mich der gleiche eisige Schreck wie damals. Dann läuft es mir erneut eiskalt den Rücken herunter, denn es offenbarte sich mir ein gruseliger Anblick, der mich regelrecht lähmte. Nur zögerlich trat ich näher.

An der Straße zum Plattenbau lag ein kleiner See, in den man keinesfalls auch nur einen nackten Zeh stecken durfte, geschweige denn mehr. Die Böschungen waren verwahrlost und flach getrampelt. Wasserratten hatten sich ihre Höhlen hineingefressen. Dieser See war tot. Das Wasser roch übel und war fast so schwarz wie dieser Winter, wie diese Nacht. Die Wasseroberfläche auch jetzt noch zu großen Teilen von irgendwelchem Grünzeug überwachsen. Fünf Menschen ragten in der Mitte des Tümpels aus dem stinkenden Nass. Zwei Männer und drei Frauen. Sie standen nackt bis zur Brust im Wasser. Es waren Statuen, täuschend echt und erschreckend lebendig. Vielleicht aus Holz, vielleicht aus Stein oder auch gefärbtem Gips, in jedem Fall aber fleischfarben. Es war nicht auszumachen. Die Statuen standen im See verteilt, aber ihre Gesichter sahen alle in die gleiche Richtung. Ihre Münder waren geöffnet, die Augen geschlossen, Arme und Hände im Wasser. Sie hatten Leichengesichter, aber ohne jeden Frieden, voller Schmerz in einem einzigen Schrei. Die beiden Männer hatten Glatzen und das Haar der drei Frauen, von denen eine eher noch ein Mädchen war, war im Nacken zusammengebunden. Tote Menschen im toten See. Es war ein schrecklicher Anblick. Auch Wilfried war das alles nicht geheuer. Er getraute sich nicht einmal zu bellen und kehrte freiwillig zu mir zurück. Um herauszufinden, welche Bedeutung das Ganze haben konnte, wer das arrangiert hatte, ging ich ab und zu erneut in diese Straße. Immer nur bis zum See. Niemand wusste etwas. Nur Schulterzucken und Sprachen, die ich nicht verstand.

Jedes Mal, wenn ich dorthin kam, war der Wasserspiegel gesunken. Beim letzten Mal, die Böschungen trugen bereits ihr erstes Grün, waren bei diesen lebenden Toten der Bauchnabel und die Arme bis zu den Ellenbogen zu sehen. Und es wurde auch sichtbar, dass das zusammengebundene Haar der Frauen bis über ihren Po reichen musste. Es schien mir, als ob die Frauengesichter da in dem See eine gewisse Ähnlichkeit mit der Frau mit dem Mantel hätten.

Der Maitag des darauf folgenden Jahres, an dem wir wieder einmal ganz dicht aneinander vorbeigegangen waren, entfaltete bereits Julihitze. Gegen Abend entschloss ich mich, wieder einmal an den See zu gehen, denn er zog mich geradezu magisch an. Das Wasser lag bereits im Schatten des Wohnblocks. Der Seespiegel war wieder gesunken und ließ inzwischen die Hüften der Statuen sichtbar werden.

Die Musik aus den geöffneten Fenstern des Plattenbaus mischte sich mit dem Fiepen der Ratten. Der durstige Wilfried zerrte mich fast in den See und plötzlich konnte ich es deutlich hören. Schlagen von Wellen. Es war Bewegung im See. Wilfried bellte wie wild. Da schwamm jemand und zwar immer um die Statuen herum. Da ich nicht davon ausgehen konnte, dass Wilfried mir die Ratten vom Hals halten würde, blieb ich in respektvollem Abstand an der Böschung stehen. Runde um Runde zog ein Kopf seine Kreise um die Figuren und verharrte kurz vor ihren Gesichtern. Dann verschwand er. Zwanzig, dreißig Sekunden glaubte ich, alles sei nur eine Täuschung, ein Spuk gewesen. Doch dann plötzlich ein Wellenschlagen, ein Prusten, und der Kopf war wieder da. Wenige Minuten später erhob sich eine Gestalt aus dem Wasser und kam mir entgegen. Schüttelte sich und strich sich das lange Haar aus dem Gesicht. Es war die Frau aus der Stadt, und sie erschrak bei meinem Anblick mehr als ich vor ihr. Sie war nackt, und während sie sich abzutrocknen begann, blickte sie immer wieder in meine Richtung.

»Halten Sie bloß Ihren Köter fest«, waren ihre ersten Worte. Da Wilfried mit der Aggressivität eines Suppenhuhns ausgestattet ist, konnte ich sie beruhigen. Sie begann sich anzukleiden. Eigentlich hätte ich jetzt gehen können, aber ich wollte nicht. Ich fragte sie, was es mit dem See auf sich hatte. Sie zögerte ein paar Sekunden, bevor sie mir antwortete. Ja, es seien ihre Figuren und ich war die erste, die sie darauf ansprach, und deshalb auch die erste, die es erfuhr. Ihrer Stimme war deutlich Stolz anzumerken. Sie kam zu mir herüber, band sich die Haare zusammen und fragte, ob ich mich wirklich dafür interessiere. Dann bat sie mich zu warten, weil sie sich erst duschen wolle. Mit ihren schnellen Schritten verschwand sie in Richtung Plattenbau. Ich wartete vielleicht zwanzig Minuten und ging bereits auf der Straße auf und ab, als ich ihre schnellen Schritte erneut hinter mir hörte.

Dann war sie neben mir, den Mantel wieder über der linken Schulter, und sie roch immer noch nach Schlamm, aber mehr noch nach grünen Äpfeln. Der unangenehme Geruch verging, die grünen Äpfel blieben. Sie begann zu erzählen. Sie sprach so schnell, wie sie ging. Im Profil sah ich dann zum ersten Mal ihre ganz entzückende Nase. Nachts sind die Menschen eben einfach schöner. In ihr mageres Alltagsgesicht hatte sich ein weicher Zug geschlichen, wie ihn nur die Nacht verleihen kann.

Über ein Jahr hatte sie an den Figuren gearbeitet. Jeden Tag. Sie waren aus Holz und es gab zwei Gründe, warum sie sie geschaffen hatte. Der erste war, dass sie nicht fliehen konnten. Es waren die einzigen Wesen, auf die sie nicht zu warten brauchte. Das war das Entscheidende, denn sie betonte es immer wieder. Zuerst sollten es nur ein Mann und eine Frau sein, die sie mit Betonsteinen im See verankerte. Aber beim Blick aus ihrem Fenster sei der Schmerz zu stark gewesen. Nur diese beiden zu sehen. So waren noch drei hinzugekommen, die eigentlich keine weitere Bedeutung hatten. Der zweite Grund war, dass diese Arbeit ihr immer mehr Freude bereitete und ihr vor allem die Zeit vertrieb.

Wir waren seit einer Viertelstunde unterwegs durch die Nacht. Ohne uns abgesprochen zu haben, wohin es eigentlich gehen sollte, erreichten wir den Marktplatz der Stadt. Die überwiegende Zeit hatten wir geschwiegen. Das Licht der Laternen am Rande des Platzes gab auch diesem Ort etwas Weiches. Und weil es hier passiert war, fragte ich, warum sie die Taube getötet hatte. »Damit sie nicht auf ihren Tod warten musste.« Warum auf ihrem Tisch immer zwei Tassen Kaffee stehen würden? Das war mir irgendwann aufgefallen. »Damit ich nicht auf die zweite Tasse wieder zu warten brauche.« »Worauf warten Sie?« »Darauf, dass ich nicht mehr warten muss.« Im Licht der Lampen glänzte ihr Haar wie Zitronen und Verzweiflung.

Diese Nacht war schön und leise. Angenehme Kühle legte sich auf die Haut. Wilfried freute sich über den ungewöhnlich langen Spaziergang und ich freute mich, ein wenig Gesellschaft zu haben. Nicht allein zu sein. Schon gar nicht auf dem Weg durch den Stadtpark, aus dem täglich allerhand Unschönes berichtet wurde. Allein hätte ich mich niemals hineingetraut und nachts schon gar nicht. Aber sie schien sich nicht im Geringsten zu ängstigen. Das machte sie stark für mich, aber auch ein bisschen zum Fürchten. Jedenfalls fühlte ich mich sehr sicher an ihrer Seite. Es brannte nur ein Teil der Lampen am Hauptweg. Die Wege waren trocken und staubig, aber es würde noch lange nicht regnen. Süßer Blumenduft lag in der Luft. Wir setzten uns nicht allzu eng nebeneinander auf eine Bank. Bald fiel es mir auf: Wir haben die gleichen Hände. Ungewöhnlich kräftig, aber mit deutlich sichtbaren Knochen, die ihnen etwas Feines gaben. Die Fingernägel sehr kurz. Hände, die ihre eigene Sprache sprechen. Mit den Spuren des Alters, ein paar bräunlichen Flecken bei ihr und noch mehr bei mir. Mit breiten Daumen, die zwar zu der Hand passten, aber irgendwie nicht zu einer Frau. Bei ihr konnte ich mir das ja erklären, aber meine Hände hatten nie mehr als einen Kugelschreiber gehalten und ein Hundefell gestreichelt. Manchmal auch Haut. Die Haut einer Frau.

Es war gegen 22 Uhr. Wilfried trippelte immer um uns herum, und vielleicht wegen seiner kurzen Beinchen verglich sie ihn mit einem Ferkel. Das schien er verstanden zu haben, denn er setzte sich gleichermaßen abrupt und beleidigt auf seinen kleinen Hintern. Ich verteidigte ihn selbstverständlich und sie erklärte mir, wie sie darauf gekommen war. »Damals, an unserem zehnten Hochzeitstag, haben Freunde wohl ein Dutzend Ferkel ins Wohnzimmer gelassen. Als Glücksbringer! Zwischen den Ohren kleine spitze, rote Hüte. Die allein glänzten schon wie Speckschwarten. Das Ganze sollte natürlich lustig sein. Aber es war keineswegs lustig. Das war einfach nur bekloppt. Himmel, haben die gestunken und in jede Ecke geschissen. Wochenlang hat das ganze Haus danach gerochen.« Sie wurde sichtlich nervös und stand wieder auf. Wir gingen weiter in den Park hinein. Ich spürte hin und wieder ihren Blick, während sie weitererzählte. »Eines ist dann tot umgefallen. Von einer Sekunde auf die andere. Sie hatten ihm eine Schüssel mit Bier gegeben. Schnaps war auch drin. Die anderen fanden das immer noch sehr lustig. Ich habe es aber sofort gewusst: dass damit mehr zu Ende geht. Manchmal stirbt zuerst ein Tier, ein Zeichen und auch eine Botschaft. Dann stirbt die Zeit, in der du lebst. Ein Tod hat meistens einen weiteren im Gepäck. Ich glaube nämlich, alles hat seine Boten, aber auch seine Wächter. Vielleicht sind das ja die Engel. Vielleicht.«

Warum habe ich bloß immer diese Ahnungen, die sich auch meistens bewahrheiten? Diese Geschichten der anderen, ihre Irrtümer, ihr Leid wittere ich wie ein Trüffelschwein, und meine Neugierde ist nicht mehr zu zähmen.

Trotzdem oder gerade deshalb habe ich mich dazu durchgerungen, mehr zu schweigen als zu reden und zu fragen. Denn wenn ich etwas erfahren soll, wird es sich mir offenbaren. Aber alles braucht seine Zeit. Und gibt mir damit die Möglichkeit, mich in der Disziplin der Geduld zu üben.

Über eine kleine geschwungene Holzbrücke erreichten wir den Ausgang. Das Tor des Parks war bereits verschlossen. Und die Nacht war längst zu dunkel geworden, um festzustellen, welche anderen Wege noch aus diesem Park führen konnten.

Meine Begleiterin breitete einfach ihren Mantel unter einem Rhododendronbusch aus. »Mal was Neues«, seufzend streckte sie sich darauf aus. Zu beunruhigen schien sie unsere Lage nicht im Geringsten. Bevor sie sich umdrehte, sagte sie mir noch ihren Namen. Martha. Dann lagen wir nebeneinander. Nach ein paar Minuten nahm sie einfach meine Hand, und der Duft der grünen Äpfel wurde stärker.

Es war eine bizarre Situation, in die ich da geraten war! Natürlich war an Schlaf nicht zu denken. Ich döste ein bisschen vor mich hin. In der Nähe mussten Enten sein. Hin und wieder plusterten sie die Federn. Irgendwo ertönte verschlafenes Gequake. Die Lampen verloschen. Eine nach der anderen. Ich fror. Auch Wilfrieds kleiner Körper neben mir wärmte mich nicht. Er schlief jedenfalls. Aber irgendwann in dieser Nacht muss ich dann doch eingeschlafen sein, denn am nächsten Morgen lagen Martha und ich in Löffelstellung auf ihrem eiskalten Mantel. Sie hatte ihren Arm um meinen Bauch gelegt. Keine von uns rührte sich, keine sagte ein Wort. Wir stellten uns weiter schlafend. Plötzlich spürte ich in meinem Nacken ihre Lippen. Fest und warm und lange. Es war so unglaublich, so unglaublich schön. Elektrisierend für meine Haut, und das lag ganz sicher nicht an der Kälte der Maierde. Dann wurde das Tor aufgeschlossen und wie Kinder, die beim Klauen erwischt worden waren, triefend vor Peinlichkeit und gleichermaßen erschrocken, stoben wir ohne ein Wort auseinander.

Zur Arbeit würde ich es nicht mehr pünktlich schaffen. Wie wenig ich künftig schaffen würde! Noch konnte ich nicht ahnen, wie unruhig meine Tage werden sollten. Immer wieder und immer mehr dachte ich an nichts anderes als Martha.

In den nächsten Wochen sah ich sie weiter regelmäßig in der Stadt. Sie grüßte. Mehr nicht. Immer routinierter gingen wir uns aus dem Weg. Aus den Wochen wurden Monate. Hin und wieder ging ich mit Wilfried zum See. Inzwischen waren die Statuen bis zu den Knien sichtbar geworden. Im Stillen hoffte ich, Martha hier wiederzutreffen. Aber sie kam nicht und meine Touren zum See wurden seltener. Ihre Worte »Zuerst stirbt ein Tier und dann die Zeit, in der du lebst« gingen mir nicht aus dem Kopf.

Trotz allem lebte ich in einer durchaus sicheren Zeit, aber da jede Art von Sicherheit nichts anderes ist als eine grandiose Täuschung, war ich bereit, dieses Trugbild zu entkleiden, zu entblättern, und damit meiner Sehnsucht näher zu kommen. Ich war und ich bin mir nicht sicher, woher sie eigentlich kommt. Aus meinem Herzen? Aus meiner Seele? Oder wartet sie einfach an irgendeiner Straßenecke wie eine Bettlerin, wie eine Verlassene auf der Suche nach ihrem Haus, nach ihrem Herzen und nach ihrer Seele? Solange sie ruhelos durch die Straßen irrt, so ruhelos wie Martha, war auch ich unruhig. Oder hatte meine Sehnsucht schon unter dem Rhododendronbusch gewartet? Denn nur im Schlaf ist sie eins mit ihrem Ziel geworden. Wenn sie in mir schläft, dann beginnt etwas.

Alles lief seinen gewohnten Gang und es wurde August. Dann sah ich Martha wieder, und ich hätte sie beinahe nicht erkannt. Eine sportliche, wenn auch wuselige Kurzhaarfrisur ließ sie zehn Jahre jünger wirken. Das Gesicht war fülliger geworden. Sie war tiefbraun und das passte ganz vorzüglich zu ihren weizenfarbenen Haaren. Keine Zeitung mehr, keine Zigarette mehr in der Höhle ihrer Hand. Kein Mantel. Aber der Gürtel war immer noch nicht durch die letzte Schlaufe gezogen und zischelte weiter vor ihrem Bauch.

Martha sah mal in dieses Geschäft und dann in jenes. Sie ging langsamer als sonst. Vor der einzig brauchbaren Buchhandlung dieser Stadt legte ich meine Hand auf ihre Schulter. Sie drehte sich um, und ich sah, dass jetzt keine Härte mehr in ihrem Gesicht zu entdecken war. Welche Aufgabe hatte denn nun die Nacht? Ihre Augen, so smaragdgrün wie Absinthlikör, sie hatten einen Glanz, als seien sie gerade eben zum ersten Mal aufgeschlagen worden. Ich lud sie in ein Café ein. Martha lehnte entrüstet ab, weil sie Cafés nicht mehr ertragen könne. Hier nicht und nirgendwo anders.

Also gingen wir in den Park. Es war später Nachmittag und genauso warm wie damals im Mai. Ohne Umschweife erzählte sie mir, was in der Zwischenzeit passiert war. »Das Warten ist vorbei. Es ist zu Ende. Vor zehn Tagen habe ich die beiden endlich wiedergetroffen, in dem Café am Kirchplatz. Meinen Ex und die Frau, die ich geliebt habe. Auf dem Fest damals, dem mit den Ferkeln, hatten sie sich zum ersten Mal getroffen. Mein Ex hat immer von ihr gewusst und es war okay für ihn. Aber als die beiden sich dann zum ersten Mal sahen, wusste ich, dass da was passiert. Sie hatte diesen Blick, diesen zärtlichen Blick. Aber diesmal nur für ihn. Nie hätte ich gedacht, dass sie dazu fähig wäre. Es war entsetzlich.«

Wir setzten uns auf eine Bank. Sehr eng nebeneinander. Die Halbmonde ihrer Nägel leuchteten wie kleine Eisbergspitzen. Sie betrachte ihre Hände und sagte: »Fünf Wochen später war er weg, und ich landete ganz fix im Plattenbau. Aber ich wusste, dass ich die beiden wiedertreffen würde und auch musste. Vor allem Anna. Anna liebt Cafés über alles. Aber nur am Morgen. Und nur dort würde ich sie wiedersehen können. Also begann ich zu warten. Nur noch zu warten, denn ich wollte noch einmal in ihre Augen sehen. Es war sicher auch Hoffnung.« Martha sprach leiser und knetete ihre Hände. »Jeden Morgen bin ich in jedes Café der Stadt gerannt, denn ich wollte sie auf keinen Fall verpassen. Vor zehn Tagen kamen sie dann an meinen Tisch, die Hälse voll von irgendwelchen Erklärungen, die ich nicht hören wollte. Ich bin aufgestanden und hab Anna noch einmal geküsst. Vor allen Leuten. Er wäre fast im Erdboden versunken. Kein einziges Wort. Wozu auch? Anna war fertig von einer Sekunde auf die andere. Ich hatte ihr keine Zeit mehr gegeben. Keine Sekunde mehr für Erklärungen, für Fragen, für nichts. Keine einzige Sekunde. Aber ihre Hand umfasste meinen Arm eine ganze Ewigkeit zu lange. Dann bin ich einfach gegangen. Einmal habe ich mich dann doch noch umgedreht und Anna auch, im selben Moment. Damit war das Warten vorbei, meine alte Zeit war endgültig gestorben. Mit einem Kuss.« Dann sagte Martha noch: »Erst nach dem Tod kommt das Leben. Das siehst du ja.« Während sie das sagte, zeigte sie mit beiden Händen auf ihren Körper und anschließend auf ihr Gesicht.

»Was ist mit deinen Figuren?«

»Der See ist längst ausgetrocknet. Eine Frau steht noch, die anderen liegen im Schlick und verrotten. Sie haben ja auch ihren Zweck erfüllt und so eine alte Zeit, die nimmt immer alles mit. Alles.«

»Warum warst du überhaupt damals im See?«

»Vielleicht wollte ich mich ja umbringen.«

»Und jetzt?«

»Jetzt wäre ich so gern ein bisschen glücklich.«

Ich auch, dachte ich. Ich auch. Ich spürte, dass ich ruhiger wurde. Ihre grünen Absinthaugen funkelten mich wieder an, als sei hinter ihnen ein Feuer entzündet worden. Allerdings, sehr lange durfte sie mich so nicht mehr ansehen. An diesem Tag gingen wir beide gelöst und auch irgendwie fröhlich durch die Ausgangspforte des Stadtparks. Ohne ein Gefühl von Peinlichkeit, aber auch noch ohne den Mut, uns wieder zu verabreden.

Aber in den nächsten Tagen liefen wir uns in der Stadt gezielt und routiniert über den Weg. Einmal fragte ich sie: »Schon ein bisschen glücklich?«

»Nein, wie denn?«, war ihre Antwort.

Ich war es ja auch nicht. Wie auch? Martha und ich, beide wollten wir das Gleiche. Aber wir hatten immer noch keinen Mut. Bei dem, was dann passierte, würden wohl die meisten sagen: Ja, das war einfach Zufall. Aber für mich gibt es keinen Zufall. Keinen einzigen. Zufälle sind für mich Fenster zur verborgenen Ordnung des Lebens.

Ich saß im Zug in die benachbarte Stadt, als sich plötzlich die Abteiltür öffnete. Es war Martha. Was mir da jetzt »zufiel«, das bedeutete nichts anderes, als dass wir beide zusammenkommen sollten. Ich wusste es sofort. Und Martha? Nun, es reichte, dass ich es wusste. Jetzt brauchte ich nur noch auf meine Gefühle zu achten und, was das Wichtigste dabei war, sie auch zu zeigen. Dann konnte nichts schief gehen. Martha war natürlich sehr überrascht oder zumindest tat sie so und wusste nicht recht, was sie sagen sollte. Ich fragte: »Wieder auf der Suche nach dem Glück?«

»Vielleicht.« Sie setzte sich mir direkt gegenüber ans Fenster. Angestrengt sahen wir aus dem Fenster. Aber so viel Mühe wir uns auch gaben, unsere Blicke trafen sich. Und eine ganze Flasche Absinth hätte mich ganz sicher nicht so berauscht wie ihre grünen Augen. In das Feuer hinter ihren Augen schien jemand immer noch ein paar Briketts nachzulegen. Hier im Abteil fiel es nun auch Martha auf: »Wir haben die gleichen Hände.«

»Nur die gleichen Hände?«

Martha lächelte. Ein zweifellos begehrendes Lächeln. Ihr Blick war jetzt eine einzige Herausforderung. Die tadelnde Herausforderung einer Katze mit grünen Augen.

Der Zug hielt.

Als sie im Bahnhof vor mir die Zugtreppe hinunterstieg, überfiel mich das schwer zu bändigende Bedürfnis, jetzt und sofort ihren Nacken zu küssen. Wir erkundeten die Stadt, und es war mir kaum möglich, mit Martha Schritt zu halten. In einer wenig belebten Straße überholte ich sie und stellte zärtlich meine Fersen auf ihre Füße, schob meinen Rücken vor ihre Brust. Sie umschlang meinen Bauch. Nun zum zweiten Mal und mit beiden Armen.

»Damit du jetzt endlich lernst, langsamer zu gehen.« Und Martha ging langsamer. Martha trug mich. Ihre Bewegungen waren sanft, ruhig und geschmeidig. Wie ein Paket mit besonders fragilem Inhalt trug sie mich so fast bis an die Pforte des Schlossparks.

Auch in dieser Stadt gab es im Schlosspark kein Schloss. Aber dafür wuchtige Bäume und vor allem unzählige, wenn auch bereits ausgeblühte Rhododendronbüsche. Wir setzten uns neben einen solchen Busch auf eine viel zu gepflegte Wiese. Ich war valiumruhig, als sie sich über mich beugte und fragte: »Wann küsst du mich endlich, du Dummkopf?«

Als wir eine Viertelstunde später, es können aber auch drei Stunden gewesen sein, auf dem Rücken nebeneinander lagen, stieg ein Vogel in den Himmel. Er zog einen Flügel nach. Aber mit jedem Schlag schien dieser Flügel zu heilen und nach kurzer Zeit flog er mit gleichmäßigen, kräftigen Schlägen dahin. Es war eine Taube. Oder ein Engel. Und Engel sterben nie.

Taxi nach Arkadien

Der Zug war weg.

Wütend öffnete ich eine Taxitür, ließ mich auf den Rücksitz sinken und landete in einer Parfumwolke, die mich schwindelig machte.

Dabei war ich einer solchen Wolke gerade erst entkommen. Der Personalchef einer Bank hatte mir vor einer Stunde in einem solchen Dunst gegenübergesessen. In einem Dunst, der alles sein mochte, nur kein Duft. Da hatte er gesessen, mit einem unglaublichen Haarschopf. Haare über Haare, auf dem Kopf und rund ums Kinn bis an die Ohren. Ein kleines Büschel ragte sogar aus der Nase und hätte er zudem ein paar Hörner gehabt, wäre meine berechtigte Frage, Mann oder Moschusochse, noch schwerer zu beantworten gewesen. In jedem Fall roch er wie letzterer. Ein Ochse war er in jedem Fall, denn er machte mir Zugeständnisse, mit denen ich niemals gerechnet hätte. Warum das so war, würde ich sicher bald erfahren. Bei meinen Gehaltsvorstellungen leckte er sich zwar kurzfristig die Nüstern. Aber dann war auch das in Ordnung. Allerdings inklusive Überstunden. Meine Wünsche waren ziemlich frech und das hatte seinen Grund.

Nur wenig auf dieser Welt ist mir widerlicher, als einer geregelten Arbeit nachzugehen. Arbeit hält einen völlig vom Leben ab. Allein bei dem Gedanken, dass fortan der Wecker um sechs Uhr klingeln würde, wurde mir schon übel. Normalerweise schlafe ich um diese Zeit erst ein. An unruhigen und traurigen Tagen habe ich dann allerdings schon zwei bis drei Stunden reinsten Erschöpfungsschlaf hinter mir. Das sind dann die Tage, an denen ich mich mit meinen Prozessen herumschlagen muss, denn ich verklage jeden. In den Sitzungssälen sämtlicher Gerichte der umliegenden Umgebung kenne ich mich mittlerweile besser aus als in meinem Wohnzimmer. Richter und Justizangestellte begrüßen mich wie eine alte Freundin, meistens aber schlagen sie die Hände über dem Kopf zusammen. Einige von ihnen hält das aber nun keineswegs davon ab, nach Beendigung der Verhandlung in der nächsten Kneipe kräftig mit mir zu bechern. Da kommt Freude auf, denn ich verschaffe ihnen eine Arbeitsplatzgarantie und somit eine gesicherte Existenz. Deshalb hängen sie auch so an mir. Und nur allzu gern und allzu neugierig erkundigen sie sich danach, was als Nächstes wieder anliegt. Sollte gerade mal nichts anliegen, strecke ich meine Wirbelsäule zur Siegessäule und erspähe ganz sicher ein frisches Opfer. Das ist eine hübsche Freizeitbeschäftigung, und hin und wieder springt dabei ein ebenso hübsches Sümmchen auf mein Konto. Manchmal ging der Schuss aber auch nach hinten los. Mein Erspartes war aufgebraucht. Und das mit dem Arbeitsamt war mir irgendwie peinlich. Aber ich wollte und ich würde einen Job finden. Ich musste, also gab ich mir nicht die geringste Mühe und bekam den Job.

Nun saß ich also schon wieder in einer Parfumwolke.

Dass Frauen aber auch immer so übertreiben müssen. Wozu soll das gut sein? Entweder Frust- oder Lustkauf oder sie wollen die Freundin ärgern, weil's diesmal von Chanel ist. Dann gibt es doch tatsächlich noch die, die der trügerischen Hoffnung verfallen sind, damit nun den Mann ihres Lebens ins Netz zu kriegen. Chanel ist es ja nie, eher dieses rosarote Zeug, das aussieht wie abgestandene Fridolinbrause. Mit Karnevalsbezeichnungen wie »Feuer und Flamme«, »Vanderbilt for you«, und »Schwanensee forever«. Aber dieses Parfum hier im Taxi war eindeutig etwas ganz anderes. Das war ein teures Parfum. Ich saß also auf dem Rücksitz, und langsam kam ein Gespräch in Gang. Das, was man so redet, wenn der Fahrgast wütend und die Taxifahrerin gelangweilt ist. Viel kam dabei nicht heraus, und so fuhren wir schließlich schweigend durch die Nacht. Aber im Rückspiegel sah ich immer wieder ihre Augen, die auf mich gerichtet zu sein schienen. Beim Bezahlen gab sie mir dann ihre Karte. Ich war im Taxi Nr. 5 gefahren und vielleicht ja auch in Chanel Nr. 5?

Mit der Aussicht auf meinen neuen Job rief ich mir nun immer wieder mal ein Taxi. Noch klingelte der Wecker zwar nicht um sechs Uhr, zum Klagen gab es auch nichts. Ich bestellte mir das Taxi Nr. 5, weil ich die Augen der Fahrerin nicht vergessen konnte. Nur selten wusste ich vorher, wo ich landen würde, denn ich gab irgendwelche Straßen oder Stadtteile an, die ich selbst gar nicht kannte. Mit einem anderen Taxi fuhr ich dann wieder zurück. Die Fahrten wurden immer länger. Manchmal kam ein kurzes Gespräch in Gang. Über die Belanglosigkeiten des Tages oder des Lebens. Es war eigentlich egal, denn es war ja ohnehin das Gleiche. Mindestens zweimal in der Woche bestellte ich mir das Taxi Nr. 5. Mit der Zeit kam eine gewisse Vertrautheit auf. Eines Tages sagte sie mir ihren Namen. Sie hieß Rosalind. Und sie trug am liebsten Peppermint.

Dieses Türkis unter den dunklen langen Haaren gab ihr etwas Exotisches. Weniger exotisch waren ihre Pläne. Rosalind wollte heiraten. In zwei Wochen. Und wieder einmal fragte ich mich, warum Frauen immer wieder sehenden Auges in ihr Unglück rennen müssen. Rosalind schwadronierte ununterbrochen von dem ganzen Tinnef, der zu einer Hochzeit gehört. Und natürlich von diesem Helden, der da kurzfristig vor ihr auf die Knie gefallen war. Natürlich nur zum Anlegen der Fußfesseln. Aber das hatte sie nicht bemerkt. Das bemerken Frauen ja nie. Leise Bedenken über das, was da nun kommen sollte, hörte ich dennoch heraus. Also lud ich sie zum Essen ein. Sie sagte sofort ja. Aber dieses Ja allein klang in meinen Ohren schon so schrecklich.

Es war ein Sonnabend. Das griechische Lokal, das ich vorgeschlagen hatte, war ein Bistro mit nur wenigen Plätzen, die allesamt besetzt waren. Es roch nach allem, nur nicht nach Griechenland. Ich glaube, dass jedes Land seinen eigenen Geruch hat. So, wie jeder Mensch. Aber mich interessiert ohnehin nur der Geruch einer Frau. Rosalind war weit weniger redselig als im Taxi. Lustlos stocherte sie in ihren gefüllten Auberginen mit Zwiebeln herum, und mein Lammfleisch mit grünen Bohnen wurde schnell kalt und ungenießbar. Wie sie da so vor mir saß, wirkte sie einfach bezaubernd in ihrer Zurückgezogenheit und auch in einer Art von Scham. Dennoch war es anstrengend. Der Wein trat dann ein bisschen nach und ich spürte einen Blick, der ganz und gar nicht zu einer Frau passt, die in zwei Wochen heiraten will. Übereinstimmend stellten wir an diesem Abend fest, dass diese Gesellschaft in ihrer Moraldiktatur sowohl verlogen als auch dumm ist und damit nichts als grausam, weil sie die Menschen nicht so leben lässt, wie sie es eigentlich wollen und vor allem aber müssen. Vielleicht die einzige Aufgabe in diesem Leben überhaupt. Das Schwierigste überhaupt. Aber diese Gesellschaft tut so ziemlich alles, um dich zu jemand anderem zu machen als zu der, die du bist.

Wir kamen auf dieses Thema, weil sie mir erzählte, dass sie eigentlich Architektur studieren wollte. Diesen Wunsch hatte man ihr damals ganz schnell ausgeredet. Und ich wollte Anwältin werden. Aber dazu war es auch nie gekommen. Heiraten wollte ich hingegen nie und habe es doch getan. Immer wieder fing ich ihren Blick auf. Ich ließ mir aber nichts anmerken und überspielte die Situation mit der Frage, ob sie ihren Helden denn liebe. Sie bejahte meine Frage. Und sie log. Denn sie zögerte. Ihr »Ja« war eine Spur zu kräftig, und sie sah mich dabei nicht an.

Bereits weit nach Mitternacht hielt das Taxi wieder vor meinem Haus und zum ersten Mal stieg auch Rosalind aus. Sie gab mir zum Abschied die Hand und sagte: »Es war ein schöner Abend. Aber ich glaube, ich habe dummes Zeug geredet.« Ich hielt ihre Hand fest in meiner und sagte: »Nein, überhaupt nicht.«

Ein neues Treffen vereinbarten wir nicht. Rosalind stieg wieder in ihr Taxi, und ich sah ihr noch lange hinterher.

Ja, es war schön gewesen. So schön wie seit langem nicht mehr.

Immer noch hatte ich Zeit, bis der Wecker losknattern würde. Allerdings hatte Nachbars Hund, Marke schwarz gefärbter Flokati, seine Spuren auf meinem Blumenbeet hinterlassen. Ich war sofort im Klagefieber. Ein Foto hatte ich schon. Viel lieber hätte ich allerdings ein ganz anderes Foto gehabt ... In Gedanken an den gestrigen Abend erinnerte ich mich genau, wie es bei mir damals war, als ich meinen Blick zum ersten Mal nicht abwenden konnte. Von einer Frau.

Damals war ich Kassiererin in einer Bank, und jeden Morgen kam eine Blumenhändlerin. Sie kam immer nur am Morgen, aber nie zur gleichen Zeit. Manchmal sah ich sie bereits, wenn sie ihr Fahrrad vor dem Haus abstellte. Mein Herz schlug eindeutig schneller, und meine Hände begannen zu zittern. Sie kam dann durch die Tür, immer schnurgerade Richtung Kasse. Der Geruch von Blumenerde wehte mir durch den Geldausgabeschlitz entgegen. Meine Konzentration war weg. Ganz schnell weg. Ich hatte Angst, Fehler zu machen. Ich wusste aus der Karteikarte, dass sie verheiratet war und in ihrem Leben wohl alles so war, wie es sein soll, wie es sich gehört. Immer in den Augen der anderen. Wie es sein soll. Wie es sich gehört. Aber ob es auch ihr Leben war, das sie lebte, darüber machte ich mir nicht die geringsten Gedanken, denn ich war einfach viel zu beschäftigt damit, auch ein Leben zu führen, wie es sein soll und wie es sich gehört. Unglücklich war ich nicht, aber immerzu unruhig, denn meine Gefühle sagten mir mehr und mehr etwas völlig anderes. Ich aber folgte meinem Verstand. Nirgendwo passte ich richtig hin. Niemand passte richtig zu mir. Ich passte nicht zu mir. Noch nicht. Und ich passte auch nicht in diese Bank. Ich wurde versetzt und die Blumenhändlerin verschwand aus meinem Leben.

Es passte immer noch nichts bei mir, als mir an einem Spätherbsttag auf der Straße zwei Frauen, die einander untergehakt hatten, entgegenkamen. Beide trugen lange, helle Mäntel, und sie sahen sich auf eine Art und Weise an, die mich erschauern ließ. Ich drehte mich noch einmal um und sah, dass die eine der anderen den Arm um die Hüfte gelegt hatte. Ich beneidete beide glühend und wünschte mir nichts anderes, als auch einen Frauenarm um meine Hüfte zu spüren. Bei diesem Gedanken durchzuckte es mich und mir wurde heiß. Noch aber konnte ich nicht wissen, dass die Erde, in der ich wachsen sollte und in der allein ich es konnte, bereits vorbereitet war.

Es war Blumenerde.

Ich träumte also weiter, aber niemals hätte ich den Mut gehabt, diesen Gefühlen nachzugehen. Ich ignorierte sie. Aus Angst, aus Scham, aus Mangel an Vertrauen. Erst viele Jahre später, als ich zum ersten Mal eine Frau küsste, da wusste ich, was es bedeutet, seinen Gefühlen nachzugeben. Es war ein Glück ungeahnten Ausmaßes. Je mehr ich mich dann nach und nach zeigte, umso unangreifbarer wurde ich, denn ich musste nicht mehr lügen.

Aber Rosalind log.

Noch. Was konnte ich tun? Was sollte ich tun? Das fragte ich mich damals. Das frage ich mich heute. Ich konnte nichts tun.

Rosalind musste.

Ich traf sie ein paar Tage später vor dem Porzellangeschäft, in dem vermutlich die gesammelte Verwandtschaft putziges Geschirr, siebenundzwanzig Toaster und ganz sicher eine Horde dieser abscheulichen Keramik-Enten bestellt hatte. Die Anstrengungen waren ihr deutlich anzusehen. Und die Vorboten des noch Kommenden hatten sich wie ein undurchsichtiger Schleier über ihr Gesicht gelegt.

Rosalind hakte sich einfach bei mir ein, und so gingen wir ein Stück. Wieder hatte ich ihr teures Parfum in der Nase. Es war tatsächlich Chanel Nr. 5, sie hatte es von ihrem Helden bekommen. Als Schmieröl für die Fußfesseln sozusagen. Sie mochte es nicht, aber der Held eben. Warum sie es dann trage? Um ihm eine Freude zu machen. Auf meine Frage, was denn ihr Freude machen würde, zuckte sie mit den Achseln. Aber dann antwortete sie doch. Nicht mehr das fühlen, was sie fühle, und nicht immer daran denken müssen. Auf meine Bitte hin, ein bisschen genauer zu werden, reagierte sie nicht. Jetzt waren die Vorbereitungen für die Hochzeit ja schon fast abgeschlossen und dann werde das sicher alles vergehen. Vielleicht nur Torschlusspanik. Ganz sicher sogar. Für sie war diese Aussage vielleicht noch nebulös. Aber für mich war sie es ganz und gar nicht mehr.

Beim Bezahlen ihrer Nylons schnaubte sie, dass sie solche Strümpfe hasse. Von Kindheit an. Ich grinste, denn mir ging es ganz genauso. Außer als Keilriemenersatz sehe ich nicht den geringsten Sinn in Nylons.

Wir verabredeten uns für den Abend. Sie war bereits da, als ich das Lokal, das sich in einem Kellergewölbe befand, viel zu früh betrat. Es war eng hier, es war klein und dunkel. Die Kerzen auf den Tischen waren wie einzige Beleuchtung. Deshalb konnte ich Rosalind zuerst gar nicht finden. Doch mit einem Mal sah ich sie. Mein Gott, war diese Frau bezaubernd! Sie hatte sich stärker als sonst geschminkt, und nun war ich schon ganz sicher, dass sie es nicht getan hatte, um ihre Müdigkeit zu überdecken. Trotzdem war ich sehr nervös, als ich mich an ihren Tisch setzte. Heute trug sie einen atlantikblauen Pullover. Wir begrüßten uns, und ich bestellte mir ebenfalls eine Karaffe Wein. Als die Zeit verging, ohne dass meine Bestellung kam, hielt sie mir unvermittelt ihr eigenes Glas entgegen und bot mir an, daraus zu trinken. Ich nahm es nicht in meine Hand, sondern umfasste ihr Handgelenk, und während ich trank, ließen wir uns nicht aus den Augen.

Am Nachbartisch stritt sich ein Pärchen. Es hätte nicht viel gefehlt und Rosalind hätte dem Mann ihren Wein ins Gesicht gekippt. »Immer der gleiche Mist«, stöhnte sie. Es war schon sehr amüsant. Ebenso amüsant wie Rosalinds Blicke. Auf dem Hintern der Kellnerin blieb er zu lange, an einer Frau, die gerade hereingekommen war, ebenfalls. Während sie immer wieder zu den beiden Streithähnen am Nachbartisch hinübersah, sagte sie: »Männer und Frauen können sich einfach nicht verstehen. Männer und Frauen passen einfach nicht zusammen.«

Obwohl ich genau derselben Ansicht war, behauptete ich einfach das Gegenteil: »Wenn die nicht zusammenpassen würden, wäre doch die ganze Weltordnung auf den Kopf gestellt.« Rosalind drehte den Kopf wieder in meine Richtung und sagte: »Ist sie ja auch. Glückliche Ausnahmen bestätigen die Regel, mehr nicht.« Natürlich hatte sie völlig Recht. Deshalb ging ich noch ein bisschen weiter. »Na, dann scheint das doch zu reichen.« Sie goss sich Wein nach und sagte: »Mir aber nicht. Mir reicht das nicht.« Ihre Hand rutschte meiner immer näher, ohne sie aber zu berühren. Mir konnte sie schon lange nichts mehr vormachen.

Ich ergriff ihre Hand. »Sei ehrlich. Du fühlst dich von Frauen angezogen.« Sofort versuchte sie mir ihre Hand zu entziehen. Aber ich hielt sie fest. Dann, es verging bestimmt eine Minute, sagte sie: »Ja, stimmt. Ich weiß nicht mehr, was ich tun soll. Das ist doch Wahnsinn. Ich kann mir doch mein Leben nicht versauen!« Wieder versuchte sie ihre Hand wegzuziehen. Wieder hielt ich sie fest. »Jetzt ist es so schlimm wie noch nie. Trotzdem. Es gibt kein Zurück mehr. Ich werde Zoltan heiraten.« Aber genau das durfte nicht geschehen.

»Weißt du, wann du dir dein Leben wirklich versauen wirst? Wenn du ihn heiratest. Das schwöre ich dir. Ich weiß, wovon ich rede. Glaubst du wirklich, dass ich hier mit dir sitzen würde, wenn du mir egal wärst?«

Rosalind versuchte zu lächeln. Aber es gelang ihr nicht. Sie wollte etwas fragen. Aber sie konnte es nicht. Sie sagte nur: »Das geht nicht. Die Reise ist schon gebucht. Eigentlich wollte ich nach Griechenland. Aber er nicht. Und Zoltan ist wirklich nett.«

»Nett? Das reicht dir? Pfeif drauf. Pfeif auf alles! Ich wünsche es mir. Jetzt weißt du, warum.« Sie wusste nicht mehr, was sie sagen sollte. Ich hörte ihre große Verzweiflung. Schließlich seufzte sie: »Ich will nur noch schlafen. Ich will nichts mehr hören. Und vor allem will ich nichts mehr fühlen. Ich kann das alles nicht mehr ertragen. Das kann kein Mensch ertragen.« Sie verbarg das Gesicht in ihren Händen, und ich setzte mich an ihre Seite. Ich legte meinen Arm um ihre Schultern und berührte ganz sacht ihre Wange. Mehr nicht.

Sie nahm meine Hand und fragte: »Kommst du am Freitag zum Standesamt?«

Was sollte ich da? »Vielleicht«, sagte ich dennoch vage.

Niedergeschlagen und unglücklich verließen wir das Lokal. Sollte diese Chance, unsere Chance, füreinander und aufeinander einfach so vergehen? Mir blieb nur noch die Hoffnung.

»Du wirst mir fehlen«, sagte sie, als wir uns dann trennten.

»Du fehlst mir jetzt schon«, war meine Antwort.

In der darauf folgenden Nacht entschloss ich mich, zu ihrer Trauung zu kommen. Aber nur bis vor das Standesamt. Ein Stück vom Elend reicht. Man muss sich nicht immer den ganzen Rest dazu geben.

Das Standesamt lag zugegebenermaßen sehr idyllisch an einem kleinen Fluss. Am Freitag Morgen um zehn Uhr lehnte ich auf der gegenüberliegenden Straßenseite am eisernen Brückengeländer und betrachtete die Frontseite, die bis unter das Dach mit Wein bewachsen war. Idyllen sind immer trügerisch und damit sehr gefährlich. Das Standesamt hatte also genau den richtigen Platz in dieser Stadt. Rosalinds Taxi stand blumengeschmückt vor der geöffneten Tür. Ich hatte ihr noch geraten, Nelken zu nehmen. Wer Nelken schenkt, der wird nicht geküsst. Schön wär's ja, hatte sie geseufzt und natürlich Rosen genommen. Wie sich das eben so gehört. Sollte ich noch einmal heiraten, und ich werde es nicht tun (oder doch?), dann nur in einem tomatenroten Oldtimercabrio. An allen vier Ecken goldene Callas und die immer senkrecht in die Luft. Goldene Callas, in den Händen und quer über den gesamten Kühler. Außerdem würde ich einen weißen Frack und einen roten Zylinder tragen. Genauso rot wie der Oldtimer. Diese Inszenierung gäbe mindestens für ein paar Wochen genügend Hechel- und Gesprächsstoff für die, die sich überhaupt trauen, an einer solchen Trauung teilzunehmen. Zwei Frauen! So war das doch nicht gemeint, das mit der Liebe! Ach, ihr Ahnungslosen. Die Liebe hat eben viele Facetten.

Dieser Freitag war ein schöner Tag, aber ich war den Tränen nah. Vor meinem inneren Auge sah ich Rosalind neben ihrem Helden vor dem Standesbeamten sitzen und das unselige Jawort immer näher rücken.

Vor dem Standesamt krakeelte der übliche feierlich herausgeputzte Hühnerhaufen. Die Gockel immer am lautesten und die Hühner am schrillsten. Sekt wurde bereits eingeschenkt, überall Girlanden und Luftballons in allen Farben. Die Hälfte davon in Herzform. Ich fragte mich, wie oft bei diesen Veranstaltungen das Herz eigentlich wirklich dabei ist. Gleich neben der Tür noch ein Baumstamm, aufgebockt wie eine Waldameise. Dieser Stamm sollte gemeinsam durchgesägt werden. Als erste Amtshandlung sozusagen. Kein Mensch bemerkt anscheinend, dass die Ehe dann erst einmal damit beginnt, etwas auseinander zu bringen.

Ich wollte lieber gehen. Konnte das alles nicht mehr ertragen. Ich wollte auch Rosalind nicht mehr sehen.

Plötzlich brach allgemeines Entsetzen los und ein Freudenschrei.

Meiner.

Alles blickte in meine Richtung.

Die Tür des Standesamtes war aufgeflogen, und fast wäre sie gestürzt in ihrem langen Kleid. Meine Rosalind. So schnell es eben möglich war, lief sie zu ihrem Taxi, der Blumenstrauß landete auf der Straße. Eine Hand schon am Türgriff, mit der anderen winkte sie mich herüber. Wie schnell man doch laufen kann, wenn es darauf ankommt. Ich hatte die Wagentür noch nicht geschlossen, als sie losfuhr. Zuerst durch diesen Hühnerhaufen, der uns samt und sonders mit einem Gesichtsausdruck anstarrte, als hätte ein ausgehungerter Fuchs den Stall betreten. Hatte er ja auch. Und sie würden noch lange von ihm erzählen können. Ein paar Leutchen klopften von außen an die Autoscheiben, als wäre soeben die DDR-Grenze geöffnet worden. Im Rückspiegel konnte ich noch sehen, wie sich einige von ihnen gleich zwei Sektflaschen ins Maul hievten. Von dem Helden allerdings war nichts zu sehen.

Rosalind gab Gas, hupte alles von der Straße, raste raus aus der Stadt und vielleicht fünf Minuten später waren wir auf irgendeiner Schnellstraße. »Gott sei Dank.« Ich hörte immer nur »Gott sei Dank«, beugte mich in ihre Richtung und löste zuerst den Schleier aus ihrem Haar. Die rote Tachonadel schwang sich ihrem Zenit entgegen. Hundertfünfzig, hundertsechzig. Die Welt flog nur so an uns vorbei und jetzt auch noch die Blumen von der Kühlerhaube. Ohne die Hände vom Steuer zu nehmen, schälte sich Rosalind die weißen Pumps von den Füßen. Ich griff mir die Schuhe und warf sie einfach aus dem Fenster. Hinter uns quietschten Reifen. Dann legte sie unvermittelt und unendlich zärtlich ihre Hand auf meinen Oberschenkel und sagte: »Das war das erste Mal in meinem Leben, dass ich das gemacht habe, was ich wollte. Das erste Mal. Und jetzt mach ich weiter. Es ist so herrlich. Ich muss diesen Fetzen vom Leibe haben. Aber so fix wie möglich.« Ich kam überhaupt nicht zu Wort.

Also bog sie wieder von der Straße ab, zurück in die Stadt und hielt scharf im Halteverbot. Jetzt quietschten unsere Bremsen. Das Verkaufspersonal bei C&A verlor bei unserem Anblick jede Reaktionsfähigkeit. Sie barfuß und im Hochzeitskleid und ich immer hinter ihr her, noch ihren Schleier in der Hand. Als Rosalind in der nächstbesten Hose und einem Hemd wieder aus der Umkleidekabine kam und ihr weißes Kleid einfach in den Mülleimer neben dem Tresen stopfte, war das Personal samt und sonders einer Ohnmacht nahe. Ach, was ist das Leben doch für eine ungeahnte Köstlichkeit.

Mit den Worten: »Das waren aber jetzt definitiv die letzten« drückte Rosalind der Kassiererin abschließend ihre

Nylons in die Hand und flötete fröhlich: »Wissen Sie eigentlich, wie schön das Leben sein kann?« Zum ersten Mal hörte ich sie nun lachen. Sie drehte sich um und küsste mich einfach. Direkt auf den Mund. Jetzt hätte wirklich nicht mehr viel gefehlt und die Verkäuferin, mittlerweile ganz und gar in schweinchenrosa gehalten, wäre durch die nächstbeste Tür davongelaufen.

Fünf Minuten später rasten die Straßenbäume wieder an uns vorbei. Wir wussten überhaupt nicht, wohin es nun gehen sollte. Hauptsache immer nach vorne. Kurze Zeit später kamen wir an einem Waldstück vorbei und ich bat Rosalind anzuhalten, um Luft zu holen. Sie sah mich zwar verwundert an, dann hielt sie aber doch. Zwei Türen fielen scheppernd ins Schloss. Sie reckte sich, ballte ihre rechte Hand zur Faust und jauchzte so laut, als hätte sie eben die Gebrauchsanleitung zur Herstellung von Gold bekommen. Geschafft! Es war geschafft. Mit ausgebreiteten Armen kam sie mir entgegen, und unser erster richtiger Kuss stürzte mich in einen tiefen Glücksrausch.

»Kommst du jetzt mit nach Griechenland? Auf die Peloponnes? Da wollte ich doch immer hin. Herausfinden, ob es das wirklich gibt. Dieses Arkadien. Ob es das gibt, ein glückliches Leben.« O nein, das war mir nun aber entschieden zu stressig. Ich hatte etwas ganz anderes im Sinn. Etwas ganz anderes, ebenfalls sehr Schönes.

»Aber vorher bring ich dich erst mal nach Haus.«

»Nach Haus? Wo ist das?«

Ich tippte auf mein Herz.

Rosalind hielt mich an den Ohren fest und sagte: »Fahren wir!«

Diesmal saß ich am Steuer und war mir nicht mehr sicher, wer von uns jetzt eigentlich die Braut war. Wir waren es beide. Die Tachonadel schnellte höher als mein Blutdruck, und unsere Herzen legten beim Anblick einer großen, gelben Tafel am Straßenrand noch einen kräftigen Zahn zu.

Da stand: Abfahrt nach Arkadien.

Weiße Schuhe mit Honig

Alles begann mit einer Lüge.

Weil ich ihr sagte, dass ich ihre Schuhe auch schön finde. Dabei gehe ich sofort und ganz automatisch rückwärts, wenn mir ein Mensch in weißen Schuhen entgegenkommt. So grauenvoll ist der Anblick für mich. Weiße Schuhe dürfte es überhaupt nicht geben. Weiße Schuhe gehören für mich in die Strafprozessordnung. Nicht unter zwei Jahren und ohne Bewährung natürlich. Weiße Schuhe sehen aus, als wenn sie gar keine wären. Sie glänzen wie die Käseschicht von Neugeborenen, immer mit einem Stich ins Gelbe oder bestenfalls so grässlich wie die Billigeier vom Aldi, die ich aus lauter Mitleid schon nicht essen kann.

An diesem Tag aber, es war Spätsommer und das Licht schon weich und leise geworden, an diesem Tag hatte ich eine derart gute Laune, dass ich mich zu der Lüge hinreißen ließ. An diesem Tag war ich zu allem bereit.

Nur dazu nicht mehr: nach dem Ausgang der Welt zu suchen. Denn auf der Suche nach dem Ausgang war ich längst vom Weg abgekommen und hatte mich verlaufen. Mein Drang, die Welt zu verstehen, zu suchen, zu finden, zu begreifen, diese Welt hinzunehmen oder sogar anzunehmen, sie mir wegzudenken oder wieder herzudenken, sie zu zerschlagen oder sie wieder zusammenzunageln, dieser Drang, dieser rote Faden oder vielleicht eher Strick, an dem ich mich bislang durch mein Leben gehangelt hatte, hatte sich am Morgen ohne jegliche Vorankündigung einfach aufgelöst. Nichts davon war mehr da. An seine Stelle trat ein leichtes, schönes Schwindelgefühl, so wie von Champagner. Es kribbelte mir ungewohnt kräftig in den Muskeln, die sich spannten wie die eines Windhundes vor dem Start, und in meiner Seele setzte ein heftiger Juckreiz ein.

In meiner Erleichterung verlor ich keinen einzigen Gedanken darüber, wie es dazu kommen konnte, dass meine Suche nun vorbei war, sondern warf meine Bettdecke in hohem Bogen auf den Boden und sprang einem Känguru gleich aus dem Bett. Vermutlich war es so, dass ich sämtliche Gedanken auf meiner Suche bereits gedacht hatte. Es gab einfach keine neuen mehr und Antworten schon gar nicht. Jede neue Frage brachte ungefähr hundert neue Antworten, von denen auch keine stimmte. Vielleicht sind ja manche Fragen bereits derartig verlogen, dass sich eben keine Antwort finden lässt. Wie viele Jahre meines Lebens hatte ich damit verbracht, nach einem Knopf oder nach einem Schalter an meinem Kopf oder anderswo zu suchen, um meine Gedanken einfach abzustellen! Nur für eine Stunde. Eine einzige Stunde.

Ein himmlisches Gefühl durchströmte seit dem Morgen meine Bahnen. Ich bewegte mich auf einem freien Feld ohne jede Begrenzung, ohne Horizont und ohne alle Spuren. Über mir Himmel, unter mir Himmel und in mir der schönste Himmel von allen. Der unter mir schien allerdings einem Trampolin zu gleichen, denn ich musste aufpassen, nicht über Tische und Stühle, wenn nicht gar über Häuser und Berge zu springen. Alles war so, als hätte ich mich über Nacht neu verliebt. Ganz genau so. Aber das mit dem Verliebtsein war schon eine lange Zeit her. Mein Leben war einfach nur von einem Tag zum anderen kein Rohdiamant mehr. Im Gegenteil. Es war ein funkelndes, ein glänzendes, ein schillerndes Juwel geworden. Ein Juwel, so kostbar, wie es sein soll. Aber bislang hatte dieses Juwel versteckt im Kohlenhaufen meiner überwiegend trübsinnigen Gedanken gelegen. Und vielleicht war es ja das warme, weiche Licht des Spätsommermorgens gewesen, das mein Leben erweckt hatte. Ich wusste es nicht. Es war einfach schön und damit genug.

Mit großer Freude erledigte ich also die üblichen Dinge des Tages. Zuerst sang ich leise Lieder, dann laute Lieder, dann frivole Lieder. Claire Waldorf wäre zusammengezuckt. Die grünen, gelben und roten Fische meines Aquariums klebten an der Frontscheibe und glupschten ins Wohnzimmer, um dann mit piranhaartiger Geschwindigkeit hinter den Muscheln, Steinen und dem Grünzeug zu verschwinden.

Mit einer ähnlichen Geschwindigkeit zischte ich in die Stadt. Ins Kaufhaus. Zuerst wie immer in die Spielzeugabteilung. Aus einem Drahtcontainer schnappte ich mir einen federleichten Plastikball mit kleinen grünen Drachen, die sich rote Äpfel zuwarfen. Diese kleinen grünen Drachen animierten mich dazu, mit ihnen durch die Gänge zu kurven. Das schöne, klatschende Geräusch des Balls auf den Fliesen hob meine Stimmung immer noch weiter. Ich warf ihn in die Luft, fing ihn mit einer Schulter wieder auf, hievte ihn auf den Kopf und das Ganze dann rückwärts. Mit dieser eleganten Akrobatik hatte ich schon in der Turnstunde wahre Begeisterungsstürme entfacht. Hier allerdings erntete ich nur diese »Aber-sonst-sind-Sie-gesund?«-Blicke. Meine nächste Station war die Abteilung für Damenoberbekleidung.

Dort sah ich Liz.

Sie kam gerade aus der Umkleidekabine und stellte sich vor einen Spiegel. In einem schoko-bronzefarbenen, wadenlangen Kostüm. Das Revers und die Taschenaufsätze waren mit weißem, glänzendem Stoff abgesetzt. In der rechten Brusttasche steckte ein weißes Seidentuch, das vornüber geknickt und eine Spur zu groß war. Sie griff den Stoff des Rockes und breitete ihn aus wie einen spanischen Fächer. Dann sah sie mich im Spiegel und fragte: »Steht mir das?« Kein Zweifel. Also sagte ich: »Hervorragend.« »Und passen die Schuhe dazu?« Na ja, wie schon gesagt, die Schuhe waren einfach nur grauenhaft, aber ich sagte: »Die Schuhe sind auch schön.« Sie lächelte ganz zauberhaft. Irgendwie auch dankbar. Dabei strich sie sich das graue, halblange Haar hinter das rechte Ohr. Das gefiel mir sofort. Es hatte so etwas Zärtliches. Dann erst drehte sie sich zu mir um. Ihre runden, dunklen Augen taxierten mich. Neben dem linken Augenwinkel ein gar nicht so kleiner Leberfleck, der aber haargenau dorthin gehörte. Die Falten um die Augen zeugten vom Alter, aber nicht nur davon. Diese Falten und ein paar kaum sichtbare Linien auf den Wangen wie dünne, helle und dunkle Zeichnungen auf verblühenden Blütenblättern, deren Farben noch nicht verlöscht sind. Einer Blume, die immer zu wenig gewässert worden ist. Jahrelang. Der Mund, ja der Mund. Irgendetwas war mit ihrem Mund. Er trug einen leicht spöttischen Zug. Jedenfalls lag ganz schnell diese prickelnde, aber nicht unangenehme Spannung in der Luft, die so typisch ist zwischen Menschen, mit denen etwas passieren wird. Ich lernte Liz also an dem Tag kennen, an dem mein Herz erfüllt war von der Euphorie des Verliebtseins.

Etwa zehn Monate später, es war an einem Freitagmorgen, saßen wir an unserem Küchentisch in der Kantstraße und eigentlich war alles wie immer. Ich beschmierte ihr gerade das zweite Brötchen mit Akazienhonig, als sie mich bat, das jetzt zu lassen. »Ich fahre morgen nach Hamburg. Allein.« Der Honig lief mir vom Löffel auf die Finger. Ich lutschte jeden Finger einzeln ab, tat möglichst gelangweilt und fragte: »Warum?« Liz sah mich nur kurz an und sagte: »Du weißt doch auch, dass es vorbei ist. Mit uns.« »Wie lange bleibst du?« »Weiß ich noch nicht. Aber ich melde mich.« Der Rest Honig in meinem Mund schmeckte augenblicklich bitter. Man sagt, die Liebe habe auch einen bitteren Geschmack. Liz saß mir in ihrem olivefarbenen Morgenrock gegenüber, den ich nie mochte. Wieder strich sie sich ihr Haar hinter das rechte Ohr, so wie damals im Kaufhaus. Aber jetzt hatte diese Geste etwas Barsches, etwas Entschiedenes. Etwas ganz und gar Rücksichtsloses sogar. Und ihr Mund, der sich stets über die ganze Welt lustig zu machen schien, dieser Mund verspottete nun mich. Ich starrte auf die Kaffeemaschine, die groß und schwarz dastand wie ein Grabstein. Der Honig rann immer noch vom Löffel auf den Teller. Dass eine Liebe einmal genauso schnell enden könnte, wie sie begonnen hat, wusste ich nicht. Weder ahnte noch spürte ich es. Ich hatte mich zur Beruhigung immer an den Satz gehalten: »Alles, was du tust, macht Sinn.« Aber es sprach längst alles dagegen. In diesem Augenblick wurde ich so klein, dass ich mich auf der Spitze einer Nadel hätte ausstrecken können.

Natürlich liebten wir uns. Aber manchmal auch nicht. Ganz und gar nicht. Die Tage, an denen es so war, häuften sich und die Nächte auch. Wir hatten zwar einen Modus Vivendi gefunden, aber die Versprechen, die wir uns damals im Kaufhaus mit unseren Blicken gegeben hatten, konnten wir beide nicht einlösen. Das wussten wir, getrauten uns aber nicht, es auch einzugestehen. Ich hatte hingenommen, dass unsere längst leidenschaftslose Beziehung nach so kurzer Zeit nur noch geprägt war von Gewohnheit und Langeweile, denn noch war ich nicht stärker als meine Angst, wieder allein zu sein. Und Liz auch nicht.

Von Anfang an war es zwischen uns eine Amour fou gewesen. Es war alles viel zu schnell gegangen. Es hatte keine Liebesbriefe gegeben und nur einziges Mal eine rote Rose. Von ihr. Vorsicht, Hoffnung und Misstrauen, Angst und Vertrauen, all diese Bewegungen, all diese so zwiespältigen Gefühle, die am Beginn einer Verbindung stehen, hatte es zwischen uns überhaupt nicht gegeben. Und falls doch, hatten wir uns auch das nicht anmerken lassen. Vor allem hatten wir uns nicht die Zeit zum Kämpfen genommen. Das soll nun nicht heißen, dass wir nicht auch herrliche Zeiten miteinander gehabt hätten. Aber diese schönen Zeiten waren kurz gewesen. Viel zu kurz. Was blieb, waren unsere Berührungen der Haut, aber immer weniger die unserer Herzen. Wir glaubten, uns selbst genug zu sein. Dabei waren wir nichts anderes als einsam geblieben. Und deshalb so vorsichtig miteinander umgegangen, dass wir unsere Wut stets für uns behielten, sie niemals zeigten. Beim Sex waren wir beide unersättlich. Auch das hätte mir zu denken geben müssen, denn grenzenloser Sex ist doch nichts anderes als der Trost der Einsamen. Wir getrauten uns nicht, wie Kinder zu sein, getrauten uns nicht, uns zu erkennen zu geben. Aus Angst vor dem Ende.

Liz hatte sich als eine harte und oft geradezu gefühlskalte Frau entpuppt. Sie war eine Mischung aus Zärtlichkeit und Zement. Aber gerade der Zement verlieh ihr etwas Bedürftiges, ja etwas Ängstliches, etwas geradezu Rührendes und damit eine außerordentliche Anziehungskraft. Ihre Zärtlichkeit war spröde und scheu und genau deshalb so begehrenswert für mich. Liz wirkte so stark wie eine Frau, die den Ausgang dieser Welt gefunden hatte, nach dem ich suchte, und gleichzeitig, als sei sie genau in diesem Ausgang zerbrochen.

Träge war sie, anspruchsvoll und launisch. Gegen Liz war ein Faultier der reinste Hektiker. Außerdem warf sie immer ihre Zigaretten ins Klo. Sie vergaß, meine Fische zu füttern, und war meistens unpünktlich, was ich auf den Tod nicht ertragen kann. Aber ich sagte nichts. Manchmal, wenn ich wieder einmal am Ende meiner Beherrschung war, unternahm ich einen kläglichen Klärungsversuch. Aber es blieb immer nur bei einem Versuch, denn ich verließ bald das Zimmer. Streit ist mir immer so unerträglich, dass ich mich davonschleiche, meistens aber davonrenne. Er macht mir Angst. Seit Kindheitstagen, in denen die Wutausbrüche meines Vaters und die Tränen meiner Mutter mein Herz erzittern ließen, bis ich weinend aus dem Haus rannte und mich in den Heuhaufen des Sommers versteckte oder im Winter immer weiter die weißen Wege hinauslief, bis ich nicht mehr wusste, wo ich eigentlich war. Irgendwann kam ich dann doch zurück. Die vier cremefarbenen Holzküchenstühle lagen auf dem Boden, dazwischen viele schlanke, grüne Weinflaschen. Meine Mutter saß auf dem Sofa und strengte sich an, nicht zu weinen. Vater war fort. Das war gut so, denn dann war ich noch einmal davongekommen. Aber oft kam ich eben nicht davon.

Liz und ich waren nie so weit gekommen, uns solche Geschichten zu erzählen. Es hatte immer nur für das Nötigste gereicht. Sie hielt es nicht für wichtig. Und ich schämte mich. Was lange blieb, war die Hoffnung, dass einmal alles besser würde.

An diesem Freitagmorgen war es so weit. Sie wollte fort.

Ihr Honigbrötchen lag noch auf meinem Teller.

»Warum Hamburg?«

»Ich kenn da ein paar Leute, bei denen ich unterkommen kann.«

Auch das hatte ich nicht gewusst.

»Kommst du wieder?«

»Weiß ich nicht.«

Liz zerrte am Gürtel ihres Morgenmantels und ich begann, den Tisch abzuräumen. In dieser Nacht schliefen wir in getrennten Zimmern.

Am nächsten Morgen stand sie bereits vor dem Spiegel und trug wieder das schoko-bronzene Kostüm und diese schrecklichen weißen Schuhe.

»Prima, passt noch.«

Die große Reisetasche stand schon vor der Tür. Um neun Uhr kam das Taxi. Ich wollte sie ein letztes Mal umarmen. Sie gab mir nur einen Wangenkuss und verhinderte durch eine geschickte Kopfbewegung, dass ich sie küssen konnte. Dann war sie fort.

Ich fütterte die Fische und war erleichtert. Ein paar Stunden. Dann spürte ich, wie meine Haut immer enger wurde. Am Abend meldete sie sich kurz, dass sie gut angekommen sei. Gab mir ihre Anschrift, aber nicht ihre Telefonnummer. Beim Läuten des Telefons war ich verdammt schnell aufgesprungen.

In der folgenden Woche klingelte das Telefon nicht. Auch keine Karte, kein Brief. Nichts. Und entsprechend fühlte ich mich.

Auch in der darauf folgenden Woche geschah nichts. Die Anzahl meiner Zigaretten überstieg die meiner Atemzüge und allmorgendlich warf ich eine grüne, schlanke Weinflasche in den Müll. Von Tag zu Tag wurde meine Haut immer noch enger. Gleichzeitig stieg meine Wut, weil ich sie nicht einmal anrufen konnte. Sie hätte gekonnt, tat es aber nicht.

Ich legte im Büro Überstunden ein, arbeitete zehn Stunden und vergaß, meine Fische zu füttern. Obwohl es längst fällig gewesen wäre, zog ich die Bettwäsche nicht ab, denn noch roch alles nach Liz, und ich steckte meine Nase tief in die Kissen. Am Wochenende stopfte ich mir Watte in die Ohren, denn ich konnte die Stille um mich herum nicht mehr ertragen. Jeden Morgen der halb leere Honigtopf neben den Tassen im Schrank. Ihren Morgenmantel hatte sie vergessen. Ich hängte ihn so über einen Stuhl, dass ich ihn vom Bett aus sehen konnte.

Ja, ich hätte sie anbrüllen sollen, dann wäre es jetzt nicht so still hier und mir ginge es nicht immer noch schlechter. Warum nur hatte ich immer geschwiegen? Lieber Herz an Herz miteinander untergehen, als Haut an Haut miteinander ersticken. Nach zwei Wochen hatte meine Erkenntnis, so bitter wie der Honig, meinen Stolz besiegt. Ich schrieb eine Karte. Wie es ihr gehe.

Es passierte nichts.

Ich stellte mich vor den Spiegel und sah eine Uhr ohne Zeiger.

Ein paar Tage später zwei tote Fische im Aquarium. Ich warf sie ins Klo, spülte und die beiden verwandelten sich vor meinen Augen in Zigarettenkippen. Sofort schrieb ich eine zweite Karte. Dann klingelte das Telefon. Liz fragte, wie es mir geht.

»Zwei Fische sind tot.«

»Na und? Ich auch.«

»Warum hast du nicht angerufen? Ich bin – wie ein Rahmen ohne Bild.«

»Ach, du lieber Gott. Dein poetisches Gedudel wieder. Das konnte ich auch nicht mehr ertragen.«

»Und ich *hasse* weiße Schuhe. Sie sind *widerlich.*« Ich wiederholte es noch einmal. »Wi-der-lich!«

»Du hast immer gesagt, dass sie schön sind. Und übrigens, wenn wir schon dabei sind: Honig finde ich zum Kotzen. Mein ganzes Leben schon.«

»Du hast immer vergessen, meine Fische zu füttern.«

»Na und? Krepieren tun sie ja wohl auch ohne mich.«

Meine Wut stieg, denn ich liebe meine Fische. Funkstille. Dann schnaubte sie weiter.

»Du bist wirklich das Letzte! Dieser ganze Klimperkram, der dir anscheinend wichtig ist. Du weißt gar nichts. Nichts. Du bist nichts als oberflächlich. Nichts anderes als eine poetische Trutsche ohne Verstand.«

Damit hatte sie mich zum ersten Mal richtig verletzt. Es tat weh. Meine Wut steigerte sich, und ich bellte zurück.

»Wenn du hier wärst, würde ich dir eine scheuern. Du warst immer so stumm wie die Fische. Was hätte ich verstehen sollen und vor allem wie?«

Ich knallte den Hörer auf die Gabel. Ich war so wütend wie noch nie und trotzdem spürte ich eine große Welle der Erleichterung. Es war einfach ein wundervolles Gefühl.

Vier Stunden später sah ich Liz in Hamburg wieder. Sie saß auf dem Sofa einer Art Frauen-WG. Eine volle Stunde hatte ich gebraucht, um diesen schäbigen Hinterhof in Altona zu finden. Eine gleichzeitig auf- und abgetakelte Frau hatte mir geöffnet, und ich wusste ziemlich schnell, wo ich gelandet war. Noch wollte ich es aber nicht glauben.

Liz sah mich an, als stände das Gespenst von Cantervilles im Türrahmen.

»Das hätte ich jetzt nicht gedacht. Ich hatte dich für feige gehalten.«

Ich schrie sie an.

»*Abhauen* ist feige! *Du* bist feige! Nicht ich.«

Ich hatte tatsächlich die allergrößte Lust, sie jetzt zu ohrfeigen. Und das nicht nur ein Mal. Aber sie sah mich müde an und winkte ab.

»Lass es sein und sieh dich um.«

Vier Frauen, allesamt attraktiv, eine ziemlich dick, allesamt in bonbonfarbenen Dessous. Die Dicke allerdings ganz in Schwarz. Darüber glänzende, knöchellange Morgenmäntel. Sie rauchten und tranken. Zwei Frauen saßen neben Liz. Die ganze Wohnung mitsamt dem Mobiliar und den Farben der siebziger Jahre war gepflegt heruntergekommen. Diese Frauen waren Prostituierte. Aber auf einen kleinen Wink von Liz, den ich sehr wohl bemerkte, verließen sie nach und nach den Raum.

Liz saß nun allein auf dem Sofa und sagte: »Kapiert? Ich war eine von ihnen. Über zehn Jahre. Hier habe ich gearbeitet. Was sagst du jetzt?«

Ich hätte mich umdrehen und gehen können. Ich hätte entsetzt sein können, erschrocken oder angeekelt.

Nichts davon empfand ich.

Wie ein warmer Strom ergriff mich ein inniges Mitgefühl. Und dieser Strom, er schwemmte mich fort. Er schwemmte mich fort von der Nadelspitze, auf der ich immer noch lag – in den Ausgang dieser Welt. Dorthin, wo Liz saß. Der Ausgang, der nichts anderes war als ein Eingang. Denn Ausgang und Eingang sind eins. Genauso wie Ende und Anfang.

Ich setzte mich in einen hässlichen orangefarbenen Korbsessel, der vor dem Sofa stand. Als ich vorsichtig ihre Hand nahm, strengte sie sich an, nicht zu weinen.

»Warum erst jetzt, Liz?«

Sie beantwortete meine Frage nicht, aber sie begann, mir ihre Geschichte zu erzählen. Alkohol, Drogen, Zuhälter, Prostitution. Und dann nach knapp zehn Jahren die Flucht in die Psychiatrie. Fast zwei Jahre war sie da gewesen. Sie erinnerte sich, dass sie da gewesen war, wusste aber nicht mehr, was dort geschehen war. Sie erinnerte sich an rein gar nichts und das machte ihr immer noch Angst. Sie erinnerte sich auch, dass sie nach ihrer Entlassung durch einen schwarzen Tunnel gefahren war und Tunnel sie seitdem ängstigen, ja dass sie durch kein Fenster in die Nacht sehen kann. Und diese Angst ging Hand in Hand mit einer anderen: dass ich sofort gehen würde, wenn ich um diese Geschichte wüsste.

Eine halbe Stunde später küsste ich ihre Fingerspitzen und strich ihr das Haar aus dem Gesicht hinter das rechte Ohr.

Liz stand auf und wollte gehen.

»Das war es dann jetzt wohl, oder?«

»Bleib. Versprichst du mir, dass du deine weißen Schuhe in den Müll wirfst?«

Liz sah mich ungläubig an. »Heißt das ...?« Was sollte es wohl auch anderes heißen? Ich liebte Liz mehr, als ich sie je geliebt hatte.

»Und nie wieder Honig?« Nein, nie wieder Honig.

Ich strich ihr das graue Haar aus dem Gesicht und küsste ihre Augen.

Ihre Lider zitterten.

Ein blassblauer Pavillon

Eines der Häuser direkt am Ostseestrand gehörte mir. Es hatte mich allerdings mein gesamtes Geld und meine letzten Nerven gekostet. Zugegeben, es war ein bisschen heruntergekommen, aber dafür hatte es eine kleine Veranda und eine Holztreppe, die direkt auf den Strand führte. Leider gehörte der Strand nicht zum Haus, und so musste ich mir ganze Hammelhorden in Sandalen, kurzen Hosen und bonbonfarbenen Badeanzügen gefallen lassen, die sich direkt vor meiner Nase tummelten. Besonders an den Wochenenden. Ich musste es mir gefallen lassen, bunte Bälle, Zigarettenschachteln und Coladosen von der Veranda aufzusammeln, und auch die klügsten Hunde ließen es sich nicht nehmen, direkt am Fuße der Treppe ihre Geschäfte zu erledigen. Natürlich ärgerte ich mich darüber, aber was ist schon perfekt? Die neidvollen Blicke der anderen, sie entschädigten mich aber schon sehr.

Auch der Geräuschpegel, insbesondere zur Urlaubszeit, lag immer nur kurz unter der Grenze zum Wahnsinn. Ich genehmigte mir also eine Dreifachverglasung und betrat meine Veranda und den Strand eigentlich nur noch in der Morgen- oder Abenddämmerung. Für mich ohnehin die schönsten Zeiten. Und natürlich, wenn der Herbst zu Ende ging, der Winter kam und endlich Ruhe einkehrte. In diesen immer rauer werdenden Tagen saß ich eingemümmelt in eine dicke Wolldecke auf meiner Bank vorm Haus. Hörte das »Klarinettenkonzert von Mozart« und konnte nicht verstehen, was die anderen unentwegt am Leben und an der Welt herumzuätzen hatten.

Die Welt war schön.

Das Leben war schön.

Man muss halt den eigenen Weg finden, auch wenn der verdammt hart und steinig und dornenreich ist, wenn die Schuhsohlen durchgelaufen sind und die Knöchel bluten. Aber wenn man das Buschmesser zur Seite legen kann und der Kopf auf den Schultern geblieben ist, dann endet dieser Weg, so wie in meinem Fall, eben an einem Strand.

Einen eigenen Weg zu gehen ist mühevoll und kann qualvoll sein. Die meisten Menschen machen lieber einen weiten Bogen und wählen aus Angst oder auch aus Bequemlichkeit einen anderen. Deshalb werden sie auch nie erfahren, welche Offenbarung das Ende ihres Weges für sie bereithält. Sie hasten den hübsch gepflasterten, immer an den Blumenrabatten entlang und möglichst immer in der Sonne. Landen im Reich der Unzufriedenheit und zerborstenen Träume. Treffen dort unweigerlich allerlei Leidens- oder Lebensgefährten, die ihnen gleichen wie ein Abziehbild dem anderen, treffen diesen und jenen und jeden. Nur einen Menschen treffen sie nie. Sich selbst. Ich fürchte, sie ahnen, welche Schrecken und Ängste es mit sich brächte, sich auf diese Begegnung einzulassen. Manchmal blitzt ihnen ja vom Wegesrand ihrer hübschen Blumenstraßen eine Ahnung entgegen. Ein Hauch von dem Leben, das sie eigentlich wirklich leben wollten. Das versetzt sie sofort in Angst und Schrecken über das Versäumte und das angeblich niemals Machbare und sie hasten weiter. Immer noch schneller.

Das alles hatte ich längst hinter mir. Ich hatte die Rennbahn des Lebens verlassen. Saß im Winter zufrieden hinter meiner Dreifachverglasung und sah aufs Meer. Mit Reichtümern war ich nicht gesegnet. Ich schrieb Artikel für Zeitungen und Zeitschriften und konnte davon leben. Mehr aber auch nicht. Einen beunruhigenden Gedanken gab es allerdings doch. Dass ich es verlieren könnte. Das Haus, den Strand, das Meer. Mich. Wenn man etwas nicht hat, hat man Angst, dass man es nicht bekommt. Und wenn man es hat, dann hat man Angst, dass man es verliert. So ging es mir. Nichts auf dieser Welt lässt einen wirklich in Ruhe. Das hatte ich begriffen, und deshalb wollte ich gar nichts mehr. Aber manchmal kommt eben alles so ganz und gar anders, als man denkt.

Ich lebte allein in meinem Haus am Strand, und das wollte ich auch so. Nicht ganz allein allerdings. Ich teilte mein Bett mit Georgina, einer zugelaufenen und wenig zutraulichen orangefarbenen Katze, die erst dann in mein Bett kam, wenn ich bereits schlief. Zum ersten Mal hatte ich sie vorm Abfallbehälter eines Pavillons gesehen, der sich ein paar Minuten von meinem Haus entfernt befand. Sein ursprüngliches grelles Königsblau war durch Salz, Sturm, Wind und Meer mit der Zeit ausgeblichen geworden. Dieser Pavillon war rundum verglast bis auf die Rückseite, achteckig, sehr stabil gebaut, mit einem Pfannendach bestückt und etwa 80 Quadratmeter groß. Innen war er mit dem Rüstzeug eines Kiosks ausgestattet, und ich liebe es, an diesen Kiosken zu kaufen. Es ist immer alles da, außer Schlangen. Dort zu kaufen ist unverschämt teuer und wenn man es trotzdem tut, weiß man wieder, was ein schlechtes Gewissen ist. Aber der Pavillon wurde geschlossen und daher kam die Orangefarbene dann in mein Haus.

Auf den Kiosk folgte ein Antiquitätengeschäft. Diese Änderung war mir völlig unverständlich. Aber ich beobachtete sie mit großem Interesse. Das maritime Interieur, das Stück für Stück sichtbar wurde, zog mich mit der Zeit mehr an als der Kiosk. Die glänzenden, mahagonifarbenen Schränke und Kommoden mit den Goldgriffen und Ecken. Die großen Goldrahmenbilder mit wüsten Seefahrer- und Piratenmotiven, die kleineren Bilder dagegen merkwürdigerweise mit Frauenprofilen, die überhaupt nicht in dieses Geschäft passten. Diese Bilder waren schwarz-weiß, manchmal aber auch nebligblau. Die Gläser und Krüge, die verchromten Schiffschronometer und hölzernen Galionsfiguren, die Buddelschiffe, die Taue, mal gerollt, mal neben den Fenstern hängend. Von außen konnte ich natürlich nicht alles erkennen und so betrat ich eines Tages den blassblauen Pavillon. Der Geruch von frischer Farbe, gemischt mit einer Spur Mief und Teer, lag in der Luft. Wahrscheinlich rochen so die Taue. Jetzt erkannte ich auch große, dunkle Körbe mit Muscheln, Korallen und Steinen. Anker, goldene, runde Wetterstationen für Schiffe auf Mahagonibrettern. Columbus' »Santa Maria« stand ob ihrer Größe von circa eineinhalb Metern auf dem Fußboden, die »Niña« und die »Pinta« im Regal an der Wand. In anderen Regalfächern lagen Hosen, Pullover und Hemden für Seeleute, und neben der Kasse stand ein runder Tisch mit einem weißen Plastikaschenbecher. Darin lag der Schwanz einer Katze, der Rest war um den Aschenbecher herumgewickelt. Die Katze war grau und schlief.

Eigentlich wollte ich mich hier nur umsehen, blieb aber dann doch vor einem Bord stehen, auf dem die verschiedensten Segelschiffe vor Anker gegangen waren. Ich entschied mich für zwei Segelschiffe aus Messing. Schwer, schlicht und mit nur einem Segel. Eines so groß wie meine Hand und eines so groß wie mein Gesicht. Diese Schiffe waren einfach schön, sie wirkten wie auf der Reise und sie wirkten so einsam wie die Menschen auf solchen Schiffen. Für mich symbolisierten sie Freiheit und Abenteuer, und ich betrachtete sie als ein glückliches Vorzeichen. Die Frau hinter der Kasse verpackte meine beiden Schiffe sehr sorgfältig und wünschte mir einen schönen Tag. Sie konnte nicht wissen, dass ich das einfach nicht hören kann. »Schönen Tag noch!« Unerträglich, einfach furchtbar! Warum nicht einmal eine »schöne Nacht« oder ein »schönes Leben«?

Die Segelschiffe bekamen ihren Platz vor dem Fenster, den Bug immer zum Meer. Hatte ich sie so hingestellt oder drehten sie sich von allein in diese Richtung? Wenn ich sie von weitem betrachtete, sah es tatsächlich so aus, als würden sie gleich in See stechen. Als wollten sie hinaus. Sie waren in Form und Herstellungsart vollkommen identisch. Das kleinere glänzte ein bisschen mehr, wie so oft bei kleinen Dingen.

In den kommenden Wochen kreuzte vor meinem Fenster eine regelrechte Flotte dieser Segelschiffe, denn sie schienen in dem Pavillon nie auszugehen. Im Gegenteil, auch dort entwickelten sie sich zu einer Flotte. Alles andere blieb in Stückzahlen begrenzt, nur diese Schiffe nicht.

Eines Morgens, ich wollte gerade die Zeitung hereinholen, stand vor der Tür ein weiteres kleines Schiff. Ich stellte es zu den anderen. An diesem Tag hatte ich so viel zu tun, dass mir keine Zeit blieb, mich zu wundern. Vier Tage später wieder ein neues Segelschiff. Wer schickte mir die Schiffe? Wohin sollte es gehen?

Ich ging in den Pavillon, denn nur von dort konnten sie ja kommen. Der Schwanz der grauen Katze lag wieder im Aschenbecher. Hinter dem Tisch, auf dem er stand, saß die Inhaberin oder Verkäuferin, die ich zwar längst kannte, die mir aber nie besonders aufgefallen war. Oft war nicht sie selbst da gewesen, sondern eine Vertretung. Ich sprach sie direkt an. Nicht gleich auf die Schiffe da vor meiner Tür. Zunächst einmal fragte ich sie, warum dieses Geschäft hier überhaupt eingerichtet worden sei. Das sei mir unverständlich. Sie erklärte mir, es sei der letzte Wille ihres Vaters gewesen. Dieser Pavillon habe seiner Geliebten gehört. Er wollte, dass sein Geschäft in der Innenstadt nach seinem Tode aufgelöst und genau hier weitergeführt werden sollte. Im Haus der Geliebten. Einfach unmöglich, aber er hatte das eben einfach so bestimmt. Und sie sollte sich drum kümmern. Das Ganze rentierte sich aber nicht.

Ich fragte, ob die Schiffe von ihr seien. Ja. Von ihr. Warum? »Sie gefallen mir.« Ich stutzte. Meinte sie nun mich oder die Schiffe? Sie erriet meine Gedanken. Natürlich würden ihr die Schiffe auch gefallen. Aha! »In Grömitz liegt das Original, auch von Dad«, hörte ich, als sie aufstand, um die Katze vom Tisch zu scheuchen. »Hätten Sie eventuell Lust auf einen Törn?« Ich hasse schnelle Entscheidungen und auch Überraschungen, auch wenn diese nett zu werden schien. Aber welch entzückende Art einer Annäherung, denn als nichts anderes war das zu verstehen. Jedenfalls verstand ich es so.

Wieder zu Hause, war ich natürlich längst fest entschlossen, aber ein wenig Zeit sollte doch noch vergehen. »Sie gefallen mir.« Nur drei Worte und doch so eine Art Frischzellenkur. Ich fühlte mich sofort besser. Stärker und fröhlicher. Es war schön, dass ich ihr gefiel. Eines war mir in dem Gespräch allerdings aufgefallen. Diese Frau hatte die Augen einer Puppe. Augen, die nach innen sahen. Sie waren starr, hell und durchdringend. Es waren Augen wie aus Glas geschliffen. Nie zuvor hatte ich in solche Augen gesehen.

Vier Wochen später, es war Juli, es war warm, der Himmel blau und ohne Wolken, trafen wir uns am Hafen von Grömitz. Die Masten und Segel von wohl dreihundert Schiffen klirrten und summten im Wind. Die Bootsstege schwankten unter meinen Füßen. Und da lag sie, die »Heart of a bird«. Das Schiff war nicht sehr groß, vielleicht neun oder zehn Meter lang, aber sehr weiß und sehr elegant. Der Namenszug in einem kräftigen Rot. Ich fragte mich, ob sie dieses Schiff überhaupt in Gang setzen konnte. Diese Frau, die da nun vor mir in kurzer, weißer Hose und apfelrotem Shirt schwungvoll auf das Boot sprang, welch ein zauberhafter, welch ein entzückender Anblick! Sie hieß Jola und wir waren bereits auf der Fahrt zum Hafen zum du übergegangen.

Kurze Zeit später saßen wir auf dem Deck neben dem weißen Segel, tranken weißen Wein, aßen weißes Brot. Die Luft flirrte.

»Warum heißt das Boot eigentlich ›Heart of a bird‹?«

»Ich hab es umbenannt. Meine Seele ist ein Vogelherz. Mal im Käfig, mal in der Luft. Ich möchte wissen, ob ein gefangener Vogel glücklich sein kann oder ob er die Freiheit braucht. Und wie das bei den Menschen ist. Weißt du, ich war beides. Ich war gefangen und ich war frei, aber glücklich war ich eigentlich nie. Wie ist es bei dir?«

Fast eine Minute verging, bevor ich ihr antworten konnte. »Heute bin ich frei und zufrieden. Glücklich zu sein wäre vielleicht zu viel. Ich weiß gar nicht, ob ich für das Glück überhaupt tauge. Einmal hat es mich fast umgebracht. Und seitdem ...« Im Laufe des Abends kamen wir überein, am nächsten Wochenende ein paar Tage hinauszusegeln.

Eine Woche später stand ich aufgeregt auf dem Bootssteg und wartete schon über eine halbe Stunde, als sie ihren Wagen am Kai parkte, den Kofferraum öffnete und Taschen und Kartons auf den Steg schleppte. Jola hatte an alles gedacht. Ungefähr eine Stunde später war unser Gepäck verstaut und die »Heart of a Bird« verließ den Hafen, hinaus in die Lübecker Bucht. Jola war bestens gelaunt. Sie strahlte und war ganz in ihrem Element. Ihre hellbraune Haut passte exzellent zu ihrem moosgrünen Bikini, die braunen Haare waren unter einer weißen Schirmmütze versteckt. Es fiel mir immer schwerer, meinen Blick von ihr abzuwenden. In mir begann sich etwas zu rühren. Und ich wusste nur zu genau, was das war.

Sie erklärte mir dies und das, hatte alles im Griff und zog mit ihrer Geschicklichkeit meine Bewunderung auf sich. Nachdem die notwendigen Arbeiten an Bord erledigt waren, legte sie sich auf eine Sonnenliege und begann sich einzucremen. Ob ich ihr helfen könne? Sie gab mir die Sonnenmilch, legte sich auf den Bauch und ich erfüllte ihren Wunsch. Öffnete dabei den Verschluss des Bikinioberteils und begann sie sanft zu massieren. Sie blieb weiter so liegen, dann aber drehte sie sich um. Sie drehte sich sehr langsam um. In ihren Augen lag nun ein merkwürdiger Glanz. Ihre Brüste waren klein und fest. Auch ihre Haut strahlte, ich meinte mich darin spiegeln zu können. Jola war sehr schlank, aber nicht mager. Ich saß immer noch neben ihr. Und was kam, geschah mit der größten Selbstverständlichkeit der Welt. Sie zog mich an sich und küsste mich. Zuerst weich und zart, dann aber immer fordernder. Ich bekam keine Luft mehr, fuhr aber fort, ihre Küsse zu erwidern.

Jola war sehr erfahren, sinnlich und ungestüm. Ich ging willig mit ihr auf dem Weg ihrer Lust.

Ruhig und erschöpft lag sie schließlich an meiner Seite. Sie zog mich wieder an sich und sagte: »Das Ganze werden wir jetzt ungefähr fünftausend Mal wiederholen. Einverstanden?«

»Einverstanden. Aber könntest du dir vielleicht vorstellen, dass ich jetzt ...?«

»Kann ich. Sehr sogar.« Sie lachte. Dann balgten sich wieder unsere Lippen, unsere Zungen tanzten. Keinen einzigen Millimeter ließen wir aus. Sie küsste meine Hände, die Handgelenke, die Unterarme bis zu den Ellenbogen. Den »Lady's way« kannte sie also auch. Hinauf und herunter, meinen Hals, die Ohrläppchen. Sie brachte mich zur Raserei.

Dann sprang sie einfach auf. Wir hatten Durst und tranken gierig. Später sanken wir in das sehr viel bequemere Kabinenbett und liebten uns die ganze Nacht. Wie zwei ausgehungerte Tigerinnen fielen wir übereinander her. Es war unmöglich voneinander zu lassen. Und es war nur Jola, die mich betrunken machte. Es war diese Nacht mit ihr.

In der Morgendämmerung saßen wir wieder an Deck. Nackt. Die frische Brise des angebrochenen Tages kühlte unsere Haut. Ich saß hinter ihr, umschlang sie mit meinen Armen und Beinen, küsste immer wieder ihre Schultern, ihren Nacken, legte meinen Kopf auf ihr Haar. Beim Klarinettenkonzert von Mozart schliefen wir ein. Das Glück war da. Und immer ein bisschen Salz auf meinen Lippen.

Die folgenden Tage waren wunderbar. Einen Hafen brauchten wir nicht anzulaufen. Es war alles vorhanden. Und das Wetter war ganz genauso, wie es sich für einen Segeltörn gehört. Aber es war auch völlig unwichtig. Es verging kein Tag und keine einzige Nacht, in der wir uns nicht liebten. Wir sprangen ins Meer und in das unbeschreibliche Glück dieser Tage. Aber von Liebe redeten wir nicht. Am Tag nicht und nicht in der Nacht.

Ich bewunderte Jola, wie sie alles an Bord so leicht in Gang hielt und ganz nebenbei auch noch die köstlichsten Omeletts auf die Teller zauberte. An einem Abend lasen wir uns Geschichten vor. Sie liebte Kurzgeschichten. In der Kabine lag das Buch einer gewissen Henriette Barssonne. Irgendetwas mit Tigern. Ich kannte diese Autorin nicht, aber Jola war einfach begeistert, denn für sie mussten die Geschichten kurz sein, bunt, stark und prägnant. Alles andere dürfe ruhig länger dauern. Und natürlich trotzdem prägnant sein. Längst wusste ich, wie das gemeint war. Sie sprach kein Wort und ich ebensowenig. An manchen Abenden hörten wir einfach nur Musik. Und wenn es dann zum dritten Mal »mein Dean Martin« sein musste, dann lachte sie so laut wie ein Kind mit seinem ersten Ball in den Händen. Stellte für mich sein »Welcome to my world, step into my heart« sogar zum vierten Mal an. Wir spielten Monopoly. Ich ging natürlich frühzeitig bankrott und hätte fast das Boot versetzt. Noch nie hatte ich so viel gelacht wie in diesen Tagen. Manchmal lagen wir auch einfach nur nebeneinander an Deck, hielten uns an der Hand und außer dem Geräusch der Wellen, die gegen den Schiffsrumpf schlugen, war es ganz still. Wir waren gefangen voneinander auf diesem Boot und doch so frei wie nie zuvor. Vor allem aber waren wir glücklich. Gefangen, frei und glücklich. Das gab es also. Das war also möglich.

Mir war bewusst, welches Geschenk mir in diesen Tagen zuteil wurde und ich genoss es. Ich genoss jede Sekunde, fütterte mit dem Glück mein Herz und meine Seele wie einen verhungerten Vogel. Diese Tage, sie waren vollkommen.

Nichts anderes als weinen wollten wir an dem Morgen, an dem die Küste wieder näher kam, aber wir taten es nicht. Wir ließen es uns nicht anmerken. Jola rollte die Taue ein, sah mich dabei an, stockte, als seien ihr ihre Worte nun irgendwie unangenehm. »Ich bin so grauenvoll glücklich. Es tut regelrecht weh. Ich war noch nie so glücklich. So wie mit dir. Aber das weißt du ja. Oder?«

Ich zog ihr die weiße Mütze wieder in die Stirn. Sie rieb ihre Nasenspitze an meiner und fragte: »Wird das bleiben? Dieses Glück? Unser Glück?«

»Vielleicht. Woher soll man das schon wissen. Ich glaube, das Glück ist ein Geschenk auf Zeit. Deshalb ist es ja auch so kostbar. Vielleicht bleibt es ja, wenn wir es wollen. Vielleicht.«

Jola warf das dicke Tau mit der Schlaufe auf den Steg, und ein kleiner Junge legte es über einen Poller.

In den folgenden Wochen trafen wir uns immer wieder. Meistens bei mir. Aber es wurde alles anders und so viel Mühe wir beide uns auch gaben, es gelang uns nicht, das Glück zu halten. Irgendetwas änderte sich, ohne dass wir hätten sagen können, was das war und warum. Wir waren sprachlos geworden und wir getrauten uns nicht zu weinen. Nur wenn wir miteinander schliefen, dann war alles so wie damals auf ihrem Boot.

Dann, eines Tages, wir saßen auf der Veranda, sagte sie mir, das sie das Geschäft verkaufen müsse, bevor sie in Konkurs gehe. Die Abbauarbeiten begannen, die Umzugswagen fuhren wieder vor. Der blassblaue Pavillon wurde leerer und leerer. Als der letzte Wagen fort war, da kam sie noch einmal zu mir und fragte: »Gefangen sein und glücklich, ist das möglich?«

»Ja, ich glaub schon. Aber wohl nur für eine Zeit. Immer nur für eine Zeit.«

»Und die Freiheit?«

»Liegt darin, den richtigen Moment zu nutzen, um glücklich zu werden. Und das haben wir getan. Oder etwa nicht?«

Jola antwortete nicht. Sie war still geworden, so wie in den ganzen letzten Wochen. Immer stiller. Wir umarmten uns. Dann ging sie. Sie hatte nun auch eine neue Wohnung in der Stadt. Nicht einmal ihre alte hatte ich gesehen. Sie wollte sich sofort melden und sie tat es nicht. Da ich ihre neue Anschrift nicht hatte, fuhr ich besorgt zum Hafen. Ihr Boot war nicht mehr da. Meine Erkundigungen ergaben, dass sie es verkauft hatte. Vor Wochen schon. Ihre Anschrift kannte auch dort niemand. Ich fuhr also zurück. Es war bereits Abend geworden, aber ich hielt noch einmal vor dem Pavillon, sah durch die Scheiben.

Der blassblaue Pavillon war leer. Aber irgendetwas stand darin. Ein Schatten. Die Tür war nicht verschlossen. Ich öffnete vorsichtig und trat ins Halbdunkel des Raumes. Und nun konnte ich es sehen. Hinter der Scheibe stand ein Schiff. Ein weißes Schiff mit einem roten Schriftzug am Bug. Es war eine ganz genaue Nachbildung von »The heart of a bird«.

Es war für mich. Es konnte nur für mich sein, und ich nahm es in meine Arme und räumte in meinem Haus alle anderen Schiffe von der Fensterbank. Um Platz zu machen für das Schiff von Jola. Als ich es näher betrachtete, entdeckte ich im Licht unter dem Namenszug plötzlich etwas, dass ich bislang nicht gesehen hatte. »The heart of a bird. The heart of my soul, it's yours.«

Immer wieder berührte ich die Worte mit dem Zeigefinger. Warum? Warum war sie dann einfach fortgegangen? Ohne ein Wort, ohne eine Erklärung? War das vielleicht doch ganz anders mit dem Glück? Konnte das Glück doch länger sein als eine Zeit, als die Zeit?

Am nächsten Morgen wusste ich genau, was ich zu tun hatte.

Ich rückte ihr Schiff mit dem Bug in Richtung Meer. Dann setzte ich mich einfach hinein. Es war ganz leicht. So, als ob die »Heart of a bird« genau darauf gewartet hatte. Ich öffnete das Fenster und segelte hinaus.

Ich würde Jola finden.

Irgendwann.

Es würde ganz leicht sein.

Und ganz genauso war es dann auch.

Traute Berssen, geb. 1953, kehrte nach mehr als zwölfjährigem Aufenthalt in Südfrankreich als freie Autorin nach Deutschland zurück. Bereits während der achtziger Jahre begann sie Lyrik, Reiseberichte und Statements in deutschen und österreichischen Literaturzeitschriften und Anthologien zu publizieren. Zurzeit verfasst sie neben einer längeren Erzählung Kurzgeschichten und surrealistische Sekundenonvellen.

ZUM WEITERLESEN ...

Daniela Schenk
Julia & Satine
Roman. ISBN 3-89741-153-9

Inselferien. Sonnenstrand. Hier entspannt Julia sich vom Rechtsstreit mit ihrem Exgatten, soweit ihre beiden Piratinnentöchter und die exzentrische Herzensfreudin Berthe das zulassen. Dort drüben versucht Satine zu vergessen, dass ihre Geliebte soeben einen Mann geheiratet hat. Kein Wunder, dass sie das Strandtuch mit rabenschwarzen Gedanken tränkt und sich schwört, nie wieder ihre Liebe an eine heterosexuelle Frau zu verschwenden! Mitten in Satines Schwur platzt Julia ...
Herzerfrischend naturtrüb und lebensprall lakonisch!

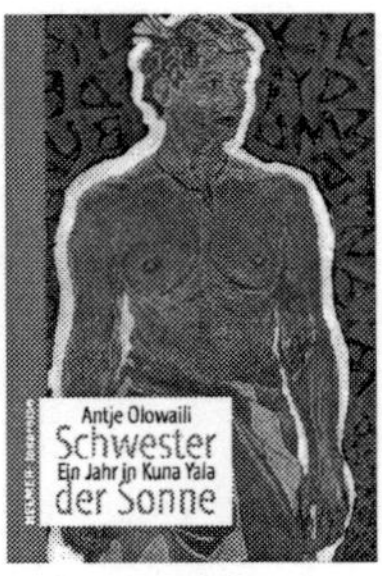

Antje Olowaili
Schwester der Sonne
Roman. ISBN 3-89741-138-5

Eine junge Leipziger Malerin reist zwei Jahre allein durch Lateinamerika. Zufällig gerät sie ins autonome Indianerland Kuna Yala, Panama, wo sie als erste Weiße ein ganzes Jahr lang das indianische Leben teilt, sich die Augen mit Kräutermedizin behandeln lässt und schließlich von einem Schamanen den Namen Olowaili erhalten wird: »Schwester der Sonne«.

Voller Sympathie, aber ohne Schönfärberei schildert Antje Olowaili eine noch eigenständige, aber gefährdete Kultur mit starken Frauen – und die Geschichte ihrer Liebe zu der Indianerin Oleanda.

Sandra Wöhe
Lass mich deine Pizza sein
Roman. ISBN 3-89741-107-5

Renates Leben pendelt zwischen ihrer fröhlichen Zürcher Lesben-WG und dem durchwachsenen Alltag als Pflegeschwester. In beiden Sphären fehlt es nicht an Spannung: Da ist die neue Mitbewohnerin Jo mit ihren raspelkurzen Haaren, die ein knallrotes Motorrad fährt und allergisch gegen Männerhaare ist. Während drüben in der Welt der Gehhilfen ein tyrannischer Greis verdächtig viele Pillen hortet ...

Veneda Mühlenbrink
Connys Reise
Roman. ISBN 3-89741-074-5

»Meine Gedanken nächtigten bei ihr, warteten, bis sie aus dem Bad ins Zimmer trat und sich ins Bett legte. Weiße Laken bedeckten ihren nackten Körper ... Fantasien, die nach der Wirklichkeit griffen. Da saß die Rebellin in ihren Ketten und lächelte hoffnungsvoll.«

Die Begegnung mit Vera zwingt Conny, sich den Gefühlen zu stellen, die sie seit ihrer Kindheit verdrängt. Was sie für die neue Bekanntschaft empfindet, bringt das mühsam errichtete Kartenhaus ihrer Ehe zum Einsturz. Auf einer gemeinsamen Italienreise wird für die beiden Frauen schließlich ein leidenschaftlicher Traum wahr.

Veneda Mühlenbrink schildert mit Verve und Sensibilität das Coming-out einer ›ganz normalen‹ Frau, die allmählich den Mut entwickelt, zu sich selbst zu stehen.